Gornick

Fierce Attachments *a memoir*

비비언 고닉 선집 1

Fierce Attachments

사나운 애착

비비언 고닉
노지양 옮김

글항아리

나는 여덟 살이다. 엄마와 나는 아파트에서 나와 2층 층계참에 서 있다. 옆집 드러커 아줌마가 자기네 집 문을 열고 담배를 피우고 있다. 엄마가 우리 집 문을 닫으면서 그 아줌마에게 말한다. "거기 서서 뭐해?" 아줌마는 고갯짓으로 집 안을 가리킨다. "저 남자가 하자고 해서. 나 건드리려면 샤워부터 하라고 했지." 나는 '저 남자'가 아줌마의 남편이라는 걸 안다. '남자'는 언제나 남편이다. "왜? 남편이 안 씻었나?" 엄마가 묻는다. "내 느낌엔 더러워." 드러커 아줌마는 말한다. "드러커, 이 창부 같은 여자야." 엄마가 말한다. 그분은 어깨를 으쓱한다. "난 곧 죽어도 지하철은 못 탄다고." 브롱크스에서 '지하철 탄다'는 말은 시내로 일을 하러 간다는 뜻으로 통한다.

그 다세대주택에서 여섯 살 때부터 스물한 살 때까지

살았다. 스무 채의 빌라가 있는 4층 건물이었고 내가
기억하는 건 오직 여자들만 있었다는 점이다. 거기
살던 남자는 단 한 명도 기억이 안 난다. 물론 그들은
어디에나 있었을 것이다. 남편이었고 아빠였고 아들이었을
테니까. 하지만 나는 그 건물을 떠올릴 때마다 여자들만
기억난다. 그곳 여자들 모두가 드러커 아줌마처럼
상스럽거나 우리 엄마처럼 외고집이었다. 그들은 자신이
어떤 사람인지 아는 사람처럼 말하는 법이 없었고
넘어온 삶의 고개를 이해하는 것 같지도 않았지만
행동만 보면 세상사를 다 꿰고 있는 듯했다. 약삭빠르고,
즉흥적이고, 무식하고, 시어도어 드라이저[19세기 미국
사회상을 적나라하게 드러낸 자연주의 소설가로 이민자와 빈곤층의
삶에 주목했다]의 소설만큼이나 극적이었다. 잠시 평화로워
보이는 시기도 있었지만 그러다 어느 순간 충격적이고
야만스러운 사건들이 터졌고 그 와중에 두세 명의 삶은
상처로 얼룩지고(어쩌면 몰락해버리고) 다시금 일시적인
소강상태가 찾아왔다. 또다시 울적한 고요함, 관능만
남은 무기력, 부정이 만들어내는 평정의 나날들이
이어졌다. 나라는 여자애는 그들 한가운데서 자라고
그들의 이미지 안에서 만들어진 존재였다. 얼굴을 덮은
천의 클로로포름을 빨아들이듯 나는 그 여자들을

빨아들였다. 무려 30년이 흐른 후에야 내가 그들을 얼마나 이해했었는지가 이해되기 시작했다.

엄마랑 산책을 하고 있다. 엄마한테 브롱크스 다세대주택에 살던 여자들을 기억하느냐고 물었다. "당연하지." 엄마가 대답한다. 성적인 분노가 그들을 돌아버리게 만들었다고 늘 생각했었노라고 말했다. "맞아, 정확해." 엄마는 보폭을 일정하게 유지하면서 담담히 말했다. "드러커네 기억나니? 그 여자는 남편이랑 잠자리할 때 담배라도 안 피우면 창문 밖으로 몸을 던져버릴 지경이라고 했지. 우리 집 맞은편 살던 지머먼 기억나? 열여섯 살 때 시집왔지. 입버릇처럼 남편은 꼴도 보기 싫다고 했어. 남편이 현장에서(그는 건설 노동자였다) 죽는 날이 자기의 미츠바mitzvah〔유대교에서 성년 의례를 치르는 해〕라나 뭐라나." 엄마는 이런 말을 하면서도 걸음을 전혀 늦추지 않는다. 그러다 어떤 기억을 떠올리고 흠칫 놀라 목소리를 한풀 낮춘다. "그 집 아저씨는 저 하고 싶으면 억지로 했어." 엄마가 말한다. "거실에 앉아 있는 여잘 말 그대로 들어 올려서 침대에 던져버렸지." 엄마는 잠깐 동안 길 한가운데 눈을 고정한다. 그러다가 나를 보고 말한다. "그 유럽 남자들. 걔들은 동물이야. 사람이 아니라 짐승들이라니까." 엄마는 다시 걷는다. "한번은 지머먼네 남편이 열쇠 없이 밖에서 문을 잠가버렸나 봐. 우리 집 벨을 눌렀지. 인사는커녕 얼굴도 안 쳐다보고 비상계단 좀 쓸 수 있냐고 묻더라. 나도 그 남자랑 말 한마디 안 섞었지. 그랬더니 그냥 들어와서는 창문 열고 계단으로 올라가더라니까." 엄마는 웃는다. "그 비상계단 있던 창문 알지? 그게 참 큰일 했지. 너 혹시 우리 윗집에 살던 세사 아니? 몰라? 하긴 그렇겠네. 우리 이사 오고 1년 만에 나갔으니까. 러시아 사람들이 그 아파트로 이사 왔지. 난 세사랑 무척 친했어. 생각해보면 좀 이상하긴 해. 처음에는 다 생판 남이거든. 다들 그랬어. 말 한마디 안 건네본 사람이 대부분이지. 그런데 위아래 살게 되면 어느 순간 서로 집을 제집처럼 드나드는 거야. 얼마 안 가면 말 그대로 밥숟가락이 몇 개인지까지 알게 돼. 그 건물에서 몇 달만 같이 살면 말이야. 이 아줌마들끼리는 뭐랄까, 둘도 없는 절친이 돼버려.

세사는 참 예쁘장하고 젊은 새댁이었어. 결혼한 지 2년도 안 되었다고 했나. 남편을 사랑하지는 않았어. 그렇다고 미워하지도 않았지만. 사실 그럭저럭 착실한 남자였거든. 내가 아는 건, 남편을 안 사랑했고 매일

9

뻔질나게 외출을 했다는 거. 아마 따로 애인이 있었던 모양이야. 엉덩이까지 찰랑찰랑 내려오는 검은 머리가 눈에 확 띄었지. 그런데 어느 날 그 머릴 싹둑 자르고 나타난 거야. 세련된 도시 여자가 되고 싶었나 봐. 남편은 아무 말 없었는데 친정아버지가 집에 오더니 깎은 머리를 보고 냅다 뺨을 갈겨버린 거야. 너무 아프고 어안이 벙벙해서 천국에 계신 할머니가 보일 정도였대. 그러곤 사위를 시켜 한 달 동안 집에 가둬버리라고 했다나. 세사는 비상계단을 타고 우리 집으로 내려와서 우리 현관으로 나갔지 뭐. 한 달 동안 매일매일 말이야. 한번은 우리 집 부엌에서 같이 커피를 마셨어. '세사, 친정아버지한테 여긴 미국이라고 말해. 우린 미국에서 살고 있다고. 하고 싶은 대로 하고 살 자유가 있다고.' 세사가 나를 빤히 보더니 그러더라. '네? 그게 무슨 말이에요? 아버지한테 여긴 미국이라고 말하라고요? 브루클린에서 태어난 양반이에요.'"

엄마와 내 사이가 좋다고는 할 수 없다. 아니 세월이 흐르고 같이 보낸 시간이 쌓일수록 더 나빠지는 것만 같다. 우리는 좁아터진, 강력하고 끈끈한 관계망 안에

간혀서 옴짝달싹못한다. 몇 년 동안은 우리도 서로 지쳐서 누그러들 때가 있다. 그러다가 다시 분노가 일어난다. 뜨겁고 생생한 증오와 미움, 너무 뜨거워서 관심을 모조리 빼앗아 갈 정도의 분노다. 근래에 우리 사이는 상당히 나쁜 편이다. 엄마가 이 안 좋은 시절을 '다루는' 방식은 대놓고, 큰 목소리로 나만 싸잡아 비난하는 것이다. "너 엄마 미워하지. 네가 나 꼴 보기 싫어하는 거 내가 모를 줄 알아?" 엄마 집에 갔을 때 그 집에 누가 있기라도 하면, 그 사람이 이웃이건 친구건 오빠나 조카들이건 상관없이 그 앞에서 이 말을 꼭 하고야 만다. "우리 딸은 이 어미 싫어해. 대체 어디가 그렇게 지지리 끔찍한지. 모르긴 몰라도 아주 날 못 잡아먹어서 안달이야." 그뿐만 아니라 같이 거리를 걷다가 난생처음 보는 사람을 붙잡고 똑같은 이야기를 하고도 남을 사람이다. "이 애가 내 딸인데요. 이 어미를 아주 싫어한답니다." 그러곤 내 쪽을 돌아보면서 하소연한다. "내가 대체 너한테 뭘 그렇게 잘못했니? 그렇게까지 날 미워할 이유가 뭐가 있어? 대답 좀 해봐라." 나는 절대 답하지 않는다. 엄마가 미치고 팔짝 뛰기 직전에 얼굴까지 붉으락푸르락 해져서 참으로 다행이다. 왜냐면, 나도 미치고 팔짝 뛰기 직전이니까.

그럼에도 우리는 뉴욕의 온갖 거리를 걷고 걷고

또 걷는다. 엄마와 나는 둘 다 로어맨해튼에, 서로
1.5킬로미터 정도 떨어져 걸어서 오갈 수 있는 거리에
산다. 엄마는 뼛속 깊이 도시 여자이고 나는 그 엄마의
딸이다. 우리에게 도시는 고갈되지 않는 천연자원과도
같다. 우리는 버스 운전기사, 여자 노숙인, 검표원, 거리의
광인 들에게서 매일의 이야깃거리를 만들어내며 산다.
걷기는 우리 안에서 가장 좋은 것을 끌어낸다. 나는
마흔다섯, 엄마는 일흔일곱이다. 엄마는 아직 건강하고
기운이 팔팔하다. 맨해튼이라는 섬의 끝에서 끝까지
사순의 딸과 너끈히 횡단할 수 있다. 산책을 하며 서로에게
다시금 애정을 느끼기는커녕 서로 할퀴고 물어뜯기
일쑤지만, 그럼에도 불구하고 우리는 이 도시 어딘가를
항상 같이 걷고 있다.

　둘이서 하는 일 중에 가장 좋은 건 옛날이야기 하기다.
엄마에게 묻는다. "엄마, 콘필드 아줌마 기억나? 그 이야기
해주셔." 엄마 얼굴에 화색이 돌더니 몇 번이나 했던
이야기를 또 시작한다. (엄마가 싫어하는 건 현재다. 엄마는
현재가 과거가 되는 순간, 즉시 그것을 사랑하기 시작한다.)
엄마가 하는 그때 그 시절 이야기들은 오려 붙인 듯
똑같기도 하고 사뭇 다르기도 한데, 그건 내가 나이가
들어가기 때문이기도 하고 지난번에는 묻지 않았던

질문을 던지기 때문이기도 하다.

솔 작은외할아버지가 엄마를 건드리려고 했다는
말을 처음 들은 건 스물두 살 때였는데, 나는 충격과
공포 속에서 숨소리도 못 내고 그 이야기를 들었다.
외갓집 사정은 나도 잘 알고 있었다. 엄마는 열여덟 남매
중에 막내였고 그중 여덟이 살아남아 성인이 되었다.
(생각해보면 외할머니는 20년 동안 거의 해마다 임신한
상태였다.) 엄마네 가족이 러시아에서 뉴욕으로 건너올
무렵 할머니의 막내 남동생 솔은 그분의 첫째 아이와
같은 나이였다. (할머니의 어머니 또한 20년 내내 임신했다.)
엄마의 큰오빠와 둘째 오빠는 모친과 여동생보다 몇
년 일찍 이민 와서 옷 장사를 하고 있었다. 형제는
로어이스트사이드에서 온수도 안 나오는 아파트를 빌렸고
나머지 가족이 들어오면서 열한 명이 한집에서 살게 됐다.
화장실은 복도에 있고 부엌에는 석탄 난로가 있는 집으로
한쪽에 어두컴컴한 작은 쪽방들이 기차 객실처럼 나란히
있었다. 당시 열 살이었던 엄마는 부엌에 의자 두 개를
붙이고 그 위에서 잤는데, 할머니가 그 와중에도 하숙을
치고 있었기 때문이다.

솔 할아버지는 제1차 세계대전에 징집되어 유럽으로
파병되었다. 할아버지가 뉴욕에 돌아왔을 땐 열여섯 먹은

엄마가 외갓집에 남아 있던 유일한 자식이었다. 떠날 때
보았던 어린 조카는 처음 보는 낯선 처자가 되어 있었다.
짙은 갈색 눈에 윤기 나는 밤색 머리를 세련된 보브
커트로 자르고 주위를 환하게 밝히는 미소를 지으면서도,
이 모든 것을 어떻게 써먹을 줄 모른다는 듯이 구는. (이건
엄마의 일관된 스타일이라고 할 수 있었는데 누가 봐도
요부처럼 관능적인데도 당신은 그걸 손톱만큼도 의식하지
않는다는 듯이 굴었다.) 엄마가 자는 방에서 벽 두 개
건너 쪽방에 솔 할아버지가 잤고 아파트 가장 끝 방에선
시끄럽게 코를 고는 외조부모가 잤다.

　엄마가 말했다. "그날 밤에 말이야. 왜 그랬는진
몰라도 자다가 벌떡 깼지. 그런데 솔 삼촌이 서서
나를 내려다보고 있었어. 난 물었지. '무슨 일이에요?'
부모님한테 무슨 안 좋은 일이라도 생긴 줄 알았어.
삼촌이 그러고 있는 꼴이 너무 우스워서 몽유병이라도
있는 줄 알았다니까. 그런데 삼촌이 나한테 말도 안
붙이고 그대로 날 안아 올리더니 자기 침대로 데리고
갔어. 나를 눕히고 자기도 내 옆에 눕더니 나를 한 팔로
꼭 끌어안고 쓰다듬기 시작하는 거야. 잠옷을 들추더니
허벅지도 만졌어. 그러다가 갑자기 나를 밀치면서 그러는
거야. '얼른 네 침대로 가라.' 일어나서 내 침대로 돌아왔어.

그 뒤로 그날 밤 일어난 일에 대해서는 일언반구도 없었지. 나도 마찬가지고."

그 이야기를 두 번째로 들었을 때 나는 서른 살이었다. 1960년대였고 렉싱턴애비뉴 어디께를 걷고 있을 때 엄마는 토씨 하나 안 바꾸고 했던 이야기를 그대로 했다. 얘기가 거의 끝나갈 때쯤 나는 말했다. "그런 일이 일어났는데 할아버지한테 아무 말도 안 했어? 처음부터 끝까지?" 엄마는 고개를 저었다. "대체 왜?" 엄마는 눈을 크게 뜨더니 입을 꽉 다물었다가 열었다. "나도 몰라." 정말 모르는 듯했다. "그냥 무섭다고만 생각했어." 나는 엄마가 웃기는 표정이라고 할 만한 얼굴로 엄마를 빤히 바라보았다. "뭐가 문젠데? 내 대답이 마음에 안 드니?" 나는 손을 젓는다. "아니, 그런 거 아니야. 아무리 그래도 소리도 안 냈다는 게 이상해서. 무서우면 무섭다는 티를 내게 되지 않나?"

세 번째 그 이야기를 들은 건 내가 거의 마흔이 다 되었을 때다. 8번 애비뉴를 걷다가 40번가에 가까워졌을 때 내가 말했다. "엄마, 솔 할아버지가 그런 짓을 했을 때 왜 한마디도 못했는지 한 번쯤 진지하게 생각해본 적 있어?" 엄마는 나를 홱 돌아봤다. 이번엔 엄마도 가만히 듣고 있지 않았다. "그럼 내가 그걸 **좋아하기라도** 했다는

거니? 지금 그 말이 하고 싶은 거야?" 나는 멋쩍어하면서
짐짓 가볍게 웃었다. "아냐, 엄마, 절대로 그런 말이
아니고. 난 그저 엄마가 찍소리도 안 냈다는 게 암만해도
이상해서 그래." 다시 한번 엄마는 너무 놀라서 경황이
없었을 뿐이라고 했다. "말도 안 돼." 나도 모르게 쌀쌀맞게
내뱉었다. "아주 속을 긁어라!" 엄마는 길 한복판에서 날
잡아먹을 듯이 화를 낸다. "이 잘난 딸 좀 보게. 이렇게
똑똑해가지고 대학을 두 번이나 갔는데 또 보내줄걸
그랬어. 그래서 삼촌이 덮치길 내가 바랐다는 거야 뭐야?
그 말이 하고 싶은 거냐? 아이고, 어떻게 그렇게 참신한
생각을 다 해?" 우리는 그 산책 이후 한 달 동안 말을 안
했다.

   브롱크스는 외국에서 건너온 이민자들의 거주지로
이루어진 조각보 같은 곳이었다. 네다섯 개 블록은
아일랜드, 이탈리아, 유대인 골목이라는 이름이 붙을
정도로 한 민족만 모여 살았으나 유대인 구역에도 일정
비율의 아일랜드인이 살았고 이탈리아 골목에도 한
줌의 유대인이 거주했다. 물론 지금까지 뉴욕 주소지
명부에는 많은 변화가 일어났고 여러 민족이 점점

섞여들었다. 그러나 이열 횡대로 늘어선 아일랜드나 이탈리아 사람들 사이를 쭈뼛거리며 걷던 사람들, 유대인 이웃들에게 따돌림당한 사람들에겐 겉으로 보이는 차이가 얼마나 두드러지는지보다는 골목생활에서 어떤 점수를 받는지가 중요했다. 우리 가족은 1년간 이탈리아 골목에서 살았다. 어린 오빠와 나는 그 동네 학교에서 유일한 유대인이었다: 우린 참으로 비참했다. 그게 전부였다. 그저 비참하기만 했다. 유대인 동네로 이사하고 오빠는 한시름 놓았는데 매일 방과 후 자기를 유대인 범생이라고 부르는 아이들에게 더 이상 얻어맞지 않아도 됐기 때문이다. 하지만 오빠의 삶을 이루는 기본 형식이나 요소 들이 근본적으로 변하지는 않았다. 솔직히 말하면, 이탈리아나 아일랜드 사람들 사이에서, 때로 같은 유대인들 사이에서도 '외부자스러움'은 우리의 개성과 흥미를 북돋아주었고, 우리를 어떤 식으로건 정의했기에, 겉으로는 두려워하는 척하면서도 속으로는 우리가 남들과 다르다는 점을 짜릿해하기도 했다.

우리 건물에는 대체로 유대인만 살았지만 1층에 아일랜드 가족, 3층엔 러시아 사람들이 살았고 관리인은 폴란드인이었다. 러시아 사람들은 모두 키가 멀대처럼 크고 말이 없었다. 그들은 있는 듯 없는 듯 신비로운

분위기를 풍기며 건물에 드나들었다. 아일랜드 사람들은
모두 삐쩍 마르고 금발에 파란 눈을 갖고 있었으며
입술이 얇았고 얼굴이 갸름했다. 그들 또한 우리 사이에선
그림자와 같았다. 관리인과 그의 아내도 말수가 적었다.
누구에게도 먼저 말 거는 법이 없었다. 아마도 이건 다수
안에서 소수가 살아남는 방식일 것이다. 소수자는 저절로
침묵하게 된다.

만약 우리가 이탈리아 사람들 틈에서 살았다면 우리
엄마도 말수 적은 사람이 되었을 것이며 이웃 사람이
다가오면 말없이 불안한 표정으로 아이들을 데리고
집으로 쏙 들어갔을 것이다. 우리 건물 여자들이 캐시디
아줌마네 '아일랜드 금발' 아이들 머리를 쓰다듬으려고
할 때마다 그 집 식구들이 그랬던 것처럼. 그런데 사실
엄마는 다수에 속한다고 할 수도 없었다. 유대인이 대다수
거주하는 건물인 이곳에서도 엄마는 엄마만의 부류에
속했다. 사회적 자아라는 외피와 남들이 모르는 자기
자신이라는 본질 사이에 넉넉한 공간이 있었던 엄마는,
그 안에서 당신을 자유롭게 표현했다. 상냥하면서도
냉소적이었고 예민하면서도 대범했으며 두루뭉술하게
넘어가면서도 *꼬장꼬장*했고, 가끔씩 스스로 정이
넘쳐서라고 생각하는 거칠고 심술맞은 면모를 보이기도

했다. 그런 모습은 사실 당신이 가장 두려워하던 약해지는 마음, 그것을 다잡았을 때 짐짓 내보이는 모습이었다.

엄마는 억양이 없는 영어와 확고부동한 태도 때문에 이 건물에 사는 다른 여자들과 구별되었다. 우리 집은 언제나 현관문이 닫혀 있는 집이었다. (현관문은 사생활을 중시할 만큼 교육받은 사람들과 문을 반쯤 열어놓고 사는 무식쟁이들을 구분하는 나름대로의 기준이었다.) 그래도 이웃들은 아무 때나 문을 두드리고 우리 집을 드나들었다. 조리 도구나 양념을 빌리러 오거나 뒷소문을 나누려고 오기도 하고 이따금 동네 사람들 사이에서 싸움이 났을 때 엄마에게 중재를 청하려고 오기도 했다. 그럴 때면 엄마는 한 차원 높은 사람이 한 수 낮은 사람들의 유치한 행동을 내려다보는 듯한 태도로 임했다. "에휴, 지저분네도 참." 지저분 아줌마가 와서 흥분한 목소리로 꾸며냈건 사실이건 우리 이웃 중 누군가 바람을 피우고 있는 것 같다고 말하면 엄마는 깔보는 듯 웃으면서 이렇게 말하곤 했다. "한심하기는." "말도 안 돼." 순전히 당신이 판단하기에 수준 낮다거나 무지하다 싶은 이야기를 들으면 어김없이 이런 말들을 내뱉었다. 엄마는 모든 일에는 양면이 있고 같은 사건이라도 다양하게 해석될 수 있다는 생각에 전혀 흔들리지 않는 듯했다. 엄마는 주변 이웃들과 비교하면 당신이 한층 '개화된'—생각과 감정이 더 성숙한—사람이라고 확신했으니 깊이 생각하고 자시고 할 일이 뭐가 있겠는가? '개화됐다'는 엄마가 가장 애용하는 단어였다. 지머면 아줌마가 토요일 아침 복도에서 쨰지는 목소리로 떠들면 문을 닫고 부엌에 앉아 있던 우리는 서로 얼굴을 마주보았고, 엄마는 예의 그렇듯이 고개를 내저으며 판단했다. "미개한 여자 같으니." 누군가 슈바르체스schvartzes(이디시어로 흑인을 낮잡아 이르는 말)를 두고 농담을 하면 엄마는 조심스럽게 인종차별적인 태도나 감수성은 '미개하니' 그만두라고 당부했다. 식료품점에서 물건값이나 무게를 두고 실랑이라도 벌이면 나는 또다시 엄마에게 '미개하다'는 말을 들어야 했다. 아빠는 엄마가 '미개하다'란 단어를 입에 올리면 그저 지그시 웃으며 엄마를 바라보곤 했는데 단지 대꾸하기 귀찮아서였는지 아니면 흐뭇해서였는지는 알 수 없었다. 오빠는 열 살 무렵부턴가 엄마 입에서 또 그 말이 나오면 듣고 싶지 않다는 듯 엄마를 무표정하게 바라봤다. 하지만 나는 엄마의 그 말에 담긴 느낌을 받아들였다. 그 말에 딸려오는 그 모든 표정과 몸짓, 그 안에 담긴 모든 미묘한 욕망과 의도까지도 내 것으로 깊이 흡수했다. 엄마는 우리 주변 사람들이 전부 미개하다고 생각해. 동네 아줌마들

말은 다 한심해. 엄마의 말과 생각은 얇고 흰 원단을 선명하게 물들이는 염료처럼 내게 스며들었다.

우리 집은 방 다섯 개 아파트로 모든 방이 다른 방으로 통하는 구조였다. 기다란 기차칸식 아파트는 아니었고 어떤 창문에서도 답답한 통풍구는 보이지 않았다. 아파트 현관문을 열면 작은 전실이 있고 바로 부엌이 나왔다. 부엌 오른쪽 벽에는 냉장고가 있고 그 벽 옆으로 작은 직사각형의 욕실이 있었다. 욕실 문은 페인트칠 된 나무 문으로 위쪽에 반투명한 창이 나 있었다. 전실을 지나면 똑같은 크기의 방이 두 개 있고 방 사이엔 커튼이 드리워진 유리문이 있었다. 그중 두 번째 방은 거리를 면하고 있어서 오후면 햇살이 가득 들어왔다. 첫 번째 방 양쪽으로 이 방들보다 더 작은 두 개의 침실이 있었고, 하나는 거리쪽, 다른 하나는 건물 뒤쪽을 바라보고 있었다.

거실로 쓰는 앞방과 침실 하나가 거리 전망이라 우리 집은 더 살기 좋은 아파트, 이른바 '앞쪽 집'으로 불렸다. 몇 년 전 내가 살던 골목에서 자란 남자가 이런 말을 하기도 했다. "난 너희 집이 우리 집보다 훨씬 더 부자인 줄 알았지. 너 앞쪽 집 살았잖아." 앞쪽 집에 산다는 건 보통 가장인 남편이 깊디깊은 구렁텅이 같은 뒤쪽 집 남편보다 돈을 더 번다는 걸 의미했지만, 언제나 더 높은 삶의 질을 고집했던 엄마로선 나랏돈 받아먹고 살 형편이 아닌 이상 해 안 드는 뒤쪽 아파트는 일고할 가치도 없었기 때문에 거기 산 거였다. 그럼에도 불구하고 우리—그러니까 엄마와 내가 가장 많은 시간을 보낸 공간, 엄마와 내가 살았다고 할 수 있는 공간은 '뒤쪽'이었다.

부엌 창문에서는 건물 뒤쪽 안뜰이 한눈에 보였다. 옆집 부엌 창문에서도 마찬가지였고 이 다세대주택 건물들이 공유하는 네모난 안뜰의 반대편으로 입구를 낸 다른 건물 두 채의 부엌도 모두 이 안뜰을 향해 있었다. 안뜰에는 나무 한 그루도, 잡목도, 잔디도 없었다. 오직 콘크리트, 철제 울타리, 나무를 깎아 만든 바지랑대밖에 없었다. 그러나 나는 이상하게도 이 안뜰을 밝은 빛과 달콤한 공기가 머물던 장소, 어쩐지 항상 신록의 푸르른 향기가 감돌던 공간으로 기억한다.

그 안뜰에는 아침 해가 들었다. (우리 부엌에도 정오 전까지 빛이 깊게 들어왔다.) 그래서 아침 일찍부터 개수대 빨래판에서 빨래를 하고 오전에 그걸 말리는 게 이 건물 여자들의 공통된 의식이었다. 그 안뜰의 콘크리트 바닥에 박힌 긴 바지랑대에 1층부터 꼭대기 층까지 주민들이 사용하는 빨랫줄 50여 가닥이 열십자로 연결되어 있었다. 아파트 건물마다 장대에 묶인 빨랫줄이 열 줄 정도 있었고 집집마다 자기 빨랫줄이 있었다. 같은 건물 위아래 층 빨래들이 섞이곤 했고 매일 아침 어떤 여자가 빨랫줄 앞에 서서 마구잡이로 섞이고 얽힌 침대보와 바지 들을 탈탈 털어 넌 다음 손을 닦는 모습을 볼 수 있었다. 빨랫줄을 팽팽하게 잡아당기면서 옆집 사람을 부르기도 했다. "버사아아, 버사아아, 지금 집에 있어, 버사?" 이 안뜰을 공유하는 건물 전체에 흩어져 사는 친구들은 하루 종일 갖가지 일로 서로를 불러댔다. ("하비 언제 병원 데리고 갈 거야?" "집에 설탕 있어? 내가 매릴린 보낼게." "10분 후에 집 앞에서 만나.") 어찌나 인정과 활기가 넘쳤던지! 신선한 공기와 그림자 한 점 없는 쨍한 햇살 속에서 여자들은 서로의 이름을 불렀고 그들의 목소리는 햇볕에서 바짝 마르는 빨래 냄새와 섞이며 이 열린 공간의 다양한 질감과 색감을 만들어냈다. 나는 부엌 창문에 기대 서서 지금까지도 입에서 맛볼 수 있을 것 같은 막연한 기대감을 갖고 안뜰을 바라보곤 했다. 그건 연하고 밝은 초록의 맛이었다.

내가 볼 때 이 아파트의 재미는 우리 집 부엌에도 있었고 창문 밖의 다양한 삶에도 있었다. 그 재미란 진정

흥겹고 즐거운 것이었고 안과 밖의 대조되는 풍경 때문에 더 고조되곤 했다. 이 부엌에서 나는 숙제를 한다. 옆에는 늘 엄마가 있고 나는 엄마가 하루를 준비하고 살아내는 모습을 지켜본다. 엄마는 살림을 쉽게 척척 해내는 기술이 있고 기운도 넘쳤지만 그걸 지긋지긋해하며 일체 언급하지 않는다. 나에게도 집안일일랑 조금도 가르치지 않았다. 나는 요리, 청소, 다림질을 배운 적이 없다. 엄마는 지루할 정도로 능숙한 요리사였고, 맹렬한 청소부였으며, 악령 들린 세탁부였다.

엄마와 나는 온종일 그 부엌을 차지하고 있었다. 엄마는 안뜰에서 일어나는 잡다한 사건에 귀를 기울이는 것 같진 않았지만 놓치는 것도 없었다. 엄마는 모든 목소리를 들었고, 모든 움직임을 파악했으며, 침대보를 널고 걷는 소리를 들었고, 누가 누구를 부르고 무슨 대화를 나누는지 재빨리 입력했다. 우리는 누군가의 엉터리 영어, 누군가의 경솔한 행동, 이쪽에서 나는 빽빽거리는 소리와 저쪽에서 나는 구성진 욕을 듣고 같이 웃곤 했다. 창문 바깥쪽 삶에 대한 엄마의 끊임없는 평가는 내가 처음으로 맛본 지성의 열매라 할 수 있었다. 엄마는 세간에 떠도는 말을 정보로 변형시킬 줄 알았다. 한층 치솟은 목소리를 들으면 이렇게 평가하곤 했다. "보나 마나 저 댁 오늘 아침에 남편하고 싸웠구먼." 한풀 잦아든 목소리를 듣고는 이렇게 말한다. "저 집 애가 아프네." 엄마는 사람들 사이에 오가는 눈치 싸움에 밝았고 누가 누구와 사이가 틀어졌는지도 대번에 파악했다. 엄마가 그 골목에서 일어나는 세상사를 직감적으로 이해하고 평가하는 걸 듣고 있으면 인생은 조금 더 풍부해지고, 다채로워지고, 더 흥미로워졌다. 나는 우리 모녀와 창문 밖의 세상이 연결되어 있다고 느끼곤 했다.

그 부엌, 그 창문, 그 안뜰. 그것은 엄마가 뿌리를 내린 대기였고 엄마가 서 있던 배경이었다. 이곳에서 엄마는 똑똑하고, 웃기고, 활기 넘쳤고, 권위와 영향력이 있었다. 하지만 동시에 엄마는 당신을 둘러싼 환경을 경멸했다. "여편네들이란, 으이구!" 입버릇처럼 말했다. "빨랫줄 앞에 모여가지고 이 집 저 집 욕이나 하고." 엄마는 여기 아닌 다른 세상, 진짜 세상이 있음을 알았다. 그리고 가끔은 당신이 그 세상을 원한다고 생각했다. 아주 열렬하고 절실하게. 엄마는 집안일에 열중하다가도 갑자기 모든 동작을 일제히 멈추고, 한없이 길게 느껴지는 몇 분 동안 싱크대를, 바닥을, 스토브를 멍하니 바라보았다. 그런데 그 세상이 어디 있는데? 어떻게 가야 하는데? 그게 대체 뭔데?

이것이 엄마가 처한 삶의 조건이었다. 여기 이 부엌에서 당신이 누구인지 잘 안다는 것. 또한 이 부엌에서 안절부절못하고 지리멸렬해한다는 것. 이 부엌에서 엄마는 누구나 존경하고 감탄할 정도로 훌륭히 기능한다. 이 부엌에서 당신이 하는 일을 혐오스러워한다. 어쩌면 나중에 당신 입으로 말한 "여자로 산다는 것의 공허함"에 대해 분노를 키우고 있다. 그러다가도 골목에서 벌어지는 세상만사를 날카롭게 분석하면서 내가 아직도 기억하는 명랑하고 유쾌한 웃음을 터트린다. 아침에는 수동적이고, 오후에는 반항적이던 엄마는 매일 새로 만들어졌다가 매일 풀어져버리는 사람이었다. 당신에게 주어진 유일한 재료를 굶주린 사람처럼 붙들고 스스로 창조한 세계에 애정을 보이다가도 일순간 어쩔 수 없이 이 생활로 끌려온 부역자처럼 느끼곤 했다. 어떻게 그처럼 처절하게 분열된 삶에 당신의 모든 감정을 쏟지 않을 수가 있었겠는가? 그러니 나라고 무슨 수로 엄마의 감정에 감정을 쏟지 않을 수 있었겠는가?

"로즈먼네 기억하니?" 40번가 6번 애비뉴를 걷고 있을 때 엄마가 묻는다. 로즈먼네는 우리가 이 건물로 이사 온 뒤 첫 2년 동안 지머먼네 아파트에 살았던 가족이다.

"당연히 기억나지. 이제 그 아줌마 아저씨가
재미있어졌나." 내가 말한다.

로즈먼 아줌마는 유대인 콜레트(프랑스 작가이자 배우. 남편
이름으로 활동하다 이혼 후 자신의 이름에서 딴 콜레트라는 필명으로
20세기 프랑스 문학계의 아이콘이 된다)라고 할 수 있었다.
뚱뚱하고 까무잡잡했고, 옆으로 긴 짙은 갈색 눈에
얼굴형은 여우처럼 갸름했고 회색과 흑발의 곱슬머리를
언제나 높이 틀어 올렸다. 그 아줌마는 매일 집착적으로
카드놀이를 했고, 줄담배를 피워댔고, 가족에게는
대놓고 무심했다. 그 아줌마 집에서는 언제나 카드놀이가
벌어졌고, 엄마는 이렇게 말하곤 했다. "냄비에 웬 개똥
같은 음식을 넣고 하루 종일 끓여대서, 남편이 퇴근하고
집에 올 때쯤엔 우리 할머니 신던 신발 맛이 난다니까."
하지만 목소리에는 그 아줌마를 향한 은근한 애정이
묻어났다. 엄마는 로즈먼 아줌마와 각별하다고 할 수
있었는데 10년 전에 그 아줌마 또한 옆 옆 동네에 있던
건물인 29번지의 입주민 위원회 회원이었기 때문이다.

나는 아주 어릴 때부터 엄마 아빠가 공산당원이란
걸 알았다. 두 분 중 엄마가 정치적으로 더 진보적이고
적극적이었다. 내가 태어났을 즈음에 엄마는 브롱크스에

마련된 임시 연단에 올라 경제적 사회적 정의를 외치고 있었다고 한다. 어린 자식들만 아니었다면 아마 대중을 사로잡는 연설가가 되었을 거라는 사실을 당신도 알았기 때문에, 그것은 엄마 마음 한구석에 늘 아쉬움과 열패감을 안겼다.

대공황 시대에 공산당은 월세가 밀려도 세입자가 퇴거 조치를 당하지 않도록 하는 입주민 위원회라 불리는 단체를 후원하고 운영했다. 엄마는 브롱크스 29번지 입주민 위원회 위원장으로 뽑혔다. ("그 건물에서 억양이 없는 영어를 할 수 있는 여자가 나밖에 없어서 자동 선출된 거야.") 내가 태어난 다음에도 얼마 동안 회장으로 활동했는데 아빠가 "당장 그만두고" 집에서 애들이나 키우라고 해서 하는 수 없이 그만뒀다고 했다. 엄마 말에 따르면 그때까지만 해도 엄마가 위원회를 좌지우지했다고 한다. 엄마가 어떤 단체의 수장이었다는 이야기는 침대 머리맡에서 늘 듣던 동화와도 같았다. 다른 엄마들이 『메리에겐 새끼 양이 있어요』를 읽어줄 때 엄마는 그 이야기를 들려주었다. "토요일 아침마다 유니언스퀘어에 있는 공산당사에 가서 그 주에 할당된 일을 받았어. 나도 기획회의에 참여하고 맡은 일을 하나씩 처리했지." 똑같은 단어들로 똑같은 이야기를 반복하는 엄마의 목소리에는

28

다른 이야기를 할 때 찾아보기 어려운, 복잡할 것 없는 즐거움이 서려 있었다.

29번지 입주민 위원회는 당시 우리 부모님이 살던 건물의 여자들로 구성되어 있었다. 그들은 유대인 이민자들로 거침없고 열성적이었다. 같은 건물 입주민이라는 유대감에 정치적 동지 의식이 더해져 더없이 끈끈한 관계로 발전했다. 우리가 브롱크스의 마지막 정착지인 이 건물로 이사 왔을 때 로즈먼네도 옆집에 살고 있음을 알게 된 엄마는 우연히 옛 친구를 재회한 정도가 아니라 가족과 상봉한 기분을 느꼈다. 그 아줌마가 가까이에 있다는 것만으로 마음과 정신이 자극을 받고 열정이 되살아났다. 엄마와 로즈먼 아줌마는 한때 강렬한 감정과 의지를 솟구치게 했던 정치적 활동을 한 동지였기에 서로를 십분 이해하고 존중했다.

두 사람은 그 위원회에서 같이 활동하던 중에 생긴 사건 하나를 유난히 오래도록 기억했다. 그 자체로는 정치적이지 않은 사건이었지만 둘 다 이 사건을 이야기할 때면 고개를 설레설레하면서, 암만 생각해도 놀랍다는 표정을 지었다. 대공황이 한창일 때 위원회 회원인 여자들은 여름에 다 같이 가족 휴가를 가기 위해 스킬산맥에 있는 방갈로를 빌렸다. 대부분은 (부부

방과 아이들 방으로 이용하려고) 본 건물의 방 두 개짜리 숙소를 얻었는데 여유가 없어 방 하나짜리 숙소를 얻는 집도 있었다. 여자들은 부엌 하나를 공유하며 생활했고 남자들은 주말에만 왔다.

　모두 열다섯 명의 여자들은, 엄마 말에 따르면, 그 부엌에서 함께 보낸 며칠간 브롱크스에서 같이 일했던 2~3년의 시간보다 서로에 대해 더 잘 알게 되었다고 한다. 페시라는 여자가 있었다. "멍청했어. 쓰레기를 음식이라고 식탁에 차려놓고 항상 꿀맛이라고 했어. 그래도 동지로서는 훌륭했지. 뭘 시키든 우물쭈물하거나 불평하지 않고 바로 했거든." 싱어가 있었다. "여리고 예민한 사람이었지." 그 여자는 저속하고 천박한 사람들을 못 견뎠다. 콘필드란 여자도 있었다. "약간 어두운데 열정을 숨기고 있는 듯한 여자야. 자기 의견을 안 내고 다른 사람이 전부 말할 때까지 기다리니까 결국 사람들이 어떻게 생각하느냐고 물어. 그러면 굉장히 날카롭고 지적인 대답을 했어." 물론 그 자리에는 로즈먼 아줌마도 있었다. 상황 판단이 빠르고 호탕하고 절대 남에게 속지 않는 사람. 그 아줌마는 카드를 섞으면서도 모든 곳을 꿰뚫어보고 있었다고 한다.

　그해 여름에 엄마는 페시의 어떤 면을 발견했다. "상당히

욕구가 강했어. 무슨 말인지 아니?" 싱어는 알고 보니
골칫거리였다. "무슨 일만 났다 하면 픽 하고 쓰러지는
거야. 눈이 돌아가기 시작해. 그러곤 기절해 있어." 그리고
콘필드, 콘필드에게는 또 다른 이야기가 있었다.

토요일 늦은 오후에 페시가 나이트가운을 입고 내려와
하품을 하면서 자기 몸을 쓰다듬기 시작했다. 사람들이
웃었고 누군가 이렇게 물었다. "페시, 어젯밤에 뭐 했는지
좀 말해봐. 근사한 밤이라도 보냈나봐?" 페시는 콧방귀를
뀌면서 말했다. "말할 게 뭐 있어? 그냥 남들 하는 거
하는 거지. 끝내면 엉덩이 붙이고 돌아누워서 자고. 대체
뭔 얘길 듣고 싶은 거야?" 그렇게 말하면서도 얼굴이
빨개졌고 비밀을 갖고 있다는 듯이 웃었다. 천박한 걸
질색하는 싱어는 고개를 돌렸다. 콘필드는 부엌 구석에
앉아 있었는데(콘필드네는 돈이 없어서 방 한 칸짜리를
빌렸고, 부부가 아이 셋과 한방에서 잤다) 평소보다 유난히
더 말이 없었다.

일요일 밤에 남자들이 도시로 돌아가고 여자들이
포치에 모여 앉아 있는데 누군가 불쑥 말했다. "근데
콘필드는 어디 갔어?" 모두 두리번거리며 찾았지만
콘필드만 없었다. 이름을 부르기 시작했다. "콘필드,
콘필드." 대답이 없었다. 방으로 가보니 아이들은

세상모르고 자고 있었고 엄마만 없었다. 다들 화들짝 놀라서 사방으로 찾아다니기 시작했다. 둘씩 짝지어서 흩어져 찾기로 했다. (엄마는 말했다. "다행히 내 짝은 싱어였어.") 손전등도 하나씩 들었다. ("그 시절 시골이 야밤에 얼마나 깜깜했는지 알지?") 그리고 큰 소리로 이름을 불렀다. "콘필드, 콘필드 어딨어?"

"아마 한 시간 정도 그렇게 들길을 헤치며 다녔을 거야." 엄마가 말했다. "미친 사람들처럼 말야. 그러다가 내가 뭔가 발견했어. 방갈로에서 800미터 정도 떨어진 곳이었는데 길 한가운데 시꺼먼 형체가 있는 거야. 사람인지 뭔지 바로 알아볼 수는 없었어. 그걸 보자마자 싱어는 숨이 가빠지기 시작했지. 나는 길을 봤다가 싱어를 봤다가 다시 길을 보고 나서 말했지. '여기서 기절하지 마, 싱어.' 그리고 길 한가운데 있던 형체에 다가갔어. '일어나 콘필드.' 싱어는 입만 벙긋거리고 찍소리도 못 냈지. 내가 다시 말했어. '일어나, 콘필드.' 그 여자가 얼마 안 있다 일어났어. 그래서 싱어를 돌려세워 같이 돌아왔지."

"엄마는 그게 콘필드 아줌마라는 걸 어떻게 알았어?" 처음에 그 이야기를 들었을 때 이렇게 물었다. "나도 몰라. 그냥 바로 알았어." 다음번에는 이렇게 물었다. "그 아줌마가 왜 바닥에 누워 있던 것 같아?" 엄마는

어깨를 으쓱했다. "정열적인 여자였으니까. 40년 전에는
유대인들이 그렇게 대담하지 못했어. 지금 떠오르는
사람들이 있긴 하지만. 방에서, 애들 있는 방에서 섹스하지
않았어……. 어쩌면 우리를 벌주고 싶었던 거 아닐까?"
다른 해에 엄마는 이렇게 말해서 나를 깜짝 놀라게 했다.
"그 콘필드 말이야. 아마 자기를 증오했을 거야. 그래서
그랬을 거야.' '자기를 증오했다'는 게 무슨 뜻이냐고
물었지만 엄마는 대답하지 않았다.

하지만 콘필드 이야기에서 내가 언제나 확실히
기억하는 건 우리 건물에서 성생활이 가장 활발할 것
같은 분위기를 풍기던 로즈먼 아줌마, 우리 엄마를 순진한
낭만파로만 여기던 그 아줌마가 길에 누워 있던 사람이
콘필드라는 걸 발견했다는 이유로 엄마를 존경했다는
점이다.

"그 집 딸들은 기억나니?" 엄마는 타임라이프 빌딩[지금의
록펠러센터에 위치한 48층 건물. 1959년 타임앤드라이프 빌딩으로
개관했다]에 가까이 왔을 즈음 내게 물었다. "로즈먼
아줌마네 딸 둘?" 그는 젊었을 때 이탈리아 공산당원
애인을 사귀고 임신한 뒤 사별했다. 그를 너무 사랑한
로즈먼 아저씨는 결혼해 자기 핏줄이 아닌 아이(아들)를
키웠고, 그와 딸 둘을 낳아 아빠가 되었다.

"응, 기억나."

"전쟁 중에 그 집 둘째가 아마 열여섯 살쯤 됐을
거야. 폐렴에 걸렸거든? 가족은 딸이 죽는 줄 알았지. 그
시절에는 폐렴으로 많이들 죽었으니까. 그래서 내가 그
둘째 딸을 샀어. 그다음부터 나한테 엄마라고 불렀지."

"그 둘째 딸을 어쨌다고?" 나는 걸음을 멈췄다.

"내가 샀다니까. 그 딸을 샀어. 유대인들은 사랑하는
이가 죽게 생겼으면 그 사람을 팔아. 그래야 악마의
시야에서 벗어나니까." 엄마는 웃었다. "내 사람이 아니면
그 사람한테 나쁜 일이 안 일어나는 거야."

나는 엄마를 똑바로 응시했고 엄마는 내 눈빛을
무시했다.

"로즈먼이 우리 집에 와서 말했지. '우리 딸이 다 죽어가.
우리 딸 사줄 거야?' 그래서 내가 샀어. 아마 10달러 주고
샀을걸."

내가 말했다. "엄마. 그건 무식쟁이들 미신, 한심한
아낙네들 설화 같은 거잖아. 그런 걸 믿었단 말이야?
그래서 딸을 사겠다고 했다고?"

"당연히 그랬지."

"엄마! 둘 다 공산당이었다면서."

"애야, 엄마 말 들어." 엄마가 말했다. "우리는 그 애를

살려야 했어."

　우리 부모님은 중간에 있는 두 개의 방에서 번갈아가며 잤는데 몇 년은 뒷방 몇 년은 앞방에서 지냈고, 안 쓰는 방은 거실이 되곤 했다. 두 분은 커다란 필코 라디오와 공룡 같은 가구 세 점(솜이 터져 나올 것 같은 빵빵한 소파와 고동색 천에 금색 실이 수놓인 의자 두 개)을 앞방과 뒷방으로 옮기면서 살았다.

　머리가 크면서 왜 부모님이 작은 침실 중 하나를 쓰지 않았는지, 왜 군이 문도 없이 다 뚫린 공간에서 잤는지 궁금했고 20대 때 엄마에게 물었다. 엄마는 나를 30초가 넘는 긴 시간 동안 말없이 바라만 보다가 이윽고 입을 열었다. "애들한테 방 하나씩 줘야 하니까." 나도 똑같이 30초 넘게 엄마를 빤히 바라보았다. 엄마는 못 말리는 낭만주의자이자 결혼 이상주의자였고 일찍 돌아가신 아버지 무덤에서 울부짖느라 우리 남매를 내팽개친 사람이다. 그런 엄마가 부부가 나눠야 할 지극히 온당하고 자연스러운 성적 쾌락을 아이들의 편의를 위해 희생했다고 말하고 있었다.

　엄마는 우리 건물에서 억양이 없는 영어와 확고한

태도 때문에도 눈에 띄었지만, 행복한 결혼 생활을 하는 여자로도 알려져 있었다. 아니, 내가 제대로 설명하지 못한 것 같다. 그저 그런 행복한 결혼이 아니다. 마법과도 같은 결혼, 운명적인 상대와 맺어진 완전무결한 결혼이었다.

우리 부모님은 내가 생각해도 행복한 부부였고 서로를 대하는 태도는 품위 있으면서도 애정이 넘쳤다. 결혼의 행복이야말로 천상의 행복이라는 엄마의 이상은 엄마와 내가 숨 쉬는 공기마다 들어차 있었고 엄마는 그로 인해 엄연히 있을 수 있는 현실을 절대 있을 수 없는 일로 만들어버렸다. 문제는 엄마가 당신의 결혼 생활에 내려진 축복에 대해 거의 종교적인 믿음을 갖는 바람에 그에 조금이라도 못 미치는 세상의 모든 결혼을 무시하고 폄하했다는 점이다. 엄마가 나에게 백 가지 방식으로, 천 가지 방식으로 가르쳐준 유일무이한 교훈이란 여자의 삶에선 사랑만이 가장 중요한 가치라는 점이었다.

아빠의 사랑은 진실로 경탄할 만한 자산이었고 엄마의 권태와 불안을 보상해주었을 뿐 아니라 그 권태와 불안의 원인이기도 했다. 엄마는 그다지 만족스럽지 않았던 당신의 인생살이를 설명하면서 수십수백 번 이런 말들을 덧붙여야 했다. "내 말 믿어라. 내가 너희 아빠를 사랑하지만 않았다면 말이야." "엄마 알지? 아빠가 엄마를

사랑하지만 않았다면." 결혼 때문에 일을 그만두어야
했을 땐 얼마나 그만두기 싫었던지 그 일을 두고두고
이야기했다. (엄마는 로어이스트사이드 베이커리에서 경리로
일했다.) 지갑에 당신 손으로 번 돈이 들어 있으면 얼마나
든든했는지, 어린애처럼 용돈을 타서 쓰는 지금의 처지가
얼마나 한심한지, 얼마나 일터로 되돌아가고 싶었는지를
숨기지 않고 말했다. 나도 엄마를 안다. 아빠의 사랑이
없었으면 어떻게 되었을지.

부엌에서의 요리와 침대에서의 잠자리까지 모든 것은
아빠의 사랑이 완전히 바꾸어놓았다. 나는 아주 일찍부터
섹스가 모든 것을 바꿔놓을 수 있다는 걸 알았다. 엄마는
잠자리를 질색하지는 않았지만 참아내야 하는 것쯤으로
본 것 같다. 한 번도 육체적인 사랑이 중요하지 않다거나
여자에게는 귀찮기만 한 일이라고는 말하지 않았다.
"너희 아빠 정열적인 남자였어." "아빠는 언제나 준비가 돼
있었어. 하룻밤에 여자 열 명이랑도 잘 수 있었을 거야."
이런 말을 들으면 나는 이런 결론에 도달할 수밖에 없었다.
옷을 벗고 어떤 남자 옆에 눕기 위해서는 그 남자를
진짜로 진짜로 사랑해야만 하는구나. 그러지 않으면
이 모든 사업에 막대한 지장이 생기는구나. 열여섯 살,
처음으로 순결을 위협받았을 때 나는 매일 아침 일어날

37

때마다 짜증이 치밀 정도로 계속되는 머리와 몸의 전쟁을 느꼈고 조용히 엄마의 자비를 빌었다. 하지만 엄마, 내가 이 사람을 정말, 정말로 사랑하는지 어떻게 알아? 내가 아는 건 나도 몸이 달았고 이 남자가 날 밀어붙이고 있다는 것, 끈질기게 조르고 있다는 것뿐이야. 골목에서, 공원 벤치에서, 열 발자국 떨어진 방에서 엄마가 뒤척이며 누워 있는 우리 집 부엌에서…… 전쟁터에 나와 있는 것 같아…… 하지만 나에겐 지원군이 없어.

엄마의 사전에 있는 그 단어는 사랑이 아니었다. 사랑이었다. 가장 높은 차원에 있는, 영혼의 고귀한 본질, 윤리적 사명 자체였다. 존재하면 오해할 수 없고 부재할 때도 오해할 수 없는 확실한 감정이다. "진짜 사랑하는지 어떻게 아냐고? 그냥 아는 거야." 엄마는 말하곤 했다. "사랑하는지 안 하는지 잘 모르겠으면 사랑하지 않는다는 뜻이야." 이 문장은 시나이 문자처럼 엄마에게서 내게로 계승되었다. 사랑에서 파생되었다고 하는 인간의 다양한 행동에 대한 해석이 우리 집에서만큼은 필요없었다. 엄마는 다른 여자가 남편이나 연인에게 갖는 감정이 당신의 것과 정확히 일치하지 않으면 사랑이 아니라고 주장했다. 엄마는 사랑이 모든 것이라고 말했다. 여자의 삶은 사랑이 결정한다고. 그걸 반증하는 모든

증거는―그런 증거는 실제로 차고 넘친다―얕잡아보거나
무시하고 논외로 치고 엄마만의 논리를 내세워 입장入場을
거부했다. 한번은 나 있는 데서 (그때 나는 열 살이었다)
엄마 친구분이 엄마더러 완전히 틀렸다고, 네가 생각하는
사랑 개념은 협소하기 짝이 없고 어쭙잖으며 넌 그냥
결혼이라는 개념의 노예일 뿐이라고 말했다. 엄마에게
그분이 한 말이 무슨 뜻이냐고 묻자 엄마는 대답했다.
"미개한 여자야. 인생을 몰라."

　어디든 동네 바보나 성자 같은 얼뜨기가 있기 마련이다.
우리 동네에는 세 명이 있었다. 톰이라고 예순 먹은
정육점 배달원 할아버지. 그는 고깃덩어리를 들고 가다가
갑자기 멈춰 서서 포장된 고기를 길바닥에 홱 던진 다음,
집게손가락을 흔들면서 선언했다. "이제부터 너 안 데리고
다닐 거야. 못된 놈의 자식 같으니!" 다운증후군이 있는
불혹의 릴리도 있었다. 공주 드레스를 입고 기름기가 잔뜩
긴 머리에 핑크색 새틴 리본을 꽂고 빨간불에 길을 건너면
차들이 그 여자 주변에서 끼익 소리를 내며 멈춰서곤
했다. 키가 작고 새처럼 가는 몸의 커너 아줌마는 행주를
머리에 두르고 돌아다녔는데 손짓 발짓이 크고 느닷없이

황당한 행동을 하곤 했다. 그는 식료품점이나 정육점이나 약국에서 모르는 사람을 세워두고는 양손에 주먹을 느슨하게 쥐고 자기 얼굴 앞에서 흔들며 갈색 눈을 실성한 사람처럼 번득이며 말한다. "저기요. 오늘 제가 아주 기이막히게 아름다운 러시아 소설을 읽었거든요? 세상에서 자기가 제일 불행한 줄 아는 사람도 이 억울한 사람 앞에선 펑펑 울게 된다니까요." 그러곤 용건은 홀라당 잊어버리고 몸을 돌려 문으로 향한다.

커너 아줌마는 매릴린 커너의 엄마였고 매릴린은 나와 가장 친한 친구였다. 커너네는 우리 집 아래층 옆집에 살았고, 엄마의 관점으로는 우리 집안과 모든 면에서 정확히 대척점에 있는 집이었다. 하지만 나로서는 뭐가 그렇게 다르다는 건지 알 수 없었다. 커너네는 그저 우리 아랫집일 뿐이었다. 나는 생각했다. 그 집에는 그 집 방식이 있겠지.

매릴린은 외동딸이었다. 커너네는 방 세 칸짜리 아파트였다. 매릴린은 엄마랑 세 방 중에 마호가니 트윈 침대가 있는 방에서 잤다. 아빠는 거실 소파 옆 간이침대에서 잤다. 커너 아저씨는 우리 아빠처럼 가먼트 지구에서 일했다. 잘생기고 말이 없는 아저씨로 회색 머리카락에 차가운 푸른 눈동자를 갖고 있었는데 내 상상

속에서 그 눈은 영원한 공포와 불안의 원천이었다. 그 집 모녀는 아저씨의 출근을 반기고 퇴근을 두려워했다. 그가 집에 나타난다는 건 즐거운 오후가 끝났다는 걸 의미했을 뿐 아니라 위협적이고 무서운 일이었다. 커너 아줌마는 다섯 시 반이 되면 몸을 뻣뻣하게 펴고 검지손가락을 세우며 말했다. "조용히 해라, 얘들아. 아빠 오실 시간이야!" 푸른 수염이 문 안으로 막 들어서려는 순간처럼.

　나는 그 어느 집보다 커너네서 보내는 오후가 좋았다. 그 집은 꼭 부모님이 없는 집 같았다. 커너 아줌마는 바깥에선 어른인 척 위장하고 다닐지 몰라도 매릴린과 나는 알았다. 커너 아줌마와 있으면 권위라는 건 습득된 기질일 뿐이라는 사실이 확실해졌고, 엄마들이 권위를 자기 것으로 만들었다기보다는 자기 것인 양하고 있다는 의심이 들었다. 커너 아줌마는 매력적이면서도 성가신 구석이 있었지만, 평범한 여느 엄마들보다 같이 있기 훨씬 더 재미있는 사람이었다. 그리고 이상한 방식으로 우리를 지도했다. 우리 엄마의 존재감은 강력했지만 커너 아줌마의 존재감은 부드러웠다. 아줌마의 곤경과 괴로움은 겉으로 드러나 있고 만져질 듯 생생해서 그분이 영악한 열두 살 소녀 둘의 조롱과 무지에도 당신의 마음을 온전히 열어젖히면 누군가 내 심장을 손가락으로 누르는 것처럼 또렷하게 느껴졌다.

아줌마는 살림을 끔찍하게 못했지만 온종일 청소를
멈추지 않았다. 항상 머리에 행주를 두르고 손에는 깃털로
된 먼지떨이를 든 채 이걸 어떻게 써야 할지 모르겠다는
표정을 짓고 서 있었다. 하염없이 집 안을 돌아다니며
먼지떨이를 여기든 저기든 갖다 대곤 하는 식이었다. 강철
괴물 같은 진공청소기도 끌고 다녔는데 작동을 시키면
거실에서 비행기가 이륙이라도 하는 듯한 굉음이 울려
퍼졌고, 아줌마는 올이 풀린 카펫 위로 그 물건을 끌고
다니다가 어느샌가 흥미를 잃고 이삼 일씩 그 자리에
그대로 내버려두곤 했다.

아줌마는 빵도 구웠다. 지독히 맛없는, 빵인지
케이크인지 모를 만큼 정체불명의 익다 만 밀가루
덩어리를 만들었다. 그 덩어리를 조각조각 잘라 광고라도
찍듯 코 높이에 올려, 냄새를 깊이 들이마신 다음,
이것이야말로 신들의 진미라고 선언한 뒤 나나 매릴린에게
먹이곤 했다. "맛있지, 그치?" 묻는 아줌마 얼굴에선
빛이 났고 나는 고개를 끄덕이며 되는대로 빨리 씹어
넘기면서(적어도 3~4분이 소요되는 일이었다) 그날 오후
내내 밀가루 덩어리가 가슴 어딘가에 얹혀 있으리라는 걸
예감했다. 하지만 꿀꺽 삼켜버리고 싶었다. 그러지 않으면

아줌마는 평소보다 더 어리둥절한 표정을 지을 테고(지금 뭐가 잘못되었지?) 나는 함께 있는 이 시간만큼은 아줌마를 보호하고 싶었다.

아줌마는 진공청소기 돌리길 절대 시원하게 끝마치는 법이 없었는데 카펫 위를 반쯤 끌고 다니다가 중얼거리며 불평을 하고(가끔은 청소기 끄는 것도 잊어버리고) 나와 매릴린이 책을 읽고 그림을 그리는 침실이나 부엌에 와서 손을 양볼에 올린 뒤 눈을 빛내면서 외쳤다. "애들아, 내가 방금 신문에서 기사를 하나 읽었는데 말이야. 어떤 가난하고 착하고 예쁜 여자가 찻길을 건너고 있었대. 아픈 애를 2층에 두고, 마지막 남은 동전으로 그 애 먹일 우유를 사느라고. 그런데 나온 지 1분 만에 자동차가 길목에서 튀어나온 거야. 엄마가 차에 치여 넘어지는 바람에 차가 몸을 밟고 지나갔대. 어떡하면 좋아! 끔찍하지. 사람들이 웅성대며 달려왔는데 피가 사방에 튀었겠지. 도로엔 애기 엄마 피가 흥건했고. 사람들은 일단 그이를 옮겼어. 그런데 어떻게 됐는 줄 아니? 정말 말도 안 되는 일이야. 현실은 언제나 인간의 상상을 넘어선다니까. 있지, 한 시간 뒤에 사람들이 그 여자 손을 배수로에서 찾았는데 손이 그때까지도 동전을 꼭 쥐고 있다래."

그림을 그리던 매릴린은 잿빛 연필을 내려놓지도

못했다. 내가 만약 책을 읽고 있었다면 손가락 사이에 읽던 페이지가 그대로 끼어 있었을 것이다. 아줌마가 문 앞에 나타나면 처음엔 방해가 된다고 생각하다가도 곧 그 다급하고 들뜬 목소리에 우리도 모르게 이끌린다. 아줌마가 입을 열면 내 심장이 빠르게 뛰고 모든 신경은 그분이 시시콜콜 풀어내는 그 기이한 이야기에 집중된다. 커너 아줌마는 청중을 매료시킬 줄 아는 달변가였다. 분명 이야기꾼의 기질을 타고났다고 할 수 있었다. 자잘한 일상 경험과 주위들은 이야기는 서사를 만들어내는 기적 같은 힘에 의해 모양이 갖춰지고 의미가 생겼다.

커너 아줌마로 하여금 이야기를 하게끔 하는 욕구에 이성적이고 철학적인 이유 같은 건 없었다. 그분이 가장 귀하게 여기는 건 인간의 감정이었고 당신의 예술적 도구인 음악, 그림, 문학을 통해 그 순수한 감정을 전달하려고 했다. 이야기가 중요한 이유는 감정을 느낄 줄 아는 문화적인 사람들과 아름다운 세상에서 살고 있었기 때문이다. 얘들아, 감정이 모든 걸 좌우한단다. 무엇을 어떻게 느끼느냐에 따라 인생이 풍족할 수도 빈곤할 수도 있어. 감정을 고양시키면 큰 재산이 되기도 하고 그게 싹 사라져버리면 길가에 아무렇게나 버려진 인생이 되기도 하는 거야.

커너 아줌마는 일단 어떤 이야기를 한 다음에
그것의 주제라 할 수 있는 당신의 예술, 인생, 감정에
대한 사색을 열정적으로 설파했다. 그러다가 한 번씩
소매를 걷어붙이고 피아노로 달려갔다. 커너 아저씨의
반대에도 불구하고 40달러에 구입한 피아노였는데,
매릴린은 건드리지도 않는 그 피아노와 함께 집에 쇼팽,
라흐마니노프, 모차르트가 들어올 거라고 아줌마는
믿었다. 현관 옆 피아노는 거의 잊힌 듯 세워져 있다가
일주일에 두어 번 커너 아줌마가 충동적으로 달려들 때만
뚜껑이 열렸다. 아줌마는 피아노 의자를 치마로 대충 닦고
피아니스트처럼 과장된 몸짓으로 팔을 높이 올렸다가
손가락을 쿵 내려놓으면서 「볼가강의 뱃노래」 앞소절을
연주했다. 그게 전부였다. 연주할 수 있는 거라곤 오직 그
곡 하나, 「볼가강의 뱃노래」 도입부 몇 마디밖에 없었다.
아줌마는 열 번이든 스무 번이든 그 부분만 연주했고
당신은 물론 우리도 그걸 끝까지 집중하며 경청했다.

갑작스러운 피아노 연주는 그날 오후의 마지막 순간을
장식했고, 함께 나누었던 이야기의 힘에 사로잡힌
아줌마는 그때쯤엔 시간 감각을 잃어버렸다. 그렇게
피아노를 쿵쾅 두드리고 있을 때 문이 벌컥 열리고
우리는 모두 얼음장이 된다. 커너 아저씨가 우리를 말없이

바라본다. 우릴 지나쳐 집 안으로 들어가서는 거실을
한 바퀴 돌아본 다음 다시 현관으로 와서 복도 벽장에
코트를 건다. (아저씨는 내가 아는 사람 중에 가장 깔끔한
남자였다.) 그러곤 말한다. "집이 돼지우리구만. 온종일 뭐
했어?" 그리고 다시 거실로 가서는 덮개를 씌운 의자에
앉아 신문을 읽기 시작한다. 우리 모두는 그 즉시 뿔뿔이
흩어진다. 아줌마는 부엌으로, 매릴린은 자기 방으로, 나는
현관문으로.

어느 토요일 아침 매릴린과 나는 동네의 대표 상점가인
트레몬트애비뉴에 가기로 했다. 1층 문 앞에서 매릴린이
지갑을 놓고 왔다고 했다. 다시 계단을 올라간 우리는
커너네 아파트에 가서 침실 문을 열었다. 매릴린이 먼저
들어갔고 내가 바로 뒤에 있었다. 매릴린이 갑자기 문지방
위에 멈춰 섰고 그의 어깨 너머로 방 안이 보였다. 커너
아저씨와 아줌마가 마호가니 침대 위에 누워 있었다.
아저씨가 아줌마 위에 있었고 이불이 두 사람의 몸을
덮고 있어 벗은 상체만 보였다. 아저씨는 얼굴을 아줌마의
어깨에 묻고 있었고 아줌마는 고개를 젖히고 눈을 감은
채 나직한 신음 소리를 내며 입을 벌리고 있었다. 손은
남편의 등을 힘껏 누르고 있었고 남편은 입으로 아내의
목을 빨고 있었다. 그 격렬하고 격정적인 동작은 과격했고,

상호적이라는 걸 단박에 알 수 있었다. 어떤 신열과
두려움이 내 목에서부터 사타구니까지를 훑고 지나갔다.
격정은 내게까지 전해질 만큼 상호적이었다.

커너 부부가 있다. 서로 미워하는 듯하지만 닫힌
문 안에서 성적 쾌락에 몸을 떠는 부부. 그리고 우리
부모님이 있다. 서로 지극히 사랑하지만 침대를 문도 없는
방에 놓고 순결하게 사는 부부. 아래층에는 아수라장
같은 집에서 거실로 도피하는 남편과 반쯤 미친 몽상가
아내가 있다. 위층에는 병영 막사처럼 말끔한 집에 가정의
중심인 남편과 야무지고 자기주장이 강한 아내가 있다.
이런 차이들이 내게 특별히 각인되지는 않았다. 여자들
간의 차이는 그다지 놀랍거나 결정적인 무언가로 다가오지
않았다. 나에게 입력된 사실은 커너 아줌마나 우리 엄마나
낭만적인 감정을 유난히 소중히 여겼고 두 사람 모두
결혼한 여자였다는 것뿐이었다.

우린 5번가를 걷고 있다. 엄마한테나 나한테나 좋은 날은 아니다. 나는 살이 찐 것 같아 괴롭고 사무치게 외롭고 인생이 엉망진창으로 꼬인 것만 같다. 집에 가서 일을 하고 있어야 하지만, 그저 책상 앞에 안 앉을 구실로 엄마 옆에서 착한 딸 역할을 수행하고 있다. 마감 때문에 너무 불안해서 배 아픈 걸 참아가며 걷고 있는 것만 같다. 엄마는 언제나 그렇듯이 날 위해 해줄 게 없다는 걸 잘 알면서도 내가 행복하지 않다는 것에 초조해한다. 계속 수다를 떨며 이혼을 고려 중이라는 사촌 이야기를 늘이고 늘여서 하는 중이다.

도서관에 거의 다다랐을 무렵 승려 한 분이(삭발에 피부는 투명하고, 뼈만 남은 몸에는 빛바랜 분홍색 천을 두르고 있었다) 우릴 향해 다가왔고 말씀이 적힌 종이를 우리에게 내밀었다. 무명천을 두른 이 인물이 자기 종교에 대한 장광설을 늘어놓으며 주의를 빼앗아가려 하지만 엄마는 신경 쓰지 않고 하던 말을 계속한다. 마침내 엄마도 방해가 된다고 느꼈는지 승려를 돌아본다. "뭐예요?" 엄마가 묻는다. "나한테 뭘 원하는 거냐고, 말을 해." 승려가 엄마에게 말한다. 엄만 그 사람 말을 듣는다. 그러더니 어깨를 쫙 펴서 157센티 정도 되는 키를 최대한 키운 다음 대꾸한다. "이봐요, 젊은 양반. 난 유대인이고 사회주의자야.

사람이 한평생 그 두 가지 사상만 감당하기도 버거워. 무슨 말인지 알겠소?" 분홍색 승복 차림의 앳된 청년은 엄마에게 매료되었는지 잠깐 재밌어하는 듯 보인다. "우리 부모님도 유대인이에요. 사회주의자는 아니지만." 그가 자기 이야기를 털어놓는다. 엄마는 그를 빤히 바라보더니 고개를 설레설레 젓고 내 팔을 손가락으로 콱 붙들더니 가던 길 쪽으로 내처 걷는다.

엄마는 말한다. "세상에 무슨 일이라니? 멀쩡하게 생긴 유대인 청년이 머리 깎고 길바닥에서 헛소리를 중얼거리다니. 말세다 말세. 너도나도 이혼을 한다질 않나. 이혼이 아니면 또 뭐야, 중이 되는 건가. 너희 세대는 왜들 그렇게 막사는 거라니?"

"시작하지 마시지." 나는 말한다. "엄마 잔소리 들을 기분 아닌데."

"이것도 잔소리 저것도 잔소리라네. 사실이 그렇잖아. 우리가 다 잘한 건 아니지만 적어도 너희 세대처럼 길에서 저렇게 망가지진 않았어. 우린 질서란 게 있었고, 침묵할 줄 알았고, 품격이 있었다고. 가족은 끝까지 고락을 함께했어. 사람들이 점잖게 살 줄 알았어."

"무슨 신소리야. 점잖긴 뭐가 점잖아. 진실을 감추고 산 거지. 설마 옛날 사람들이 더 행복했다고 말하려는 건 아니겠지?"

"아니. 그런 말을 하려던 건 아냐." 엄마는 이내
항복한다.

"그럼 무슨 말을 하려는 건데?"

엄마는 얼굴을 일그러뜨리더니 입도 닫는다. 이제 어떤
말을 할지 머리를 굴리는 중이다. 아, 찾았다. 승리의
미소와 비난조를 장착한 엄마는 말한다. "요즘 사람들은
불행이 너무 생생해."

엄마의 말에 나는 흠칫 놀랐지만 사뭇 즐겁기도 했다.
엄마가 진실을 말하거나 영리한 통찰을 하면 기분이
좋아진다. 그 즉시 엄마를 사랑할 수도 있을 것만 같다.
"일단 그렇게 시작을 하는 거야, 엄마." 나는 부드럽게
말한다. "먼저 불행을 솔직히 드러내고 나면 뭐든 해볼 수
있는 거잖아."

엄마는 도서관 앞에서 발을 멈춘다. 내 말을 듣고
싶어하진 않지만 우리 사이에 대화가 제대로 이뤄지고
있다는 건 알아서 흡족한 눈치다. 엄마의 황갈색 눈, 나
어릴 적엔 더 짙고 더 명민해 보였던 그 눈은 머릿속에서
당신의 말과 내 말의 의미가 간파될 때 더 밝게 빛난다.
뺨은 붉게 상기되고 푸딩처럼 보드라운 얼굴은 새로운
깨달음을 얻은 듯 보기 좋게 단단해진다. 이럴 때 엄마는

아름다워 보인다. 내 경험으로 아는 건 엄마가 앞으로
이날의 산책을 진정 유쾌한 오후로 기억하리라는 점이다.
또 내가 아는 건 이날 오후가 왜 유쾌했는지에 대해 엄만
아무에게도 말할 수 없을 거라는 점이다. 엄마는 사색을
즐기는 사람이지만 당신만 그 사실을 모른다. 단 한 번도
알았던 적이 없다.

엄마가 드러커 아줌마에게 창부라고 하고 1년 뒤에
드러커네는 이 건물에서 나갔고 그 아파트에 네티
러바인이 들어왔다. 드러커네가 이사 가고 네티가 이사 온
날은 기억에 없다. 트럭이나 봉고차가 들어와 가구, 식기,
옷가지 들을 내가고 들여오는 장면도 없다. 사람들도 짐도
마치 아파트에서 증발하듯 싹 사라졌고 다른 사람들이 그
공간을 되차지했을 뿐이다. 나는 애착이 절대적이지 않고
상황에 따라 달라지는 속성을 지녔다는 걸 아주 어린
시절에 알게 되었다. 옆집 사는 이웃을 로즈먼네, 드러커네,
지머먼네라고 부른다고 해서 그들이 그리 달랐을까?
이웃이 있다는 사실만이 중요했다. 그러나 네티네는
달랐다.

학교가 파하고 집에 왔다가 놀러 나간다고 계단을

달려 내려오던 나는 어두운 복도에서 누군가와 부딪쳤다. 여자가 들고 있던 갈색 종이봉투들이 사방으로 흩어졌다. 우리는 둘 다 "아이고" 외치면서 한 발 뒤로 물러섰다. 나는 계단 난간에 기댔고 네티는 페인트 기포가 톡톡 올라온 벽에 기댔다. 나는 얼굴을 붉히며 몸을 숙여 층계참에 떨어진 종이봉투들을 주섬주섬 챙기다가 퐁파두르 스타일로 말끔하게 빗어 넘겨 등과 어깨 위로 흘러내린 그의 머리카락이 선홍색이라는 사실을 발견했다. 얼굴형은 좁고 턱은 뾰족했다. (눈은 아몬드 모양에 입술과 코는 얇고 날렵했다.) 어깨는 넓었지만 늘씬했다. 언젠가 딱 한 번 보았던 사진 속 그레타 가르보와 닮았다고 생각했다. 심장이 뛰기 시작했다. 그렇게 매혹적인 미인을 가까이서 본 건 처음이었다.

"봉투 찢어진 건 걱정 마." 그가 내게 말했다. "얼른 나가서 놀렴. 바깥 햇살이 얼마나 좋은데. 어두컴컴한 계단에서 시간을 낭비하고 있으면 안 되지. 어서 가봐." 우리 아파트에 사는 다른 여자들처럼 억양이 있는 영어였지만 한껏 사근사근한 목소리 때문에 그 말은 노랫소리처럼 들렸고 무엇보다 내용 자체가 놀라웠다. 우리 엄만 이 거리에 드리운 대낮의 밝은 햇살이 우리의 유일한 놀 거리라는 걸 알면서도 즐거움을 놓치지 말라는 말은 한 번도 한 적이 없었다. 계단을 뛰어 내려가는데 가슴이 뻐근해졌다. 저 아줌마가 이웃집에 이사 온 사람이구나. ("우크라이나 출신 빨간 머리 여자가 유대인하고 결혼을 다 했네." 이삼 일 전 엄마가 무심하게 말하고 지나간 적이 있었다.)

　이틀 뒤 저녁을 거의 다 먹었을 무렵 초인종이 울려 나가보았다. 그 여자였다. "음…… 있잖아." 그는 약간 수줍고 멋쩍은 얼굴로 배시시 웃다 말다 했다. "너희 어머니가 초대를 해주셔서 들렀어." 문가에 서 있으니 달라 보였는데 어딘가 촌스럽고 어색한 게 그저 예쁘장하게 생긴 촌사람 같았다. 복도에서 봤던 배우처럼 매혹적인 피조물이 아니었다. 나는 바로 침착을 되찾고 아량을 가득 담아 말했다. "들어오세요." 좁디좁은 현관 옆 전실로 예의 바르게 비켜서서 그가 부엌으로 들어올 수 있게 했다.

　"앉아요, 여기 앉아." 엄마는 '내가 하는 말 잘 들어' 할 때 예의 그 걸걸한 목소리와는 다른 종류의 걸걸한 목소리로 친근하게 말을 붙였다. "커피 한잔해요. 파이도 들고." 엄마는 오빠를 손으로 밀쳤다. "저리 좀 비켜라. 러바인 여사가 이 의자에 앉아야지." 등받이가 높은 원목 벤치가 테이블 한쪽에 놓여 있었고 나와 오빠는 항상 그 넓은 의자를 차지하겠다고 방에서부터 뛰어나오곤 했었다.

"슈냅스 한잔하시겠어요?" 잘생기고 다정한 우리 아빠는 비유대인에게도 친절한 아내가 어찌나 자랑스러웠던지 흐뭇한 미소를 지으며 말했다.

"아, 아니에요." 네티는 사양했다. "그거 마시면 어지러워서요. 그리고요", 네티는 엄마 쪽으로 몸을 틀어서 힘주어 말했다. "러바인 여사라뇨. 그냥 네티라고 부르세요."

엄마는 얼마간 반가워하면서도 아직은 어떻게 해야 할지 몰라 얼굴을 붉혔다. 상황이 확실하지 않을 때 언제나 그랬듯 엄마는 넌지시 떠봤다. "러바인 씨를 아직 못 봐서요. 본 적 있나?" 엄마 귀에는 중립적인 질문으로 들렸겠지만 다른 사람 귀에는 비난인지 아닌지 헷갈리는 질문으로 들리기도 한다.

"아뇨, 아직 못 만나셨을 거예요." 네티가 웃었다. "여기 없거든요. 지금쯤 태평양 한가운데 있을 거예요."

"아, 맞다. 해군이라고 했지." 엄마의 뺨에서 붉은 기가 가셨다. 전쟁이 한창이었다. 오빠 열여섯, 아빠 사순 후반이어서 다행히 집안 남자들을 전쟁터에 보내지 않을 수 있었던 엄마는 가끔 그로 인한 죄책감을 과장되게 표현하곤 했다.

"그게 아니라", 네티는 자기도 헷갈린다는 얼굴로

답했다. "상선해병이에요." 나는 네티도 해군과 상선해병의
차이를 완전히 이해했다고 생각하지 않는다. 당연히
엄마도 마찬가지였다. 엄마는 궁금한 얼굴로 아빠를
바라보았다. 아빠도 금시초문이라는 표정으로 어깨를
으쓱했다.

"뱃사람이란 말이에요, 엄마." 오빠가 재빨리 끼어들었다.
"상선에서 일한다고요. 해군에서 복무하는 게 아니라.
그러니까 사기업 배에서 일한다고요."

"이상하다. 러바인 씨 유대인이라고 들었는데." 엄마는
순진하게 물었다.

오빠의 얼굴은 창백해지다가 거의 보라색으로 변할
지경이었고 네티는 자랑스럽게 웃으며 말했다. "맞아요.
유대인이에요."

엄마는 하고 싶은 말이 있었지만 감히 입 밖에 내지
않았다. 말도 안 돼! 어떤 유대인이 자발적으로 배를 탄단
말이야?

네티와 관련해서는 모든 게 앞뒤가 안 맞게 느껴졌다.
비유대인으로 유대인과 결혼한 여자라니, 우리가 아는
유대인 중에 그런 사람은 없었다. 보아하니 그는 언제나
혼자였고 살고 싶은 곳을 스스로 자유롭게 택해왔으며
이번에도 자진해서 자기에게 특별히 이익이 되거나 자비를

베풀 리 없는 노동자 계층 유대인들 틈에서 살기로
선택한 듯했다. 요염하고 아리따운 외모 때문에 어딜
가나 부러움과 호기심의 대상이 되는 여자였던 네티는
평범한 서민들의 삶을 때로 과할 정도로 높이 평가했다.
그는 엄마의 살림 솜씨—적은 월급으로도 넉넉해 보이는
살림을 꾸리고 집에선 늘 좋은 냄새가 나며 아이들이
집에 있는 걸 만족하는 모습—를 두고 칭찬을 퍼부었는데
이런 능력이 진정 희귀한 보물인 것처럼, 자신에게는
주어진 적 없는 지참금이라도 되는 것처럼, 자신이
거부당했던 삶의 상징인 것처럼 말했다. 다른 사람과
마찬가지로 남몰래 네티의 매력에 놀라워하던 엄마는
그가 두 집안 살림의 어마어마한 격차를 (종종 모호하고
두서없게) 언급할 때면 그 모습을 인정 넘치게 바라보다가
이렇게 대답하곤 했다. "이제 새댁도 결혼했잖아. 앞으로
배우면 되지. 아무것도 아냐. 배우고 말고 할 것도 없어."
네티는 얼굴을 붉히고 찡그리며 세차게 고개를 젓곤 했다.
엄마는 그 반응을 이해하지 못했고 네티도 자기가 왜
그렇게 강하게 부인하는지 설명하지 못했다.

네티가 이 건물로 이사 오고 두 달 뒤에 남편 릭
러바인도 뉴욕으로 돌아왔다. 네티는 배를 타다 돌아온,
휜칠하고 까무잡잡하고 턱수염 난 신랑을 옆에 끼고

다니며 너무도 뿌듯해했다. 같이 거리를 돌아다니면서 얼굴을 익힌 동네 아이들에게 그를 자랑스럽게 소개했고 우리에게도 인사시켰으며 장을 볼 때도 꼭 동행하려고 했다. 남편이 온 뒤로 네티의 외모도 눈에 띄게 변모하기 시작했다. 피부는 광채를 내뿜었다. 아몬드 모양의 초록빛 눈은 보석처럼 빛났다. 몸짓에도 새로운 우아함이 깃들었다. 걷는 자태, 손짓, 머리칼을 쓸어 넘기는 동작마저 우아해졌다. 갑자기 그의 온몸에서 귀족적인 기품이 풍겼다. 매일매일 더 신비롭고 아름다워졌다. 이제는 감히 접근하기도 어려운 존재가 되었다.

그 변화를 옆에서 목격하며 나는 네티에게 점점 더 자석처럼 이끌렸다. 매일 아침 일어날 때부터 그날 복도에서 네티를 마주칠 수 있을까 없을까만 생각했다. 우연히 만나지 못하면 갖은 핑계를 만들어서 그 집 초인종을 눌렀다. 남편 릭과 같이 있는 모습을 보고 싶어한 건 아니었다. 그 남자도 차가운 느낌의 미남이었으나 울적한 데다 아둔해 보이기도 했고 두 사람 사이에 일어나는 일 가운데 내 호기심을 자극하는 건 하나도 없었다. 내가 보고 싶은 건 오직 네티, 네티였다. 손으로 만져보고 싶기도 했다. 내 손은 언제나 내 몸에서 뻗어나가 그 여자의 얼굴을, 팔을, 옆구리를 만질 태세를

갖추고 있었다. 나는 그를 열망했다. 그는 내가 도무지
눈을 돌릴 수가 없는 어떤 가능성의 기운을 내뿜고
있었다. 나는 원해…… 나는 원해…… 내가 원하는 게
뭔지는 모르겠지만.

하지만 이 당돌하고 자신만만한 분위기는 수명이
짧았다. 네티의 것도 내 것도 사라졌다. 어느 날 아침
릭이 돌아온 지 일주일 만에 엄마는 네티 부부가 이사를
갈지도 모른다는 소문을 듣고 그들의 집으로 찾아갔다.
네티는 엄마를 보자마자 등을 돌렸다.

"왜, 무슨 일이야?" 엄마가 물었다. "고개 돌려봐. 얼굴 좀
보자." 네티는 천천히 몸을 돌렸다. 반쯤 감긴 오른쪽 눈에
커다랗고 시퍼런 멍이 들어 있었다.

"주여." 엄마는 숨을 들이마셨다.

"일부러 그런 게 아니고요." 네티가 사정하듯이 말했다.
"실수였어요. 신랑이 친구 만나러 술집에 가고 싶다는데
내가 안 보내줘가지고. 한참 옥신각신하다가 일어난
일이에요."

그 사건 이후 네티는 남편이 오기 전의 모습으로
재빨리 돌아갔다. 2주 후에 릭 러바인은 다시 바다로
떠나야 했고 이번에는 4개월간의 항해라고 했다. 그는
가지 말라고 애원하는 아내에게 배 타는 건 이번이

마지막이라고, 4월에 돌아오면 도시에서 안정적인 직업을 찾아 정착하겠다고 했다. 네티는 이번엔 반드시 그 약속을 지킬 거라고 믿고 가까스로 남편 목에 감은 두 팔을 거뒀다. 남편을 바다로 보낸 지 6주 뒤 임신한 걸 알았다. 그리고 3개월 만에 전보를 받았다. 남편이 발트해 어느 항구 술집에서 몸싸움을 벌인 끝에 총에 맞아 숨졌다는 전보였다. 시신은 뉴욕으로 운구되었고 보험금을 받을 수 있을지 여부는 아직 알 수 없었다.

네티는 순식간에 우리 가족의 일상에 스며들어 나중엔 옆집 사람일 때 어땠는지를 기억하기 어려울 정도였다. 오전에 커피를 마시러 우리 집에 왔다가 오후에 또다시 왔고 대략 일주일에 세 번 정도 우리 식구와 같이 저녁을 먹었다. 나도 그 집에 시시때때로 드나들 수 있게 되었고 오빠는 릭의 보험 문제로 네티와 매일 상담을 했다.

"딱하기도 하지." 엄마는 입만 열면 그렇게 말했다. "과부에다, 임신하고, 돈 한 푼 없고, 이제 어찌 살려나."

그러나 실로 예기치 않게 과부살이를 하게 된 네티는 무해하게 가여운 사람, 안전한 타인이 되었다. 마치 남편이 죽기 훨씬 전부터 우리 엄마에겐 절대 일어나지 않을 방식으로 자기도 특권이 박탈되리라는 것을 알려왔던

것처럼. 엄마와 비슷한 환경에 잠시 잠깐 걸터앉아
있다가 운명처럼 릭이 죽게 되자 진실이 드러난 것이다.
덕분에 엄마는 비교당할 걱정 없이 네티의 미모를
참을 수 있게 되었고, 네티는 일부러 겸손 떨 필요 없이
엄마의 신뢰를 얻어낼 수 있었다. 무언의 협약은 두 사람
사이에서 어떤 대화도 없이 자연스레 맺어졌다. 우리는
매일매일 아름다운 네티를 부엌에 들일 수 있었고, 네티는
이 건물에서 엄마의 보호를 받을 수 있었다. 한번은
지머먼네가 우리 집에 그 시크서shiksa[비유대인 여자]의
근황을 캐물으러 왔다. 엄마는 냉정하게 당신은 바쁜
사람이라 쓸데없는 얘기 할 시간 없다고 잘라 말했다.
그날 이후 이 건물의 어느 누구도 적어도 우리 앞에서
네티에 대해 쑥덕거리지 않았다.

　엄마가 한번 의리를 갖기로 하면 그 의리는 흔들리지
않았다. 그러나 의리가 있다고 해서 네티를 판단하지 않은
건 아니다. 편한 사람에게는 넌지시 의구심을 드러내곤
했다. 우리 집에서 네 블록 떨어진 동네에 사는 세라
이모와 부엌에 앉아서 릭이 죽고 몇 주 후부터 네티의
집에 자꾸 드나드는 남자가 있다고, 한 명이 아니라 몇
명이나 된다고 이야기했다. 그 남자들은 릭과 같은 배를
탄 동료 선원들로 마지막에 같은 배에 타고 있었기에

상을 당한 아내를 조문하러 온 것이었고 특히 릭의 사망과 관련된 상황이 애매해 지급이 지연되고 있는 생명보험금에 대해 알려주려고 온 것이기도 했다. 엄마는 반쯤 장난스럽게 집에 찾아오는 남자들의 느낌이 묘하다고 말했다. 그래? 이모는 흥미로운 듯 눈썹을 치켜올렸다. 어디가 어떻게 묘하다는 거야? 엄마는 직감을 이야기한다. 어떤 남자들은 딱 한 번만 왔고 그게 정상인데 어떤 사람은 두 번 세 번, 때로는 매일 연달아 들르더라고. 두세 번 온 남자들은 표정이나 행동이 뭔가 달랐다는 것이다. 물론 당신의 오해이길 바라지만 이 남자들 표정이 마치 나쁜 짓을 하다 들킨 것 같았고 네티 또한 이 남자들과 있을 때는 어색해졌다고. 어쩌면 그것이 가장 신경 쓰이는 점이었을지 모른다. 남자들이 집에 오는 걸 반기는 듯한 네티의 그 애매모호한 표정과 행동. 엄마와 이모는 '눈빛'을 교환했다.

"그게 무슨 소리야?" 목소리가 나도 모르게 크게 나왔다. "네티가 뭐가 어떻다고? 네티는 이상하게 행동했던 적 한 번도 없거든? 왜 엄마는 말을 그런 식으로 해요?" 엄마와 이모는 둘 다 입을 꾹 다물었다. 두 사람은 대답이 없었고 그날은, 적어도 내가 그 방에 있을 때는 네티에 대해 언급하지 않았다.

토요일 아침 나는 노크 없이 네티의 집에 들어갔다. (문은 항상 닫혀 있긴 했지만 잠겨 있진 않았다.) 그 집 전실에 들어서면 작은 식탁이 현관 옆 벽에 바로 붙어 있었다. 우리 집 전실보다 작아서 곧장 부엌으로 이어졌는데 그런 까닭에 식탁에 앉아 있는 사람들은 기척 없이 집에 들어온 사람에게 바로 '들켜버렸다'. 그날 아침 밀짚색 머리카락에 키 크고 마른 남자가 식탁에 앉아 있는 걸 보았다. 맞은편에는 네티가 앉아 있었다. 네티는 고개를 숙이고 내가 좋아하던 무늬의 면 식탁보(우리 집 식탁엔 번들거리는 투박한 방수포가 깔려 있었다)를 바라보고 있었다. 두 팔을 앞으로 뻗고 손은 식탁 위에 얌전히 올려둔 채였다. 뼈관절이 드러난 남자의 큰 손이 네티의 손을 위에서 감싸고 있었다. 남자는 고개를 떨군 네티를 바라보고 있었다. 나는 아홉 살짜리 아이의 부주의함을 그대로 드러내며 몸을 돌려 다급히 문을 열려고 했다. 네티는 의자에서 벌떡 일어났고 천천히 고개를 들었다. 그 눈에는, 이후로는 여러 번 보게 되었지만 그날 처음으로 보았던 그 표정이 담겨 있었다. 당시로선 어떤 언어로 이름을 붙여야 할지 알 수가 없었고, 어떤 문장이 떠오르긴 했지만 그건 내 신경을 거스르는 문장이었다. 네티는 그 장면이 나에게 어떤 인상을 주었을지 신중히 계산 중이었다.

　4월의 흐린 오후였다. 회색 하늘이지만 기온은 적당히
따뜻하고 공기에는 새봄의 달콤한 향내가 가득하다.
정확히 어디에서 오는지 알 수도 없고, 이름 붙일 수도
없지만 왠지 들뜨고 설레는 기분이 들게 하는 그런
종류의 날씨다. 이맘때면 찾아오는 바르샤바 게토
봉기 기념일(1943년 4월 19일 폴란드 유대인 강제거주지역의
유대인들이 나치 독일에 대항해 일으킨 대규모 무장투쟁)이기도
하다. 헌터대학교에서 열리는 기념행사에 참석하고
싶어했던 엄마는 내게 같이 가자고 했다. 나는 거절했지만
렉싱턴애비뉴를 걸어 학교까지 데려다주겠다고는 했다.
걸으면서 엄마는 방금 전 길을 걷다 있었던 사건 하나를
내게 재잘거리기 시작한다.
　"내가 파란불 기다리면서 인도에 서 있었거든. 근데
일곱 살쯤 된 여자애가 내 옆에 서더라. 불이 바뀌기 전에
그 애가 도로로 뛰어드는 거야. 그 녀석 등을 잡아 다시
인도로 끌어오면서 말했지. '얘야, 절대로 빨간불에 건너는
거 아니다. 파란불에 건너야지.' 그랬더니 걔가 세상에서
제일 딱한 사람 보는 듯한 표정으로 나한테 그러는 거야.

'할머니, 완전 반대로 알고 계시네요.'"

"그 꼬마 여덟 살까지 못 살겠네." 내가 말한다.

"내 말이 그 말이다." 엄마가 웃는다.

우리는 40번가 아래쪽 렉싱턴애비뉴를 걷고 있다. 일요일이다. 거리는 텅 비어 있고 가게와 식당 들도 모두 문을 닫아 행인조차 몇 명 없다.

"난 커피 한잔 마셔야겠다." 엄마가 선언한다.

엄마가 바라는 것들은 단순하지만 절대 타협할 수 있는 성질의 것이 아니다. 엄만 그것들을 물이나 공기처럼 필수 불가결한 무언가로 여긴다. 커피를 마시고 싶으면 지금 당장 마셔야만 한다. 엄마가 '해야겠다'고 한 욕구는 반드시 채워져야 하고 지금 당장 입술로 가져갈 수 있는 김 나는 음료가 손에 쥐어지기 전까지는 관심이 다른 곳으로 향할 리 없다.

"그러면 3번 애비뉴로 가요. 그쪽엔 문 연 카페 있을걸." 내가 말한다. 우리는 길을 건너 동쪽으로 향한다.

"오늘 아침에 벨라하고 통화했는데 말이야." 엄마는 길을 건넌 다음 고개를 절레절레 저으면서 말한다. "다들 어쩜 그렇게 매정한지 모르겠다! 도무지 이해를 못하겠어. 벨라 아들 있잖아. 의사야 의사. 너 내 말 꼬아 듣지 마라. 그 아들이 엄마한테 얼마나 못되게 구는지. 도통 이해가 안 돼. 일요일에 시골집에 엄마 한번 모시는 게 뭐가 그렇게 힘드니?"

"시골? 그 아들 맨해튼에서 일하지 않나?"

"집은 롱아일랜드야."

"그게 시골이야?"

"웨스트엔드애비뉴(맨해튼 서쪽 상업시설과 주거시설이 즐비한 거리로 어퍼웨스트사이드, 브로드웨이와 연결된다)는 아니지."

"알았어, 알았어. 아들이 벨라 아줌마한테 뭘 어떻게 잘못했는데?"

"걔가 한두 번 잘못한 게 아니야. 항상 그래. 벨라가 오늘 아침에 손주들하고 통화를 했는데 애들이 어제 오후에 손님이 여러 명 다녀갔다고 그랬대. 요즘 같은 날씨에 포치에 나와서 식사하기 얼마나 좋니. 그 이야기 듣고 벨라 기분이 어땠겠어? 이사한 지 몇 달이 지났는데 어미한테는 한 번도 오란 소리 않더니. 아들이나 며느리나 엄마 생각은 눈곱만큼도 안 하는 거잖아."

"엄마, 그 아들이 벨라 아줌마 같은 엄마 밑에서 자라서 의대까지 졸업한 게 기적 아닌가. 아들 입장에서는 그것만 해도 대단하지. 엄마도 알지 않아?"

"그래도 자기 엄마잖아."

"아, 기가 막혀."

"아니, 나한테 기가 막히네 어쩌네 하지 마. 그렇잖아.
벨라는 개 엄마야. 엄청 쉽고 간단한 거야. 벨라가
없었으면 개한텐 그게 없었어."

"뭐가 없어? 정신병? 불안장애?"

"목숨이 없지. 쉽고 간단하게 말하자. 개한테 목숨을
줬잖아."

"그건 너무 오래전 일 아닌가? 아들이 그렇게까지
오래전 일을 기억하면서 고마워하겠어?"

"그걸 기억 못한다는 건 인간이 덜 된 거 아니냐고!"

"그렇다고 쳐. 그렇다고 해서 그 아들이 이른 봄 날씨도
좋은 토요일 오후에 자기 친구들 옆에 엄마를 앉히고
싶어지진 않아."

"원하든 말든 아들이 돼서 의무적으로라도 해야지. 그런
눈으로 보지 마라. 나 내가 무슨 말 하는지 안다."

우리는 3번 애비뉴에서 커피숍을 찾았다. 고급스러운
척하고 싶어하는 싸구려 식당으로 가짜 나무를 세워놓고
의자는 인조가죽에 일부러 어두컴컴하게 해놓은 실내
천장에는 양초 모양 전구를 매달아둔 허세스러운
샹들리에가 달려 있었다.

"여기 괜찮니?" 엄마가 명랑한 말투로 묻는다.

"엄마, 여기 너무 별로다" 했으면 엄마는 이렇게

대꾸했을 것이다. "고급 취향이신 우리 따님. 엄만 복도에 있는 공중화장실 쓰고 찬물만 나오는 아파트에서 자랐어. 하지만 너한테 이런 곳이 성에 차겠니. 그럼 네가 골라라." 그리고 우리는 3번 애비뉴를 헤집고 다녔을 것이다. 나는 괜찮다고 했고 창가 자리에 앉아서 아까 하던 부모 자식에 대한 진지한 대화를 이어가며 맛대가리 없는 커피를 마실 준비를 하고 있다.

"뜨겁게요." 눈꺼풀이 반쯤 감긴 흑발의 종업원이 우리 테이블 쪽으로 천천히 다가오자 엄마는 이렇게 말했다. "내 커피는 아주 팔팔 끓여줘요."

그 종업원은 표정 변화 없이 엄마를 뚱하게 바라보기만 했고 우리 둘 다 그가 주문을 받은 건지 아닌지조차 알 수 없었다. 그는 몸을 내 쪽으로 돌리더니 오로지 눈썹만 까딱해서 나에게 뭘 시킬 건지 물었다. 엄마는 손을 그의 팔에 얹더니 고개를 옆으로 비스듬히 기울이고 과장된 친절을 가미한 미소를 지으며 물었다. "그쪽은 고향이 어디?"

"엄마." 나는 말리고 싶다.

엄만 손가락으로 그의 팔을 더 꽉 붙들고 재차 묻는다. "어디?"

종업원은 미소를 짓는다. "그리스요. 그리스에서 왔어요."

"아, 그리스." 엄마는 그가 댄 국적에 점수라도 매기려는 듯이 천천히 말한다. "좋네. 난 그리스 사람들 좋더라. 기억해요. 뜨겁게. 내 커피는 꼭 뜨겁게." 종업원은 웃음을 터뜨린다. 엄마가 옳았다. 엄마는 당신이 무슨 말을 하고 있는지 안다. 세상 살면서 늘 혼란스러운 건 엄마가 아니라 나다.

이제 할 일도 마쳤으니 다시 아까의 논쟁으로 돌아간다. "키워봤자 다 소용없어. 네가 무슨 말로 감싸건 간에 요즘 애들은 우리 젊을 때랑 달라서 부모를 사랑하지 않는다니까."

"엄마 정말 그렇게 믿어?"

"당연하지! 우리 모친은 자식들 다 보는데 내 여동생 품에서 돌아가셨어. 나는 어떻게 죽을까. 네가 좀 말해볼래? 아마 죽어도 일주일 동안 발견도 안 될걸. 며칠은 지나겠지. 너는 생전 전화 안 하지. 네 오빠는 1년에 세 번 볼까 말까. 이웃 사람들? 누구? 누가 매일 날 확인하겠니? 맨해튼은 브롱크스가 아니야. 너도 알겠지만."

"엄마 말이 맞아. 바로 그거지. 맨해튼은 브롱크스가 아닌 거. 할머니가 이모 품에서 돌아가신 건 우리가 엄마 사랑하는 것보다 이모가 할머니를 더 극진히 사랑해서가 아니야. 이모는 할머니 지긋지긋해했어. 알잖아. 이모가 할머니 옆에 있었던 건 그게 당연한 일이었기 때문이야. 이모는 결혼하고 내내 친정 근처에서 살았잖아. 그건 사랑이랑은 상관없어. 그 시절이 무조건 더 좋았던 것도 아냐. 그냥 이민자들의 삶, 노동자 계층의 삶, 다른 세대의 삶일 뿐이지."

"그렇게 부르든 말든 네 마음대로 해." 엄마는 뿔나서 대꾸한다. "그래도 그게 인간적인 거야. 사람 노릇 하는 거고."

우리는 둘 다 침묵에 빠진다. 종업원이 커피를 내온다. 엄마는 그가 등을 채 돌리기도 전에 잔을 들어 한 모금 마셔본다. 그리고 혼이라도 내듯 그의 등을 노려본다. "뜨거울 거 같니?" 나를 보며 말한다. "안 뜨거워."

"저 사람 다시 불러."

엄마는 허공에 손을 젓는다. "됐다. 그냥 마실란다. 이 커피 마신다고 사탄한테 끌려가진 않겠지." 우리 대화 때문에 엄마 기분이 가라앉은 게 틀림없다.

"그러니까 내가 하고 싶은 말은, 친아들이 아니었다면 벨라도 그렇게 매달릴 필요가 없다는 거지."

"그럼 피차 한마음인 거네, 안 그런가? 그 아들도 벨라 아줌마가 친엄마가 아니었다면 눈길 한 번 안 줬을 거잖아,

안 그래?"

엄마는 맞은편에 앉은 나를 찬찬히 훑어본다. "그래서 우리 잘난 딸 하고 싶은 말이 뭐야?"

"요즘에는 사랑도 노력해서 얻어야 한다고 말하는 거야. 아무리 부모 자식 간이라 해도."

엄마는 황당한 말이라도 들었다는 듯 입이 떡 벌어졌고 눈은 딱한 사람 보듯 연민으로 가득 찼다. 내가 방금 한 말이 하도 무식하기 짝이 없고 한심하기 이를 데 없어서 주무기인 말발마저 잃어버린 듯했다. 그러다 고개를 천천히 주억거리더니 말한다. "아까 그 꼬마가 한 말을 해줘야겠구나. '아줌마, 완전히 반대로 아시네요.'"

그 순간 종업원이 뜨거운 김이 나는 커피 주전자를 들고 지나간다. 엄마는 팔을 급히 뻗는 바람에 그를 거의 넘어뜨릴 뻔한다. "그 커피 뜨거워요?" 엄마는 까탈을 부린다. "이거 하나도 안 뜨겁잖아." 그가 어깨를 으쓱하더니 멈춰 서서 주전자에 든 커피를 잔에 따라준다. 엄마는 허겁지겁 한 모금 들이켜더니 고개를 끄덕거린다. "이제야 뜨겁네." 이윽고 만족한다.

"나가자. 늦었어." 엄마가 일어난다.

우리는 아까 걷던 길로 돌아와 렉싱턴애비뉴를 거슬러 올라간다. 공기는 아까보다 더 달콤하고 따스하고 또 무거워져서 흐린 하늘 사이로 곧 빗방울이 떨어질 기미가 보인다. 이런 날씨 참 좋아! 어떤 예측 없이 내 안에서 막연한 기대감이 솟구쳐 올라오지만 언제나 그렇듯 기대감이란 녀석은 오래가지 못한다. 그대로 곧장 또렷하게 올라오지 않고 무엇 때문인지 중간에 모양을 바꿔 다시 안으로 방향을 틀더니 시들시들해지다 명을 다해버린다. 우울하게도 내게는 참으로 익숙한 과정이다. 엄마를 곁눈질로 흘깃 본다. 나만의 상상일지도 모르지만 얼굴을 보아하니 엄마도 낙관에서 비관으로 갑작스럽게 우회하는 감정의 소용돌이를 나와 똑같이 겪고 있는 것 같다. 뺨에 잠깐 동안 생기가 돌았다가 눈은 놀란 듯 커지고 입꼬리는 밑으로 처진다. 나는 궁금하다. 엄마가 나를 볼 때도 같은 걸 볼까. 그날의 분위기는 위험할 정도로 꺼림칙해지기 시작한다.

50번가에 다 왔다. 대형 쇼윈도에는 다채로운 색과 디자인의 의상이 전시되어 있다. 그래도 일요일이니 얼마나 다행인가. 상점은 죄다 문을 닫았고 우린 결정을 하지 않아도 된다. 우리 모녀는 옷 취향이 비슷하고 엄마도 나도 옷을 차려입는 건 좋아하지만 쇼핑은 못 견딘다. 항상 비슷비슷한 옷들이 걸린 옷장에서 가장 가까이에 걸린 옷을 손에 잡히는 대로 집어 대충 입는다. 그러다

지금처럼 여성복 매장 앞에 서 있으면 이 세상에는 옷을 정성껏 차려입는 여자들이 존재한다는 사실을 모를 수가 없고, 우리 둘 다 어떤 면에서 자질 미달이라는 것을, 늘 하던 대로 살다가 우리가 되어버렸다는 사실을 인식하고 만다. 우린 놀라울 정도로 비슷하게 자기만의 세상에서 고립된 채 살아온 사람들, 평생 서로의 생활 반경에서 벗어나지 못해 닮아버린 두 여자다. 이런 순간엔 우리가 모녀라는 게 마치 외계인이 전달한 메모처럼 충격적으로 다가오기도 한다. 우리는 엄마와 딸이 맞고, 거울처럼 서로를 반영하고 있지만 그럼에도 혈연이니 효도니 하는 단어는 우리에게 어울리지 않는 것 같다. 반대로 가족이라는 개념, 우리가 가족이라는 사실, 가족의 삶이라는 것 모두 해석이 불가능한 세계처럼 느껴지기 시작한다. 엄마에게도 나에게도 과연 그런 진실이 존재하나 싶어진다. 아주 오랫동안 우리 자신을 불운한 운명(엄마는 과부 나는 이혼녀다)을 타고난 무능력한 두 여자, 스스로 행복한 가정이라는 실체를 꾸릴 수 없게 되어 있는 사람들이라고 생각해왔다. 그러다 쇼윈도 앞에 서면 '행복한 가정'이란 건 내 안에서도, 엄마 안에서도 실현되지 못한 한 조각 환상처럼 느껴진다. 진열장 너머의 단정하고 화사한 옷들은 우리 두 사람 모두로 하여금 자신이 누구이고 어떻게 여기까지 왔는지를 전혀 모르는 바보들처럼 느끼게 한다.

갑자기 나는 비참해진다. 사무치게 비참하다. 인생에서 패배했다는 기분이 내 심장을 뚫고 지나간다. 외롭고 삭막한 사막에 서 있는 듯 어디로 가야 할지 무엇을 바라보아야 할지 모르겠다. 사소한 일상의 고민들은 전부 너절할 따름이고 앞으로도 절대 해결될 수 없을 것이다. 나는 급격히 말이 없어진다. 그냥 침묵을 지키는 것이 아니라 말을 잃어버리는 중이다. 엄마도 내 기분이 바닥을 치고 있다는 걸 눈치챈 것 같다. 아무 말이 없다. 우리 둘 다 말없이 걷기만 한다.

우리는 69번가에 도착해 골목을 돌아 헌터대학교 강당 입구까지 걸어간다. 문은 열려 있다. 안에선 이삼백 명의 유대인이 말로 다 할 수 없는 참혹한 역사를 증언하는 기념사에 귀를 기울이고 있다. 역사의 증언은 그들을 하나로 이어주는 끈과도 같다. 그들은 끊임없이 과거를 되새기면서 스스로를 납득시킨다. 치유받고 공감한다. 사람들은 자신의 존재와 인생을 어떻게든 이치에 맞게 끼워 맞추면서 수긍하려고 한다. 연설은 웅얼거리며 계속 이어진다. 엄마와 나는 복도에 따로 또 같이 서서 우리 문화가 우리 자신을 겨냥하여 만들어낸 소리들을 듣고 있다. "우리는 저주받은 민족입니다." 강연자가 말한다.
"정치적으로 저주받고 파괴되었습니다. 그러나 우리는
결코 쓰러지지 않고 일어났습니다. 다시 태어났습니다.
이것이 우리 운명입니다."

연사의 언어가 엄마에게 아드레날린을 주입한 것 같다.
뺨이 다시 생기로 빛나기 시작한다. 눈물이 흘러 눈가에
엷은 빛을 만들어낸다. 턱선은 다부지고 단단해진다.
피부는 다시 근육이 생긴 듯 팽팽해진다. "안으로 들어와."
내게 다정하게 말을 건네는 엄마는 그러는 게 내 기분을
풀어줄 거라 생각하는 것 같다. "이리 더 가까이 와서
들어. 기분 나아질 거야."

나는 완강히 고개를 젓는다. "유대인이라는 건 나한테
더 이상 도움이 안 돼." 엄마에게 말한다.

엄마는 내 팔을 단단히 붙잡는다. 수긍하지도
부정하지도 않고 그저 내 얼굴만 똑바로 응시한다. "넌 내
딸이다. 그러니까 강해. 너는 강할 수밖에 없어."

"엄마, 제발!" 울음이 터진다. 겁먹은 채 욕심 부리고
자유만 탐해온 인생이 내게서 샘처럼 솟아 나와 내
보드라운 피부 위로, 엄마가 물려준 그 얼굴 위로 물이
되어 떨어진다.

끔찍할 정도로 더웠던 8월 네티는 몸을 거의 둘로 찢어놓을 것만 같던 50시간의 난산 끝에 아기를 출산했다. 5킬로그램이 넘는 아들이었다. 네티는 아들 이름을 리처드라고 지었다. 엄마와 내가 그 아이를 병원에서 같이 데리고 온 순간부터 우리는 그 아이를 옆에서, 때로는 네티보다 더 엄마처럼 길렀다. 우리는 그 아이에게 여러 종류의 생명유지장치가 되어주었다. 때로는 말 그대로 생명을 구하기도 했다. 아기는 몸이 어지간히 약했고 이따금 발작적인 기침을 해서 따끈한 수증기를 쐬어주어야만 그치곤 했다. 즉석 가습기(물이 끓는 주전자 위에 올려둔 수건) 옆에 대기하고 있다가 숨 쉬기 곤란해할 때마다 증기를 쐬어준 이는 우리 엄마와 오빠였지, 아기가 숨 넘어갈 듯 울어대도 속절없이 바라만 보던 네티가 아니었다. 그 엄마는 아기가 칭얼거리기 시작하면 사색이 되어 마룻바닥 위에서 발을 동동거리거나 머리카락을 쥐어뜯는 게 고작이었다.

이쯤에서 네티가 육아에 소질이라곤 전혀 없다는 것이 확실해졌다. 사실 여자들은 대부분 육아에 소질이 없다. 이제 갓 엄마가 된 이들은 그저 어디선가 본, 배워야 한다고 주입받은 다른 여자들의 행동과 습관을 모방하면서 어떻게든 하루가 무사히 지나가기를 소망할

뿐이다. 네티는 사람을 끄는 법은 배웠지만 사람을 돌보는
법은 배우지 못했고 처음부터 끝까지 마냥 어리둥절해할
따름이었다. 이유식 만들기, 기저귀 삶기, 부엌 싱크대에서
아기 목욕시키기 같은 기술을 결코 자기 것으로 만들지
못했다. 손은 늘 무언가를 놓쳤고 몸은 비효율적으로
움직였고 단순한 일을 할 때조차 체계라곤 없었다. 부엌은
똥 기저귀 냄새로 악취가 진동했고 아기는 언제나 젖어
있거나 지저분했다. 싱크대에는 우유 자국이 허옇게
말라붙은 주전자와 냄비가 넘쳐났다. 네티 스스로도
내내 난감해하는 모습이었다. 맨발로, 머리는 산발이
된 채, 미간을 찌푸리면서, 손가락을 입술에 대고 부엌
한가운데 서서 거실을 보며 자신이 무엇을 놓쳤고 무엇을
잘못했는지 돌이켜보려 애쓰고 있었다…… 어디 보자,
이제 뭘 해야 하지. 맞다, 내가 아기를 어디에 눕혔더라?

　리처드는 이렇게 소리 없는 혼란의 도가니 속에서
살아남았다. 네티의 오른팔에 안겨 있던 아이를 기억한다.
똥으로 묵직해진 기저귀를 차고 얼굴에는 먼저 먹은 두
끼의 흔적을 그대로 묻힌 채 작은 손가락으로 엄마의
빨간 머리칼 몇 가닥을 꼭 쥐고서는, 엄마가 잠잠한 충격
속에서 정신 줄을 놓고 있을 때조차 자기 몫의 소중한
생명을 꼭 붙들고 있던. 네티가 워낙 말없이 고요했기

때문에 아기도 처음에는 놀라지 않았던 것 같다. 그러다가 뭔가 잘못되었다는 걸 알아챈다. 아기의 얼굴에 드리웠던 뒤죽박죽된 호기심은 서서히 공포로 변한다.

네티는 침묵했다. 이 건물에 사는 여느 여자들과 다른 그만의 특징이었다. 이 건물의 다른 사람들은 뭔가를 모르거나 무엇이든 필요하면 일단 목청껏 소리부터 질러댔다. 네티는 절대 그러지 않았다. 네티의 무지와 무능은 이 건물에 사는 다른 여자들과 친목을 다지고 유대를 형성할 다리가 되었을 것이며 잘만 활용했다면 그들의 세상에 자연스럽게 발을 들일 수도 있었을 것이다. "좀 가르쳐주세요. 어떻게 해야 돼요? 아, 그렇게 하면 되는구나. 고마워요. 지머먼, 로즈먼, 샤피로, 버거 부인. 정말 솜씨가 좋으시네요. 저는 아무것도 몰라요. 그러니까 좀 가르쳐주세요." 하지만 네티는 그렇게 하지 못했고 어디서부터 시작해야 하는지도 몰랐다. 그 여자들 앞에서 정체가 탄로났다고 느꼈지만 아무에게도 말 붙이지 않았고, 점점 더 자기 안으로 숨어들면서, 필요로 하는 게 뭔지 털어놓지 못했다. 단 우리 엄마에게만은 예외였다.

리처드가 한 돌을 맞을 때까지 엄마는 네티의 구명보트였다. 물론 엄마가 네티에게 그리 대단한 일을 해준 건 아니지만 생활 속 작은 도움의 손길(남은 빵과 우유를 갖다주고, 한 시간 정도 아기를 봐주고, 가끔 목욕시키고 밥을 먹이는 것)은 확실히 고된 육아의 부담을 덜어주었다. 아마도 엄마가 한 가장 큰 일은 그저 옆에 있어주면서 네티의 불안을 받아준 것이었을지 모른다. 한번씩 엄마는 네티의 부엌으로 쳐들어가 팔을 걷어붙이고 세 시간 동안 작정하고 부엌을 정리한 다음 반짝반짝하게 닦아주고 나왔다. 그러곤 이렇게 말하는 듯한 표정으로 네티를 돌아보았다. '이 정도면 정리 다 됐지? 이제부턴 알아서 해봐.' 네티는 아마 엄마를 향해 환하게 웃어 보이며 엄마를 안고 키스해주었을 것이다. 사흘 뒤면 부엌은 전과 똑같은 상태가 된다. 네티는 엄마의 노동을, 경험 없는 젊은 새댁이 연륜 있는 중년 여성의 살림법을 보고 배울 기회로 받아들이기보다, 그저 도와주며 생색 내는 언니에게 구원받는 막냇동생 느낌으로 받아들였다. 네티와 리처드는 엄마와 아들이라기보다는 난데없이 고아가 된 두 아이인 것처럼, 같은 공간에서 서로의 온기를 느끼고 있었다. 아이를 끌어안고 노래를 불러주며, 원래는 거실이어야 하지만 방이 되어버린 공간의 대부분을 차지한 더블 침대에 누워 며칠을 이불 속에 숨어 지내기도 했다.

네티의 집은 이 건물에서 가장 작고 가장 빛이 안 들고 가장 살림이 없는 아파트였다. 부엌이 그나마 우리와 같은 골목에 위치해 같은 아침 햇살을 받는, 집에서 가장 밝은 공간이었다. 크기가 다른 두 개의 방은 창문이 벽돌 벽을 향해 있었다. 그중 하나를 거실, 하나를 침실로 쓰는 게 보통이었지만 네티는 어떻게 하면 이 공간을 거실로 만들 수 있는지 몰랐다. 큰방에는 더블 침대, 서랍장, 수납장, 흔들리는 테이블을 놓았다. 작은방은 창고로 써서 그저 꼴보기 싫은 걸 무조건 쑤셔넣고 쌓아두는 최악의 아수라장이었다.

하지만 나에게 그 아파트는 마치 네티라는 인물처럼 약속과 매혹이 숨 쉬는 공간이었다. 그때는 미적 감각이라는 단어를 몰랐기에 우리 집에 무언가 빠진 게 있다면 그건 미감일 거라고 말할 능력이 없었다. 그저 시각적으로 즐거움을 주는 소품들이 네티의 비좁은 아파트를 완전히 다른 분위기로 바꾸어놓을 수 있다는 것만 알았고, 그 집 문을 열고 들어갈 때마다 행복을 느끼며 기대감에 부풀었다. 버거운 엄마 노릇이 그의 정신을 쏙 빼놓고, 특이하면서도 사랑스러운 집 꾸미기 습관들을 망가뜨리고, 혼돈 속으로 밀어 넣었을지도 모른다. 그럼에도 불구하고 네티 집은 달랐다. 침대에는 우크라이나 양모로 짠 페이즐리 패턴의 스프레드가 깔려 있었고, 흔들거리는 테이블에는 은색 촛대가 놓여 있었으며 벽에는 성상이 걸려 있었다. 판지로 버팀목을 댄 부엌 테이블 위엔 아름다운 기하학 무늬의 테이블보가 덮여 있었고, 창틀에는 커다랗고 어여쁜 수형에 이파리는 짙은 초록색인 제라늄이 촉촉하고 검은 흙에 심긴 화분이 있었다. 흐리고 어두컴컴한 날이면 그 빨간색, 흑색, 초록색의 식물은 유난히 주인공처럼 빛났다. 사실 물건들 자체가 아니라 네티가 그 물건을 놓고 배치하는 방식 때문일지도 몰랐다—우리 집 거실에도 앤틱 황동 사모바르 주전자(러시아 전통 찻잔 세트)가 있었지만 스물다섯 살이 될 때까지도 그 물건이 우리 집에 있는지조차 몰랐으니까. 네티는 이제까지 아무것도 없던 공간에 우아함과 아름다움을 부여할 줄 아는 재능이 있었다. 물론 레이스도 많았다. 어딜 가나 네티가 짠 레이스가 있었다.

네티는 재능이 출중한 레이스 기술자였다. 사실 릭 러바인을 만난 곳도 일하던 레이스 공장이었다. 레이스 실로 옷과 침대보는 물론 드레스와 코트까지 뜰 실력이 됐지만 그걸로 수익을 내지는 못했다. 대신 인형, 베갯잇, 의자 등받이 덮개 같은 소품을 짜서 아파트를 화사하고 앙증맞게 꾸미곤 했다. 실을 잡을 때 미리

생각해둔 구체적인 아이디어나 정해진 도안이 있는 건
아니었고 그저 의자에 앉으면 무작정 뜨기 시작했다.
마침내 리처드가 기어다니기 시작해 늦은 오후나 저녁
무렵 혼자 바닥을 쓸고 다닐 때면 부엌 식탁에 앉아서
레이스를 떴다. (아기는 침대에 눕지도 않고 기어다니다
넋을 놓고 바닥에 쓰러져 잠이 들었다.) 네티는 손목과
가운뎃손가락에 실크처럼 보드라운 면사를 칭칭
감고 가느다란 쇠바늘을 잡은 다음 작업을 시작했다.
아마 마음의 안정을 위해서, 소소한 재미를 찾으려고,
혼란스러운 영혼을 달래기 위해 뜨개질에 몰두했을
것이다. (네티는 한순간도 엄마 노릇에 적응하는 모습을
보이지 못했다.) 네티는 자기 재능을 진지하게 여기지
않았다. 하지만 누구라도 그가 작업하는 모습을 보노라면
진정 뜨개질을 즐긴다는 걸 알 수 있을 것이다. 손가락과
바늘에서 마법처럼 도안이 흘러 나왔고 네티도 자기
도안에 놀라며 어떤 작품이 어떻게 나올지 궁금해하곤
했다. 하지만 흥미는 오래 지속되지 않았다. 충동적으로
시작해 얼마간 집중적으로 일하고 그다음에는 손을 떼고
잊어버린다. 레이스 뜨기는 그저 미적지근하게 곁에 두는
사람, 불안하거나 편안하거나 희망에 차거나 긴장하거나
기분이 들뜰 때나 가라앉을 때 언제나 손 닿는 곳에 있는

한결같은 친구라 할 수 있었다.

식탁에 앉아 레이스를 뜨는 네티를 바라보던 시간을
모두 합하면 족히 이삼 년은 될 것이다. 보통 늦은 오후나
저녁 식사 후에 거기 앉아 있곤 했다. 네티는 레이스를
뜨고 나는 그 바늘의 움직임을 지켜본다. 그건 우리가
함께 있을 수 있는 고유한 방식이었다. 그는 레이스를 뜨며
달뜬 얼굴로 상상의 나래를 펼치고 나는 그가 그리는
환상의 적극적인 청취자가 된다.

"만약에 말이야. 이러면 근사하지 않을까……" 네티는
늘 이런 문장으로 말문을 열었다. 그 문장에서부터
시작해 돈과 연애가 주요 소재로 등장하는, 자신의 운명을
하루아침에 바꾸어줄 이야기를 손가락에서 보드라운
실을 풀어내듯 풀어내기 시작했다. 즐겨 읽던 로맨스
소설 뒤표지에 적힌 줄거리처럼(눈은 페이지 사이를
천천히 여행하면서 입술도 움직였다) 그 공상은 단순하고,
반복적이고, 식상했다. 돈이 등장하는 이야기들은 보통
이런 식으로 진행된다. "만약에 말이야. 어떤 돈 많은
귀부인이 거리를 건너는데 트럭에 치일 뻔해서 내가 그
부인의 목숨을 구해준 거야. '아, 고마워요. 이 은혜를
어떻게 갚으면 좋으려나. 자, 이거 받아요.' 그러면서 그분이
차고 있던 목걸이를 끌러서 주는 거지. 그걸 보석상에

가져갔더니 글쎄 천 달러라는 거야." 이런 이야기도 있다. "만약에 말이야. 공원 벤치에 앉아 있는데 벤치 나무 널 사이에 갈색 종이봉투가 꽉 끼어 있는 거야. 꼬깃꼬깃하고 더러워서 아무도 손을 안 대고 있었는데 내가 열어보니 어머나 세상에 그 안에 천 달러가 들어 있는 거지!" (1940년대에 어떤 이들에게 천 달러는 백만 달러처럼 여겨졌다.)

중심 줄거리가 연애로 흐를 때면 네티는 확실히 더 흥미진진해 보였다. 이야기는 이전보다 훨씬 더 길었고 디테일이 살아 있었으며 정성이 깃들었다. "만약에 말이야. 이러면 근사하지 않을까. 전차에서 내리다가 미끄러져서 발목을 삐끗한 거야. 병원에 입원했지. 그런데 내 담당 의사가, 너무나 잘생기고 친절하고 다정한 의사인데 나에게 다가와. 그의 눈이 내 얼굴을 바라보고 나도 그를 바라보는 거지. 우리 두 사람은 서로에게서 눈을 떼지 못해. 둘 사이에 강력한 전기가 흐르는 것 같아. 평생 서로를 찾아왔기 때문에 이제 단 1분도 눈을 돌릴 수가 없는 거지. 남자는 말해. '너무 오랜 세월 당신을 기다렸습니다. 나와 결혼해주겠소?' 내가 대답해. '하지만 당신은 의사잖아요. 학식 있는 분이고요. 나는 가난하고 무식하고 학교도 제대로 못 다닌 여자예요. 곁에 있으면

망신만 시킬 거예요.' '난 당신을 아내로 맞아야겠소, 당신이 없으면 내 인생은 무가치해요.' 끝. 우리는 그때부터 해로하는 거야."

이런 공상 놀이를 한 시간 정도 하다가 네티는 나에게 불쑥 묻는다. "이제 네 차례. 네 인생에 무슨 일이 일어났으면 좋겠는지 말해봐." 나는 대답한다. "만약에 이런 일이 있으면 어떨까요. 홍수가 나거나 전염병이 돌거나 혁명이 일어나는 거죠. 제가 아직 어린애이긴 하지만 사람들이 절 찾아내서 이렇게 말하는 거예요. '얘야, 너는 말솜씨가 참 좋구나. 네가 이 재앙에서 사람들을 구할 인물이다." 나는 사랑이나 돈에 대한 공상은 한 적이 없었다. 수천수만 명 앞에서 감명 깊은 연설로 그들의 마음을 움직이고 그들로 하여금 행동하게 하는 상상을 했다.

일어났으면 하는 일을 말하면 네티는 나를 뚫어지게 바라봤다. 눈을 초롱초롱하게 빛내면서 손을 빠르게 움직이거나 뜨갯감을 잠시 무릎에 올려놓기도 했다. 이번에는 다른 이야기를 할 거라고, 이번에는 자기 이야기와 비슷한 이야기를, 모호하고 괴상한 이야기가 아닌 단순하게 기분 좋아지는 이야기를 할 거라고 기대한 것 같다. 하지만 그렇게 되기까지는 아주 오랜 시간이

걸리리라는 사실을 알았어야 했다. 아니면 내가 고대하는
마법 같은 일이 무엇인지 조금 더 자주 물어봤거나.

　나는 열네 살이 되었고 네티의 레이스는 나의 내면세계
성장에 중요하게 자리 잡았다. 아버지가 돌아가시고 난
이듬해였고 내가 우리 집 비상계단에 밤늦게까지 앉아서
머릿속으로 이야기를 지어내기 시작한 시절이기도 했다.
당시 우리 집 분위기는 딱 영안실 같았다. 엄마의 비애는
너무도 원초적이어서 생활을 전부 지배해버렸다. 슬픔은
공기 속에서 산소만 빨아들였다. 집에 들어설 때마다
머리와 몸이 돌덩이처럼 무거워져 그저 원치 않는 곳으로
질질 끌려가는 느낌이었다. 우리 셋, 그러니까 오빠 나
엄마 중 누구도 서로에게서 평온과 안정을 찾지 못했다.
우리는 같은 유배지에 갇혀 같은 고통에 몸부림치는
사람들이었다. 난생처음 외로움이란 감정이 나의 의식을
장악한 채 놓아주지 않았고 그럴 때면 나는 고개를
바깥세상의 거리로 돌려 구슬프고 몽환적인 내적
망상의 세계로 빠져들었다. 그것만이 언제나 손에 잡힐
듯 감지되던 상실감과 패배감에서 빠져나와 쉴 수 있는
유일한 안식처였다.
　봄부터 비상계단에 앉아 있기 시작해 아버지 돌아가신

후에 맞은 첫 여름의 밤들을 그곳에 앉아 지냈다. 끝나지 않을 것처럼 긴긴 여름밤이었다. 엄마는 내 뒤에서 소파에 누워 신음하다 울부짖다 간혹 한밤중에 비명을 질러댔고 오빠는 집 안을 목적 없이 돌아다니다 책을 읽고 다시 일어나 안절부절못하며 서성댔다. 우리 가족 사이에 오가는 대화는 대화라고 할 수 없는, 꼴만 갖춘 의사소통 정도였다. "물 한잔 갖다줄래." "창문 닫아. 찬바람 들어온다." "나가려고? 올 때 우유 좀 사오거라." 나는 창턱에 앉아 다리를 흔들고 있는 것만으로도, 내 얼굴을 바깥에 내놓는 것만으로도, 방을 등지고 고개를 돌리는 것만으로도 기분이 조금은 나아진다는 걸 알게 되었다.

우리 집 창문 아래로 보이는 누추한 다세대주택 앞 골목은 암흑과 침묵에 의해 완전히 다른 형태로 바뀌었다. 밤공기는 더 맑고, 온화하고, 밀도 높고, 설명할 길 없이 달콤하기도 했으며 그 공기는 내가 찾던 마법 같은 고립감을 더욱 증폭시켜주며 내 백일몽의 마침맞은 전달자가 되어주었다. 아파트를 등지고 창가에 앉는 순간부터, 눈으로 거리를 쫓을 때부터 허기진 공상이 즉각적으로 왕성한 활동을 시작했다. 이런 날의 공상은 네티의 '만약에 말이야 이러면 근사하지 않을까'에서 고작 한 계단 정도 상승한 것이었지만 아주 중요한 발전이기도 했다. 내 공상은 대체로 '이렇게 가정해보자'라는 문장으로 시작되었다. 그 뒤에는 이 구차한 현실에서 나를 구원해줄 이야기가 이어지기보다는 '대의'를 품은 상상들이 뒤따랐다. 이런 식이었다. 모든 일은 언제나 나쁘게 끝나지만 그 비극 안에도 위엄이란 게 있지 않을까. 내가 쓰는 이야기의 요점은 명확하다. 인생은 비극이라는 것. '비극 안에' 머물면 인생이라는 지루하고 빈곤한 고통에서 구출될 수 있다. 사실 인생이란 게 전부 무의미해 보이기도 했다. 무의미에서 빠져나가는 것이 내가 알기론 가장 중요했다. 의미를 찾는 게 곧 구원이었다. 그것이 미숙한 십대 작가가 떠올릴 수 있는 첫 문장이었다. 나는 모든 것을 신화적으로 해석하기 시작했다.

그해 여름의 끝에 동네에서 한 번도 본 적 없는 여자가 우리 골목에 등장했고, 늦은 밤이 되면 내가 앉아 있던 비상계단의 맞은편 거리를 배회하기 시작했다. 그 여자는 낮에는 눈 씻고 찾아봐도 볼 수 없었으나 매일 밤 정확히 열한 시만 되면 나타났다. 마른 몸에 피부는 하얗다. 숱 많고 검은 곱슬머리는 액자 틀처럼 이목구비만 빼고 얼굴을 가렸다. 어깨는 좁다랬고 몸은 뼈만 남은 듯 말랐다. 화장을 했고 높은 구두를 신었다. 늘어난 나일론 스타킹엔 발목 주변으로 주름이 잡혔고 걸음은 근육들이

잘못 조립된 것처럼, 꼭두각시 인형을 분해했다가
엉터리로 끼워 맞춘 것처럼 걸었다. 가끔은 열대 과일이나
나무가 인쇄된 얇은 숄을 걸쳤다. 전반적인 외모나
분위기로 보아 노동자 계층의 체면이 강조되는 그 거리에
나타나기에는 실로 독특한 존재였으나 나는 그 골목에서
볼 수 있는 다른 인간 군상들을 보듯 아무 생각 없이 그의
등장을 받아들였다. 아니 적어도 그랬다고 생각했다.

어느 초가을 밤, 그 여자가 또다시 나타나 골목을
서성대고 있을 때 거실로 몸을 돌려 엄마가 누워 있고
오빠는 책을 읽는 소파를 보았다. 오빠를 창가로 부른
다음 그 거리의 여자를 손가락으로 가리켰다.

"저 여자 본 적 있어?" 내가 물었다.

"그럼." 오빠가 말했다.

"누구야?"

"창녀."

"뭐라고?"

"집이 없는 사람이란 말이야." 엄마가 말했다.

"아." 나는 대답했다.

그 순간 나는 그 거리의 여자가 나를 어떤 면에서
감동시켰다고 인식했다. 그의 존재감, 그의 외양
하나하나가 나를 동요시켰다. 그를 낙담한 사람,

망가지고 병든 존재로 상정하고 내가 그를 치유하는
상상을 하기 시작했다. 그 이미지는 무의식의 장막을
뚫고 들어와 스스로 발전해나갔다. 나는 그를 치유하고
그는 변화한다. 어느덧 여자의 좁았던 어깨는 넓어지고
피부는 깨끗해지며 머리는 단정해진다. 무엇보다
눈빛이 진지해지고 결연한 의지가 생겨난다. 그러나
내가 무슨 상상을 하건 가을은 깊어졌고 밤은 점점 더
추워졌으며 여자는 얇은 드레스와 찢어진 숄 안에서
몸을 사시나무처럼 떨었다. 나는 마법과도 같은 치유의
힘을 지닌 포근하고 고운 천으로 그 여자를 덮어주는
상상을 한다. 그 천의 소재가 뭐가 될지는 오랫동안 알
수 없었다. 얇을까 두꺼울까. 단색일까 무늬가 있을까?
밝은색일까 짙은 색일까? 그러던 어느 날 밤 나는 상상
속의 이미지를 똑똑히 바라보았고 그 천이 레이스임을
알게 되었다. 선명한 몇 개의 이미지가 나를 스쳐가자
더욱 혼란스러워졌다. 먼저 네티가 뜬 레이스의 한
부분이 네티의 얼굴을 부드럽게 감싸고 있는 이미지가
보였다. 나와 창녀와 네티, 우리 셋이 작은 레이스 조각을
어설프게 뺨에 대고 있는 이미지가 보였다. 우리 중
누구도 길고 풍성한 레이스를 갖지 못하고 그저 작은
자투리 조각 몇 개를 붙들고, 우리의 서글픈 얼굴을 그

자투리에 대고 있을 뿐이었다.

　우리는 23번가를 서쪽으로 걷고 있다. 퇴근 시간이라
메트로폴리탄생명보험 빌딩에서 수백 명의 직원이
쏟아져 나온다. 이 도시의 전문 산책자인(지하철에서는
전문 착석자다) 엄마는 팔꿈치를 이용해 사람들 사이를
능숙하게 빠져나가고 나는 그 뒤를 따른다. 엄마는 어떤
남자가 일부러 엄마의 길을 막고 있는데도 한 걸음씩
앞으로 나아간다. 엄마가 왼쪽으로 가면 남자도 왼쪽으로
움직인다. 엄마가 오른쪽으로 가니 남자도 오른쪽으로
움직인다. 엄마는 남자의 가슴팍에 시선을 두었다가 깜짝
놀란 작은 새처럼 고개를 들어 남자의 얼굴을 쳐다본다.
결국 여긴 뉴욕이고 뉴욕에선 이런 일이 생기기 마련이다.
잠깐 동안 모든 반응 기관이 작동을 멈춘다. 엄마는
아무 행동도 하지 않는다. 그저 그 자리에 있다. 그러다가
별안간 큰 소리를 내며 작동을 시작한다.
　"매디!" 엄마는 남자를 향해 소리 지른다. "매디슨
샤피로 맞지. 어머나, 이게 웬일이니!"
　이제 내가 입을 다물고 작동을 멈출 시간이다. 나는
매디슨 샤피로라는 이름을 익히 알고 있으나 내 앞에

있는 사람의 얼굴은 전혀 알아볼 수 없다. 그러다가 퍼뜩 깨닫는다. 매디슨 샤피로를 20년 만에 만나서 못 알아보는 게 아니구나. 코 수술 때문이구나. 엄마가 이렇게 새로 단장한 얼굴에서 그때 그 시절의 매디를 단박에 찾아냈다는 사실에 경탄한다.

우리 앞에 서 있는 이 사람은 쉰 살의 중년 남자다. 갈색과 회색이 섞인 짧은 곱슬머리에 눈은 짙은 푸른색이다. 재단이 잘된 고급 양복 안의 체격은 늘씬하고 섹시하며 좁고 쭉 뻗은 잘생긴 코 덕분에 누가 봐도 미남처럼 보인다. 코는 너무 길지도 짧지도 않고 그 얼굴에 알맞게 적당하다. 다른 세상에서 그 코는 유대인 특유의 긴 매부리코였고 안 그래도 처량하게 생긴 소년의 모든 것을 바닥으로 끌어내리다 못해 영혼의 가장 밑바닥까지 끌어내렸었다. 우리 건물 3층에 살던 그의 모친 샤피로 아줌마는 아들이 마시다 만 우윳잔을 들고 골목에서 그의 뒤를 쫓아다니곤 했다. 그럴 때면 동네 아이들은 합창을 했다. "매디는. 우유를. 마셔라. 우유를. 마셔라." 그러면 매디의 코는 더욱 길어져 입까지 축 처졌고 그는 생존 수단으로 삼은 음울한 침묵 속으로 숨어버렸다.

우리가 둘 다 십대였을 때 매디는 어느 날 밤 동네 파티에서 멋들어진 폭스트롯(1900년대 초 미국에서 유행한 댄스

장르)을 선보여 주민들을 일제히 충격에 빠뜨렸다. (엄마는 선포하듯 말했다. "쟤는 일반인 프레드 아스테어(미국의 배우 겸 안무가로 브로드웨이와 뮤지컬 영화 등에서 활약했다)야.") 어디에서 그런 춤을 다 배웠을까? 우리 모두 궁금했다. 그저 일요일 오후에 캄캄한 극장에서 아스테어 영화를 몇 번 보았거나 거울을 보고 혼자 연습해서 나올 수 있는 수준의 춤이 아니었다. **사람들**한테 배운 춤이었다. 그런데 어디서? 누구한테? 언제? 여기 말고 다른 곳에서 다른 인생을 살기라도 한 걸까? 그런 질문이 나오긴 했지만 아무도 답을 기다리거나 굳이 알려고 애쓰지 않았다.

그가 고등학교에 입학한 뒤로 거의 만나지 못하던 어느 날 저녁엔가 매릴린 커너와 내 방에서 놀고 있는데 그가 우리 방으로 들어와서 같이 놀았다. 우리는 '미래의 배우자가 어떤 사람이었으면 좋겠어?' 묻는 놀이를 하고 있었다. 나는 내 배우자가 똑똑하고 지적인 사람이었으면 좋겠다고 말했다. 매릴린은 사실 남편이 별로 필요 없지만 꼭 결혼을 해야 한다면 자기가 하고 싶은 대로 내버려두는 사람이면 좋겠다고 했다. 매디는 춤을 추며 방 안을 돌아다녔다. 눈을 지그시 감고 팔은 가상의 파트너를 안은 채 말했다. "미래의 내 아내는 아주 귀여워야 되고, 그리고 춤을 끝내주게 잘 춰야 해." 그가 그때 말하지 못한 것,

적어도 얼마간은 그조차 확신하지 못한 것, 그것은 그 아내가 춤을 잘 추는 사람이어야 할 뿐 아니라 남자여야 한다는 것이었다.

"몇 달 전에 너희 엄마 만났는데." 엄마는 말을 이었다. "너 연락 없다고 뭐라 하시더라. 자식들이란 애들이 하나같이 왜들 그러니!" 나는 거의 경외심을 담아 엄마를 바라본다. 엄마는 20년 만에 만난 매디슨 샤피로 앞에서도 당신 내키는 대로 말하고 행동한다…….

매디는 웃음을 터뜨리더니 지하철로 향하는 길을 막아선 우리를 못마땅하게 흘겨보거나 툭툭 치고 지나가는 사람들 사이에서 엄마를 꽉 안았다. "어머니들이야말로 하나같이 왜들 그러세요." 그는 애정을 담아 대답했다. 나는 그를 바라본다. 만약 샤피로 아줌마가 아들에게 이렇게 말했다면 그의 얼굴은 분노와 고통으로 어두워졌을 것이다. 하지만 우리 엄마 입에서 이 말들이 나왔을 땐 인정 넘치게 지독하고, 후덕하게 짜증스럽다. 가끔 이렇게 한발 떨어져서 보는 순간에 우리 인생도 하나의 이야기가 되는 건 아닐까 생각한다.

"진짜 하나도 안 바뀌셨네요." 매디가 고개를 저었다.

"그건 아니지." 엄마는 약삭빠르게 말했다. "넌 변했잖아. 뭔진 몰라도 너 완전히 다른 사람 됐다."

"꼭 그렇지도 않죠." 매디는 맞받아친다. "그래도 아줌마는 바로 절 알아보셨잖아요, 그죠? 이 새로운 매디 속에 들어 있는 그 옛날의 매디를 보셨잖아요. 한 번에 알아봤다니까. **아줌마** 눈썰미는 못 속여요."

그래, 아주 잘하고 있어, 매디.

한 차례의 질문과 대답이 오간 후 우리의 공통 화제는 바닥나고 말았다. 우리는 전화번호를 교환한 뒤 꼭 연락하자고 약속하고, 앞으로 서로 다시 만날 일은 없다는 것을 예감하며 헤어진다.

엄마와 나는 계속해서 23번가를 걸었다. 엄마는 손으로 내 팔뚝을 꼭 붙잡고 은밀한 이야기를 하려는 듯 내 쪽으로 몸을 기댔다. "이제 말해주라. 매디가 사람들이 말하는 그 호모섹슈얼이니?"

"응, 맞아." 나는 답한다.

"호모섹슈얼은 어떻게 하니?" 엄마가 묻는다.

"어떻게 하긴. 엄마가 하는 건 다 해."

"그게 무슨 말이야?"

"엄마가 섹스하듯이 섹스한다고."

"그런데 어떻게 한다는 거야? 어디에?"

"엉덩이에 해."

"어머나, 아프겠다."

"가끔은 아프기도 한데, 대체로 안 아프대."

"그 사람들끼리 결혼도 하니?" 엄마는 웃는다.

"하는 사람도 있지. 대체로 안 하지만."

"그러면 외롭겠네."

"외롭겠지, 딱 우리처럼."

엄마는 이내 조용해진다. 엄마는 작년인가부터 속을 알 수 없는 오묘한 태도로 멀지도 가깝지도 않은 허공을 바라본다. 정신이 다른 곳에 가 있는 듯한 아득한 표정 속에 홀로 머문다. 그러나 이번의 혼자는 내게 무척 익숙한 그 혼자, 얼굴을 냉소적이고 불행한 가면으로 만들어 그 뒤에 숨거나 당신의 아픔과 실망을 하염없이 헤아리고 있을 때의 혼자와는 다르다. 이 혼자에는 슬픔이 아닌 온화함이 깃들어 있다. 호기심과 흥미는 있어도 자기연민은 없다. 엄마의 눈이 가늘어진다는 건 엄마가 이미 아는 것을 조금 더 명확히 보고 싶어한다는 것, 이제껏 살아온 삶에 집중하고 싶어한다는 의미다. 엄마는 진실을 알려준 꿈에서 깬 것처럼 몸을 흔들면서 말한다.

"사람들은 각자 자기 삶을 살 권리가 있지." 엄마는 나직하게 말한다.

아빠는 11월 말 새벽 네 시에 돌아가셨다. 아빠가
입원했던 병원에서 다섯 시 반에 전보가 왔다. 아빠는
산소텐트에 일주일 동안 들어가 있었고 의사들은 최선을
다해 생명을 구하겠다고 했지만 사실 난 기대하지 않았다.
아빠는 닷새 동안 세 번의 심장발작을 일으켰고 마지막
발작이 아빠의 생명을 앗아갔다. 쉰한 살이었다. 그때
엄마는 마흔여섯, 오빠는 열아홉, 나는 열세 살이었다.

초인종이 울렸을 때 가장 먼저 침대에서 일어나 문으로
뛰어나간 사람은 오빠였다. 엄마가 오빠 뒤를 따랐고 내가
그 뒤에 있었다. 우리 세 사람은 그 손바닥만 한 전실에
다닥다닥 붙어 서 있었다. 오빠는 문 앞에 서서 60와트
전구가 비추는 연노란색 종이 한 장을 내려다보았다.
엄마는 손톱이 박힐 정도로 오빠의 팔목을 세게
움켜쥐면서 말했다. "아버지 돌아가셨지? 그렇지, 그런
거지?" 오빤 그대로 바닥에 주저앉았다. 그때부터 곡소리가
터져나왔다.

"아악." 엄마는 비명을 질렀다.

"아, 하느님." 그리고 소리를 질렀다.

"하느님, 도와주세요." 또 소리를 질렀다.

눈물은 바닥에 떨어지고 샘물처럼 솟아올라서 복도를
가득 메웠고 부엌으로 흘러 들어갔다가 거실로 흘러들어

두 개의 침실 벽에 부딪혔고 우리 모두를 떠내려가게 했다.

그날 낮과 밤에 흐느끼는 여자들과 충격받은 얼굴을
한 남자들이 우리 엄마를 에워쌌다. 엄마는 머리를
쥐어뜯고 살갗을 찢고 몇 번씩 혼절했다. 누구도 감히
엄마에게 손을 대지 못했다. 엄마는 기이한 투명 막 안에
홀로 격리되어 있었다. 사람들이 엄마 주변을 에워쌌지만
어느 누구도 그 안으로 침범할 수 없었다. 엄마는 마법에
걸렸다. 귀신에 홀려 있었다.

사람들은 나에게는 하고 싶은 대로 했다. 그들은
애도 의식의 무아지경 속에서 나를 돌아가며 떠맡았다.
그 과도한 관심은 방치보다 훨씬 더한 방식으로 나를
고립시켰다. 나를 숨 막히게 안아 가슴으로 짓누르기도
했고 음식을 억지로 먹여 목이 막히게 했고 아무 의미도
없는 위로의 말을 중얼거리며 내 귀를 고문했다. 유일한
희망은 여기서 퇴각하는 것뿐이었다. 나는 그들의 위로에
아무 반응도 하지 않았고 계속 냉정한 태도로 일관했다.

엄마는 주기적으로 눈을 들어 나를 찾아냈다. 내
이름을 목 놓아 부르면서 외쳤다. "주여, 하느님 아버지,
네가 이제 고아라니. 고아야!" 어느 누구도 엄마에게
유대인 관습에 따르면 엄마를 잃어야 고아가 되고 아빠를
잃었을 때는 반만 고아라고 일러줄 용기를 내지 못했다.

어쩌면 용기가 없어 말을 안 한 건 아니었을 것이다.
아마 그들도 엄마가 내 이야기를 하는 게 아니라는 걸
알았을 것이다. 엄마는 당신 이야기를 하고 있었다. 엄마는
원시적인 상실감에 완전히 소진되어 모든 슬픔을 안으로
흡수했다. 모두의 슬픔이 당신의 슬픔이 되었다. 아내의
슬픔, 엄마의 슬픔, 딸의 슬픔을 완전히 독차지했다.
비탄은 엄마를 가득 채웠고 또 엄마를 비우기도 했다.
엄마는 핏줄이고 도관이고 발현이었다. 그 놀라운 유동성,
감각적이고 까다로운 가변성은 이제 엄마의 것이었다.
엄마는 헝겊 인형이 되어 소파에 널브러져 있다. 초점
잃은 눈은 아무것도 보고 있지 않고 반쯤 열린 입에선
혀가 나와 있고 팔은 축 늘어져 있다. 그러다가 갑자기
용수철처럼 벌떡 일어나 몸을 꼿꼿이 세우고 바짝
긴장하며 경계 태세를 갖춘다. 눈은 날카로워지고 이마는
땀으로 젖고 목에선 불거져 나온 동맥이 펄떡거린다.
2분 후에는 다시 헝겊 인형처럼 쓰러져 소파 위에서
몸부림치다 바닥에 쿵 하고 떨어진다. 피부는 분필처럼
퍼석해진 채 눈은 질끈 감고 입은 꾹 다문다. 그 상태가 몇
시간 동안 이어진다. 며칠이 간다. 몇 주가 지난다. 그리고
몇 년이 흐른다.
  나는 스스로를 엄마가 상중에 펼친 이 요란스러운

드라마의 소품 정도로 여겼다. 상관없었다. 어떤 감정을 느껴야 할지 알 수 없었고 그걸 알아낼 시간도 없었다. 사실 무섭고 겁이 났다. 그리고 겁먹기를 거부하지도 않았다. 이런 상황을 겪는 사람에게 찾아오는 적절하고 마땅한 반응이라고 생각했다. 어쩌면 겁먹은 사람은 누구보다 책임감으로 무장할 수 있다. 일단, 그 상태로 나는 엄마에게서 잠시도 눈을 떼지 않았다. 울지도 않았다. 단 한 방울의 눈물도 안 흘렸다. 어떤 아줌마는 나를 보며 이렇게 중얼거리기도 했다. "정상적이진 않네." 그 말을 듣고 이렇게 생각했던 기억이 난다. 아무것도 모르면서. 아빠는 우리 곁을 떠났고 보아하니 엄마도 오늘내일하는 것 같다. 내가 울면 엄마를 다시 볼 수 없을지도 모른다. 내가 보지 않으면 엄마는 눈앞에서 사라져버릴지도 모른다. 그러면 나는 그야말로 천애 고아가 된다. 그런 의식적인 집착으로 엄마를 내 시야에서 벗어나지 못하게 했다.

아빠를 무덤에 묻고 온 날, 한밤중에 눈이 오기 시작했다. 엄마는 눈물로 축축해진 소파에서 몸을 비틀다가 떨어지는 눈을 보았다. "가혹한 운명이여." 엄마는 울부짖었다. "당신이 눈을 맞네요. 사랑하는 사람! 저 차가운 땅에 혼자 묻혀서 눈을 맞고 있어." 우리 집에는 시간을 나타내는 새로운 달력이 생겼다. 아빠 무덤에 처음 눈이 온 날, 처음 비가 온 날, 처음 여름의 신엽이 돋은 날, 처음 황금빛 가을이 온 날. 처음은 매번 엄마의 높고 가는 통곡으로 자신을 알리고 내 심장에 꽂힌 바늘이 되었다가 내 뇌에 박힌 바늘이 되어 끝났다.

장례식. 20년 후에 기자가 되어 중동에서 지내는 동안 아랍의 장례식을 거의 일주일에 한 번은 목격했다. 수백 명의 인파가 거리로 뛰어들어, 옷을 발기발기 찢고, 짐승의 울음소리 같은 높고 새된 소리로 울부짖었다. 사람들이 까무러치고 서로를 밟고 지나가는 와중에 조문객들은 정신없이 돌아다니며 곡소리를 한다. 그 거리에서 내 옆에 서 있던, 아마도 서구인이었을 그 사람들은 조용히 고개를 흔들면서 이 낯설고 기이한 광경을 충격받은 얼굴로 바라보았다. 아마도 남몰래 자기는 이 사람들과 다른 부류라고 확신하고 있었을 것이다. 그러나 나에게는 이 모든 광경이 너무도 친숙했는데, 내 기억 속 장면보다 약간 더 소란스럽고 미치광이 짓을 여럿이서 나눠 한다는 차이만 있을 뿐이었다. 내가 기억하는 한, 엄마라면 이 모든 장면의 중심에 있었을 것이다.

장례식 날 아침 일어나보니 엄마는 지난 48시간 동안 입었던 옷을 그대로 입고 소파에 널브러져서 통곡을 하고

있었다. 곡소리에는 반복되는 리듬이 있었다. 처음에는
낮은 신음 소리로 시작되었다가 갑자기 깍깍거리는 비명
소리로 변했고 힘이 달리면서 잦아들어 다시 원래의 신음
소리로 돌아갔다. 곡소리의 주기는 이삼 분 안에 완성됐고
지겨울 정도로 끝을 모르던 아침 내내 변동 없이
반복되었다. 여덟에서 열 명 정도의 가까운 친지들(오빠와
나, 이모, 삼촌, 이웃들)은 집 안을 불안하게 서성일
따름이었다. 부엌에 들어갔다 나오고 거실에 갔다 나오고
방에 들어갔다 나왔다.

　가족 간에 나눈 어떤 대화도 기억나지 않는다. 말없이
서로를 안아주는 장면도 내 기억엔 전혀 없다. 우리
가족과 친척들에게 감정 과잉은 자연스러웠지만 다정한
위로는 당연히 어려운 일이었다. 하지만 우리 모두를
벙어리로 만든 건 누가 뭐래도 엄마였다. 엄마의 비통함이
아빠의 죽음을 더욱더 비참하게 만들었고 다른 이들은
사건의 결과를 숨죽이고 지켜보는 관객으로 위축시켰다.
엄마는 온몸으로 우리가 절대 위로할 수 없고 살아낼
수도 없는 어떤 일이 일어났다고, 못해도 영원히 발전이나
성장을 저해할 일이 일어났다고 말하고 있었다. 그 모든
드라마의 주연은 엄마였고 남은 사람들은 뒤에서 발을
끌고 돌아다니거나 말도 눈물도 없이 불행이라는 질척한

진흙탕 속에서 어기적거리는 단역이었다. 우리 모두는
엄마의 극적인 자포자기 속으로 빨려 들어가 죽음을
애도하지 못하고 엄마의 애도만 지켜보아야 하는 먼
문상객이 되어버렸다. 침울한 집 안을 배회하는 동안 우리
머리와 가슴속에 가득 들어찬 이는 오직 엄마—지금 이
난리통 속에서 아빠를 생각할 여유가 어디 있나?—이
사람을 지켜보아야 하고 돌봐야 한다. 사력을 다한 엄마의
비탄은 다른 평범한 애도를 닦아세웠다. 우리 집의 비극은
며칠 전에 일어난 것이 아니라 지금 우리 눈앞에서
벌어지고 있었다.

점심이 되자 집은 갑자기 사람들로 북적거렸다.
바로 장례식장으로 가지 않고 우리 집에 먼저 들른
사람들이었다. 이들이 상황을 악화 일로로 만들었다.
새로운 얼굴이 눈에 들어올 때마다 엄만 새로운
대성통곡을 전해야 할 의무라도 있다고 느낀 듯했다.
그즈음 내 공포는 극에 달했다. 엄마는 출구가 없는
히스테리에 완전히 갇혀버린 듯했다.

그래도 우리 중 누군가 엄마를 소파에서 일으켜,
옷매무새를 다독거려주고, 문 쪽으로 데려가야 할 시간이
오기는 왔다. 하지만 일어나려던 엄마는 마비라도 온
듯 다리가 후들거리고 꼬여 다시 주저앉았다. 눈동자가

뒤집어지고, 사지는 흐느적거리고, 발은 땅을 딛기를
거부하면서 단두대에 끌려가는 사람처럼 문으로 억지로
끌려갔다. 한 무리의 남자들, 엄마를 따라해야 할
의무라도 느낀 건지 같이 통곡하고 애원하고 절규하고
졸도하려는 여자들이 겨우 엄마를 부축하고 나갔다.

　장례식장에서 엄마는 관에 기어 오르려고 했다.
묘지에서는 파놓은 무덤 속으로 뛰어들려고 했다.
장례식에는 기록할 가치가 있는 다른 순간들도
있었다―오빠마저 기절했다. 나는 관 속을 너무 오래
들여다보는 통에 사람들이 끌어내야 할 정도였다. 한때
정치적 동지였던 사람들이 장례식에 와서 우리 아빠는
미국 자본주의의 임금 노예로 살았다고 말했다. 하지만
이런 순간들의 전후 맥락은 모두 잊히거나 희미해졌다.
엄마의 물러섬 없는 악착스런 고통 전시에 비하면 모두
지나가는 배경에 불과했기 때문이다.

　애도는 열흘 동안 이어졌다. 집 안을 서성거리던
사람이 열 명 안으로 줄어든 적이 없었다. 엄마는 내내
소파에 누워서 울다가 정신을 잃었다. 모든 사람이 한
명씩 번갈아가면서 엄마 옆에 앉아 몇 분간 엄마의 발작을
무력하게 바라보다가 엄마에게 최악의 일이 일어났음을
확인시키고, 조언을 해보려고 했다. 이게 인생인 걸

어떡해요. 그들은 할 수 있는 게 없었다. 엄마가 스스로 **추스려야** 했다. 그 일은 반복 재생되었다. 엄마를 위로하던 이들은 약간 안심하고 부엌에서 커피와 수프와 고기와 채소 따위의 먹을 것을 마련해두고 있던 두서너 명의 여자에게 갔다. (부엌에서 요리를 하지는 않은 것 같다. 그런데 어딘가에서 항상 마법처럼 음식이 준비되어 나왔다.)

그래도 부엌이 그나마 이 집에서 가장 흥미로운 장소이긴 했다. 부엌에 늘 상주하던 여자들은 세라 이모와 지머먼 아줌마였다. 둘 다 남편에게 사랑과 애착을 느끼지 않는 편에 속하는 여자들로 결혼을 인생의 고난으로 여겼다. 그럼에도 두 여자는 우리 엄마의 경이로운 공연 옆에서 침묵을 지켰다. 물론 한 번씩 지머먼 아줌마가 스토브 앞에서 수프를 저으며 참지 못하고 구시렁거리곤 했다. "하루 종일 미친 사람처럼 울고 자빠졌네. 나라면 말야. 집에 갔는데 남편이 죽어 있으면 경사 났네 하겠어." 세라 이모는 아무런 말이 없었지만 함께 부엌에 있던 다른 사람, 일가친척이나 엄마 친구(왜 언제나 도트 무늬 베일이 달린 검은 모자를 쓴 여자로 기억될까?)가 지머먼 아줌마에게 한소리했다. "그만 좀 하시지." 또 누군가가 말했다. "이 사람은 당신이 아니잖아. 돌아가신 분한테 예의를 갖춰야지." 지머먼 아줌마는 얼굴을 붉히더니 입을 크게 벌려 무슨 말인가 하려고 했고, 그럴 때면 세라 이모가 팔을 지그시 누르며 참으라고 눈짓했다. 나는 보통 긴 식탁 의자에 앉아 네티의 팔에 안겨 있었다. 그런 상황 전환이 좋았기 때문에 세라 이모가 아줌마의 말을 막은 게 못내 아쉬웠다. 그때 네티가 고개를 밑으로 떨궜고 내 머리 근처에서 빙그레 웃는 입이 보였다. 지머면 아줌마가 한마디 날렸을 때만큼이나 짜릿한 순간이었다. 아줌마는 조금 이따 또 입을 열어 한마디했다. 그러면 또 따끔한 한마디가 날아왔다.

그때 나는 여자들이 남편을 잃었다고 다 우리 엄마처럼 통곡하지는 않는다는 건 몰랐지만 부엌에서 오가는 대화가 들음직하다는 사실만큼은 지레 챘다. 누가 날카롭게 쏘아붙이면, 누구는 사색조로 얘기했고, 또 누구는 도도하게 한마디했다. 대화는 씩씩하면서도 밝았고 이 공간에선 모두가 각자의 역할에 충실했다. 네티는 물론 거의 아무 말도 하지 않았지만 내 몸에 바짝 붙어 있던 그의 몸이 말을 대신했다. 그 몸의 말은 비밀스러웠고, 오락가락했고, 은근한 미소를 짓고 있었다. 부엌에서의 대화를 전부 이해할 수는 없었지만 이 여자들의 각기 다른 반응을 보며 알았다. 이건 살면서 있을 수밖에 없는 문제구나. 저들은 그 안에 풍덩 빠져드는구나! 아줌마들의 대화가 사랑스러웠다. 이 안에서라면 양분을 얻고 보호를 받고 기뻐하고 안심도 할 수 있을 것만 같았다. 확실히 기억하는 건 무엇보다 그제야 조금은 마음이 놓였다는 점이다.

그렇다고 해도 누구 한 사람 나를 부드럽게 위로해주는 이는 없었다. 그 어디에서도, 부엌에서도 거실에서도 나를 치유할 수 있는, 아니 상처에 연고를 발라주고 진정시켜줄 만한 건 찾아볼 수 없었다. 그럼에도 불구하고 거실과 부엌 사이엔 질식과 생존만 한 간극이 있었다. 거실은 칙칙하고 음울하고 단색이며 무언가 갑갑하게 엉겨 있는, 공기가 희박한 곳이었다. 부엌에 가면 깊이 숨을 들이마셨다가 참을 수 없는 순간에 내뱉을 수 있었고 그 공기는 밖으로 나가거나 밑으로 깔렸다. 부엌엔 목소리와 말투가 있었고 분위기는 나빠졌다가 좋아지기도 했으며, 기분은 가라앉기도 나아지기도 했다. 움직임이 있고 공간이 있고 빛과 공기가 있었다. 적어도 숨을 쉴 수 있었다. 살 수 있었다.

네티는 내내 우리 곁에 있어주었다. 정확히 말하면 엄마 곁이 아니라 내 곁에. 네티는 문가나 거실 입구에서 서성대다가 조심스럽게 식탁 의자에 엉덩이를 걸쳤고 거실에는 거의 발을 들이지 않았다. 거기엔 우러러볼

유대인 여자들뿐이었으니 감히 그들을 지나쳐서 엄마에게
갈 용기를 낼 수 없었던 것이다. 그래도 어쩌다 한
번은 유대인 여자들 무리를 지나쳐 쭈뼛대는 아이처럼
손가락을 꼬며 서 있었다. 엄마는 네티를 보고 팔을
뻗으며 울부짖었다. "네티, 난 사랑을 잃었어!" 네티는
거리낌이 사라지면 (엄마가 시키는 대로) 엄마에게
와락 달려들었고 소파 옆에 무릎을 꿇고 앉아 울음을
터트리기도 했다.

하지만 나와 함께 있을 때는 아무런 거리낌이 없었을 뿐
아니라 동등했고 자신이 필요한 사람임을 알았다. 네티는
부엌 긴 의자에 앉아서 편안한 자세로 팔을 내 목에
두르고 기다란 손가락으로 내 머리카락을 빗겨주었다.
그가 내 불안을 가라앉혀줄 만한 지혜나 권위가 있는
어른이 아니란 건 우리 두 사람 다 알았지만(비밀을
나누는 친구라고도 할 수 없었다. 그는 내게 허물없이
말했지만 내가 그러지 못했다), 한때 또 한 명의 고아가 되어
따스하고 무력한 몸으로 갓난쟁이 리처드를 위로해주었던
것처럼 그는 내게도 몸의 온기를 넉넉히 나누어주었다.

장례식이 있었던 그 주에 우리가 꼭 붙어 앉아 있던
부엌 벤치에서 무슨 일이 일어나기 시작했다. 여자들이
남자와의 결혼에 대해 떠드는 와중에 네티가 내 머리에

입을 묻고 피식 웃음을 터뜨리더니 내 등에 얼굴을 묻고 쿡쿡거렸다. 어딘가 불편하고 꺼림칙한 흥분이 내 몸을 훑고 지나갔다. 네티는 이 방에 있는 누구도 알지 못하는 무언가를 알고 있었고 나는 그가 이 사실을 알리고 싶어서 내 몸을 끌어당겼다고, 자기와 한편이 되자고, 진짜 친구가 되자고 말한다고 생각했다.

네티의 초대는 나에게 기댄 그의 몸놀림에서도 느껴졌고 그 몸의 자유분방함과 친밀함에도 깃들어 있었다. 몸짓에는 리듬이 있었고 포옹은 야물었다. 네티는 내 머리카락과 어깨를 쓰다듬었다. 나는 진정되고 차분해졌다. 나도 몸을 그에게 기댔다. 그의 손길이 점점 집요하게 느껴지기 시작했다. 내 몸을 어딘가로 끌어당긴다고도 느꼈다. 그의 몸은 내가 모르는 어두운 입구에 서서 나를 그 안으로 끌어당기며 이렇게 말하는 듯했다. 이리 와. 두려워하지 마. 내가 잘 이끌어줄게. 꿈결 같은 몽롱함 속에 머리와 가슴이 녹아드는 것 같았다. 나는 그에게 기대어 좋았다. 그 은밀한 초대에 나를 내맡기고 싶었다.

그 순간 강력한 공포가 솟아나 살갗에 소름이 돋았다. 고개부터 들어 튕기듯이 일어났다. 그 부드럽고 고요한 장소는 어두운 공허였다. 그리고 네티는? 네티는 누구지?

비밀스럽게 웃고 있는 소녀 같은 여자. 커다란 아이 같은 사람. 함께 환상을 공유할 때 나는 항상 내가 연상이라고 느끼곤 했다. 그와 함께 어둠 속으로 들어간다면 그곳에 아이 단둘이 남게 될 것이다. 네티를 어떻게 믿을 수 있을까? 그는 신뢰할 수 있는 사람이 아니다. 그의 품 안에 있던 내 몸이 굳어졌다. 네티도 그 최면 같던 순간에서 깨어나더니 멍한 표정으로 일어나려 했고 나 역시 내 갑작스러운 행동에 놀라 당혹스러웠다.

"엄마한테 가봐야겠어요." 나는 말했다.

네티의 눈은 고양이 눈처럼 홀연히 불투명한 색으로 변했고 목은 더 길어졌고 팔다리는 제자리로 거두어졌다. 나는 이제 식탁을 떠날 수 있었다.

거실 바닥에 무릎을 꿇고 엄마 옆에 앉았고 엄마는 그 즉시 내 머리를 가슴으로 부둥켜안았다. 억센 팔로 나를 안는 엄마의 신음 소리에 몸이 부르르 떨렸다. 몇 초 되지도 않아 네티의 꿈결 같던 매혹은 흩어져버리고 말았다. 나는 간발의 차로 겨우 위험에서 빠져나온 사람처럼 심장이 철렁했다. 내가 느낀 불안이 속속들이 냉정하고 비열하게 느껴졌다. 엄마가 뜨거운 가슴에 날 마구잡이로 끌어안도록 내버려두었다. 몸을 빼지 않았다. 내가 속한 사람은 엄마였다. 엄마와 함께 있으면 여러 가지 확실한 문제가 있다. 숨이 막힌다. 그래도 안전하다.

　오전에 한차례 비가 내렸고 오후 한 시에, 대략 1분
30초가량 뉴욕은 샤워를 한 듯 말끔해졌다. 거리는 옅은
봄 햇살 아래 반짝거렸다. 자동차들은 먼지 하나 없는
공기라는 행복 속에서 광채를 뿜었고 상점 쇼윈도는
뻔뻔할 정도로 반들거렸다. 사람들마저도 새로 태어난 것
같았다.
　우리는 8번 애비뉴를 걸어 그리니치빌리지 쪽으로 가고
있다. 8번 애비뉴와 그리니치빌리지 사이에는 화이트타워
햄버거 가게가 있는데 이 앞에서 동네 토박이 부랑자들이
14번가, 첼시, 바우어리 같은 딴 동네 사람들을 흥미롭게
해주고 있다. 골목 한쪽에서 이들이 벌이는 파티는 보통
소란스럽고 왁자하지만 오늘은 날씨가 만든 부활의
마법과는 상관없이 가라앉은 편이었다. 레스토랑 앞을
지나는데 사람들 무리에서 나온 한 남자가 불안정하게
두세 걸음 내딛더니 우리 앞길을 막았다. 그는 우리 앞에
서서 몸을 건들거렸다. 흑인이고 나이는 스물다섯일
수도 예순일 수도 있을 것 같다. 상처 난 얼굴은 퉁퉁
부어 있으며 눈꺼풀은 4분의 3쯤 닫힌 듯하다. 감은 지

오래된 머리는 백 가닥쯤 땋아 내렸고 바지허리는 끈으로 흘러내리지만 않게 고정했다. 신발은 두 문수는 커 보이고 발은 맨발이다. 칙칙한 트위드 코트밖에 걸친 게 없어 움직일 때마다 맨 가슴이 훤히 내보인다. 이런 비렁뱅이 같은 존재가 우리와 대적하려 든다. 그는 손바닥을 위로 펼쳐 앞으로 쭉 펴더니 말했다.

"숙녀분들, 마티니 한 잔 천 달러에 드릴까요?"

엄마는 그 남자 얼굴을 똑바로 쳐다보면서 말한다. "지금 인플레이션이긴 하지만 마티니 한 잔에 천 달러는 너무 하지 않나?"

그의 입이 쩍 벌어진다. 길 가던 사람이 자신의 존재를 이렇게 인정하고 말을 받아준 게 얼마 만인진 신만이 알 거라는 얼굴이다. "아름다우시네요." 그가 더듬거리며 말한다. "예쁘세요."

"이 남자 꼴 좀 봐라." 엄마는 나에게 이디시어로 말한다. "이 남자 좀 보라니까."

그는 반만 뜬 눈을 내 쪽으로 돌린다. "무슨 말이야?" 그가 다그친다. "뭐라고 했냐니까?"

"우리 모친이 그쪽을 보니 속이 상하시대요." 내가 그에게 대답한다.

"그랬어?" 감았던 눈을 거의 활짝 뜰 기세다. "그렇게 말했다고?"

나는 고개를 끄덕인다. 남자는 엄마 쪽으로 몸을 홱 돌린다. "나를 집으로 데려가서 사랑해줘요." 그는 노래를 흥얼거리나 싶더니, 길 한복판에서, 대낮에, 달을 보는 늑대처럼 컹컹거리기 시작한다. "당신이 필요해요." 남자는 울부짖으며 엄마에게 몸을 가까이 기대려는 듯이 가슴에 손바닥을 얹고 말한다. "당신이 필요해요."

엄마는 남자에게 고개를 끄덕인다. "나도 필요하긴 해." 그리고 무미건조하게 말한다. "다행인지 아닌진 몰라도 내가 원하는 게 아저씨는 아냐." 엄마는 나를 데리고 그대로 부동자세가 되어버린 부랑자를 밀쳐낸다. 갑자기 현실을 깨달았는지 그는 더 이상 우리를 막지 않는다.

애빙던스퀘어를 지나서 블리커가로 들어선다. 젠트리피케이션이 진행된 부자 동네 웨스트빌리지는 우리를 그다지 환영하지 않는 듯하고, 우리는 얼마간 불편한 마음으로 입을 다문다. 골목골목을 돌아다니며 골동품점과 고메 음식점과 부티크를 말 한마디 없이 구경한다. 하지만 그래봤자 우린 우린데 말없이 얼마나 버티겠는가?

"요즘에 네가 준 그 전기 읽고 있다." 엄마가 말한다. 나는 무슨 소린지 몰라서 멀뚱하게 엄마를 보다가 기억한다. "아. 그 책!" 나는 진심으로 기쁘고 반가워 외친다. "재밌게 읽었어?"

"내 말 들어봐." 엄마가 말을 시작한다. 내 얼굴에서 미소가 걷히고 심장이 죄어오는 것 같다. "내 말 들어봐"로 시작한다는 건 곧 내가 준 책을 버렸다는 의미다. 엄마는 말할 것이다. "이 책을 왜 읽어야 하니? 이 안에 내가 모르는 게 뭐가 있냐고? 나는 삶으로 다 살았어. 나는 다 안단 말이다. 작가라면 내가 알지 못하는 걸 말해줘야 할 거 아니니. 그런 게 하나도 없더라. 너한테나 재밌었겠지. 난 어땠냐고? 그 책이 무슨 수로 재밌을 수가 있겠니?"

엄마는 이런 말을 쏟아내려고 할 것이다. 무언가 이해가 안 되거나 두려울 때면 조롱과 혹평으로 피신하니까.

내가 엄마에게 읽어보라고 준 책은 1930년대에 활동한 작가 조지핀 허브스트의 전기다. 완고하고 고집스럽고 열정적인 여성으로 정치적으로나 사랑에서나, 작가로서나 모두 성취를 이루었고 죽을 때까지 자기가 원하는 대로 살았다.

"내 말 들어." 당신은 달래는 투라고 생각하지만 남 듣기엔 무시하는 투로 엄마는 말한다. "너한테는 재미있었겠지만 난 아니었어. 나는 그 모든 걸 내 몸으로 살았다고. 다 아는 얘기야. 여기서 내가 뭘 더 배우겠니?

뭘 배워. 넌 신나서 봤겠지만 난 아니다."

엄마가 그렇게 말할 때마다 번번이 머릿속 혈관이 터져버릴 것처럼 화가 나고 엄마 입에서 쏟아지는 그 문장들이 다 끝나기도 전에 나는 엄마에게 쏟아내기 시작한다. "무식해. 엄마가 뭘 알아? 아무것도 모르지. 아무것도 모르는 사람만 엄마처럼 말해. 엄마가 말한 대로 그 모든 걸 엄마도 다 겪어봤다면 그 사람이 처한 조건이나 배경이 더 익숙하게 느껴지고, 책의 의미도 더 풍부해지는 거야. 그렇게 되면 엄마도 책을 쓰고 싶어지는 거고. 엄마보다 백배 천배는 더 배우고 공부한 사람들이 이 책을 읽고 배워. 하물며 엄마가 뭐라고 왜 못 배우는데?" 나도 이런 말을 하고 또 한다. 그러면서 우리 두 사람의 오후를 완전히 재앙으로 만든다.

그런데 지난해부터, 이제까지와는 다른 상황이 연출되기 시작했다. 머릿속 혈관이 터져버릴 것처럼 화가 나진 않는다. 여전히 짜증이 나지만 진정은 할 수 있다. 벌컥 화내지 않을 수 있다. 그날 오후를 홀로코스트로 만들어버리지 않을 수 있다. 아마도 오늘이 그런 날인 듯하다. 나는 엄마 쪽으로 고개를 돌려 왼팔을 여전히 단단한 엄마 등에 감고 오른손으로는 엄마의 위팔을 잡으며 말한다. "엄마, 이 책 재미없었어? 그럴 수도 있지.

엄마가 그렇다면 그런 거지." 열없이 나를 쳐다보는 엄마는 눈을 부릅뜨며 고개를 살짝 기울인다. 이제야 흥미가 동한 것 같다. "하지만 이 책에 배울 것 하나 없다고 말하지는 마. 알맹이라곤 없는 책이라고 말하지도 말고. 엄마한테도, 나한테도, 책에도 그렇게까지 나쁘게 말할 건 없잖아. 그런 식으로 말하는 건 우리 모두를 업신여기는 것밖에 안 돼." 내 말을 들어보라. 이렇게 현명하고 지혜롭다니. 이 모든 지혜를 10분 전에 얻었다.

침묵, 길고 긴 침묵이 흐른다. 우리는 또 한 블록을 같이 걷는다. 침묵. 엄마는 가까이도 멀리도 아닌 허공을 바라본다. 나는 길을 인도하며 엄마의 걸음에 발을 맞춘다. 말을 하지도 엄마에게 말을 시키지도 않는다. 또 한 블록 침묵이 흐른다.

"그 조지핀 허브스트란 여자 말이다." 엄마는 말한다. "그 여자는 행동했고 해냈어, 그치?"

안심하고 행복해진 나는 엄마를 끌어안는다. "그 여자도 자기가 뭘 하는지 몰랐을 거야. 엄마, 그래, 근데 해내긴 해냈어."

"부럽네." 엄마가 툭 하고 내뱉는다. "그 여자가 자기 삶을 살았다는 게 부러워. 나는 못 그랬다."

엄마는 아빠가 돌아가시고 5주쯤 지난 후부터 일을 나갔다. 아빠는 우리에게 2000달러의 유산을 남겼다. 일을 하느냐 마느냐는 선택을 하고 자시고 할 문제가 아니었다. 하지만 형편 때문에라도 어쩔 수 없이 집을 나가 일하지 않았더라면 엄마가 어떻게 되었을지는 상상하기 어렵다. 내가 볼 때 엄마는 예의 그 25년간 불도 켜지 않은 거실 소파에 누워 손으로 이마를 짚고 이렇게 중얼거리며 살았을지도 모른다. "난 못해." 하지만 엄마는 할 수 있었고, 했다.

엄마는 거들을 입고, 낡은 회색 정장을 걸치고, 검은색 스웨이드 통굽 구두를 신고, 얼굴에 파우더를 두드리고 립스틱을 바른 다음 지하철을 타고 시내에 있는 직업상담소를 찾아가 작은 회사에 사무직으로 취직했고 일주일에 28달러를 벌었다. 그 이후로는 매일 아침 일어나 옷을 입고 커피를 마시고 우리 먹일 끼닛거리 목록을 돈과 함께 식탁 위에 올려놓고는 네 블록을 걸어 지하철역에 가서 『타임』지를 한 부 사들고 지하철에서 읽으며 42번가에 도착해 회사 건물로 들어가 책상 앞에 앉아서 그날 업무를 마친 다음 다섯 시에 퇴근해 아파트 문으로 들어와 부엌 긴 의자에 털썩 앉아 저녁을 먹고 바로 소파로, 따스한 목욕물처럼 당신을 반겨주는 우울함

속으로 들어갔다. 마치 그날 저녁의 우울, 마지못해 견뎌야 하는 일상의 여정이 끝날 때까지 엄마를 배신하지 않고 기다려준 이 절망을 얻기 위해 하루 종일 그렇게 일을 하고 오는 사람처럼.

물론 주말에는 이 우울증이 절제도 한도도 없이 이어졌다. 토요일 일요일 내내 시꺼먼 먹구름이 우리 아파트를 뒤덮었다. 엄마는 요리도 청소도 하지 않았고 장을 보지도 않았다. 동네 사람들의 수다에도 끼지 않았다. 방을 인간의 존재감으로 채우는, 살아 있다는 것의 흥취를 퍼뜨리는 시시콜콜한 일상의 담소도 없었다. 엄마는 세라 이모, 네티, 오빠 사이에서 오가는 부엌의 수다에 웃지도, 반응하지도, 참여하지도 않았다. 최소한의 말만 했고 말을 할 땐 높낮이 없이 인색하고 불행하게 들리는 목소리에 언제나 듣고 있는 모든 사람이 엄마의 '상황'을 상기할 수밖에 없었다. 전화가 와서 "여보세요" 할 때도 목소리는 한풀 가라앉아 있었다. 엄마는 당신이 겪는 고통의 본질을 제대로 가늠하지 못할 수화기 너머의 상대를 믿지 못했다. 5년 동안 영화나 콘서트를 보지도 외부 활동을 하지도 않았다. 엄마는 오직 일하고, 고통받았다.

남편을 여읜 처지는 엄마를 더 고귀한 인간 존재로

승격시키는 것 같기도 했다. 엄마는 아빠의 죽음에서
회복되지 않기로 결심하면서 부엌일하던 시절에는
가져본 적 없던 당신의 타고난 진지함을 발견했다. 그리고
이후 30년을 한결같이 바로 그 진지함에 헌신했다.
지치지도 않았고 지루해하지도 초조해하지도 않았다.
그저 진지함이 가져다준 낙을 유지할 새로운 방법들을
끊임없이 찾아냈고 영락없이 그걸 당신 것으로 만들었다.

　　아빠를 애도하는 일은 엄마의 직분, 엄마의 정체성,
엄마의 페르소나가 되었다. 몇 년 후에 나는 우리 모두가
깊이 몸담았던 정치사상(마르크스주의와 공산주의)의
여러 국면에 대해 생각하게 되었는데, 내가 만난 배관공
제빵사 재봉사 들이 본인을 사상가 시인 학자로 여긴다는
사실을 알게 되었다. 왜냐하면 그들은 남과 다른
사람들, 공산당원이었기 때문이다. 엄마도 당신의 과부
처지를 그와 같은 방식으로 여긴 건 아닌가 생각한다.
엄마가 볼 때 당신은 남편을 잃었기에 더 차원 높은
인간, 정신적으로 우월한 사람이 되었고 감정은 더욱
심오해졌으며 수사는 더 풍부해졌다. 아빠의 죽음은
의식과 신조를 제공하는 하나의 종교였다. 일생에 단
하나뿐이던 사랑은 정통과 유대교와도 같았고 엄마는
탈무드를 기록하듯 그 안에서 율법과 유산을 찾아냈다.

사실 나에겐 아빠가 세상을 떠날 때까지도 그다지
생생한 존재는 아니었다. 언제나 모호하고 알 수 없는
그림자 같은 사람, 유순하고 늘 웃는 사람, 아내의 결혼
예찬과 지극한 사랑 뒤에 필요한 배경처럼 서 있는
사람이었다. 그러다 이제는 엄마의 영원한 절망에 꼭
필요한 도구 같은 느낌으로 존재했다. 마치 아빠와 같이
산 이유가 오직 이 순간에 도달하기 위해서였던 것처럼.
정신적 고뇌에 모든 열정을 쏟아부어 이렇게 된 게 예정된
운명인 듯 보일 지경이었다. 이 일은 나에게도 세상을
완전히 달리 보게 만드는 사건이었다.

　　내가 숨 쉬는 공기는 엄마의 절망 안에 푹 담겨 있다
나오면서 진해지고 의기양양해지며 자못 흥미롭고도
위험한 것이 되었다. 엄마의 고통은 나를 구성하는 요소,
내가 거주하는 국가, 내가 바짝 엎드려 따라야 하는 법과
규칙이 되었다. 나를 지휘하고 통솔하면서 내 의지와
상관없이 반응하게 했다. 나는 끊임없이 엄마에게서
벗어나기를 갈구했지만 엄마가 방에 있을 때면 한시도
그 곁을 떠날 수가 없었다. 엄마의 퇴근을 두려워하면서도
엄마가 귀가하면 잠시도 집을 떠나지 않았다. 엄마의
존재가 내뿜는 불안은 내 허파를 부풀어 오르게
했다(물리적으로 심장이 조여들었고 가끔은 쇠갈고리가

골을 파고드는 느낌까지 들었다). 욕실 문을 잠그고
혼자 숨어서 엄마를 대신해 하염없는 눈물을 쏟았다.
금요일이면 꼬박 이틀간 이어질 게 뻔한 눈물과 한숨,
불씨가 꺼져도 식식거리며 새어 나오는 연기 같은 엄마의
우울증이 공기 중에 내뿜는 묘한 책망의 기운에 대비를
해야 했다. 나는 죄책감 속에서 일어나 죄책감 속에서
잠들었고 주말이면 죄책감이 점점 더 쌓여가다 얕은
열병에 걸린 상태가 되었다.

　엄마는 한 해 꼬박 나를 옆에서 재웠는데, 그 후로
20년 동안 나는 여자가 내 몸에 손을 대는 걸 참을 수
없게 됐다. 혼자 잠드는 게 두려웠던 엄마는 내 배에
팔을 두르고 자다가 무언가 확인하듯 손바닥으로 내
몸을 불안하게, 무성의하게 어루만졌다. 나는 그때마다
움츠러들었지만 엄마는 알아채지 못했다. 벽 쪽으로
야금야금 움직여 거의 붙다시피 달라붙으면 엄마는
어떻게든 나를 다시 끌어당겨 안았다. 내 몸은 딱딱하게
굳은 기둥이 되었다. 엄마 품을 좋아해야 했을까. 나는
혐오했다.

　장장 2년 동안 엄마는 매달 둘째 셋째 일요일에 나를
끌고 아빠의 묘를 찾았다. 아빠의 묘는 퀸즈에 있었다.
그 말인즉 가는 길에만 버스를 세 번 갈아타야 하는 한

시간 반 거리에 있었다는 뜻이다. 세 번째 버스를 갈아탈
무렵 엄마는 어김없이 울기 시작한다. 어쩔 수 없이 나는
엄마를 안아준다. 점점 더 커지는 엄마의 울음소리에
민망하고 눈치가 보인다. 엄마 어깨에 두른 팔이 딱딱하게
굳고 눈으로는 버스 칸의 검은 고무 바닥만 멍하니
바라본다. 종점에 도착할 때쯤이면 거의 경기를 일으키기
직전이다.

"엄마, 우리 내려야 돼." 나는 애원하듯 속삭인다.

그제야 마지못해(엄마는 한번 통곡을 시작하면 절정까지
가고 싶어했다) 몸을 털고 일어나 느릿느릿 버스에서
내렸다. 그러다가도 공동묘지 정문을 통과하면 그길로
엄마는 당신의 대의에서 원기와 활력을 되찾기라도 한
건지 씩씩하게 행군했다. 내 팔짱을 끼고서는 수백 개의
묘지 사이를 헤치며 걸었다. (우리 둘 다 아빠 묘의 정확한
위치를 기억하지 못했다.) 그러다 가끔은 취한 사람처럼
비틀거리면서, 쓰러질 듯 휘청하다가 째지는 소리로
비명을 지른다. "아빠 어딨니? 아빠 좀 찾아줘. 어떡하니.
사람들이 무덤을 치워버렸나. 여보, 내가 가요! 기다려요.
조금만 기다려. 지금 가고 있으니까!" 묘지를 찾으면
엄마는 그 위에 쓰러지듯 몸을 던져 드디어 드라마의
클라이맥스를 연출한다. 집에 돌아오는 길에 엄마는

낡아빠진 헝겊 인형 꼴이 되어 있다. 나는 어땠을까? 혼이 나가 입도 뻥긋 못하고 그저 몇 시간 전의 공포에서 살아남았음에 감사한다.

열다섯 살이 되던 어느 날 밤 꿈을 꾸었다. 아파트는 완전히 텅 비어 있다. 가구도 없고 벽과 바닥은 온통 하얀 페인트로 칠해져 있고 방들은 햇살과 흰 벽에서 반사된 빛으로 눈부시게 반짝인다. 허리 높이의 긴 밧줄 하나가 집 안을 가로질러 방까지 연결되어 있다. 그 밧줄을 따라서 내 방에서 현관까지 간다. 열린 현관문 앞에 잿빛 얼굴의 남자, 나의 선친이 짙고 어두운 안개 속에 서 있다. 밧줄은 아빠의 허리께에 묶여 있다. 나는 손을 뻗어서 밧줄을 잡고 안으로 당겨보려 하지만 아무리 힘을 써도 아빠를 문지방 바깥에서 집 안으로 끌어올 수 없다. 그때 갑자기 엄마가 나타난다. 엄마는 내 손에 손을 얹고 같이 끌기 시작한다. 하지만 엄마가 끼어들어 화가 난 나는 엄마를 떨쳐내려고 한다. 엄마는 절대 물러서지 않고 나는 아빠를 간절히 집 안으로 들이고 싶은 마음에 이렇게 중얼거린다. "그래, 엄마한테 맡기자. 아빠를 집 안으로 데리고 오기만 하면 되잖아."

몇 년 동안 나는 이 꿈에 해석 같은 건 필요하지 않다고 생각했지만 지금은, 아빠를 문밖에서 기를 쓰고 안으로 끌어오려 했던 이유가 죄책감이나 엄마를 향한 경쟁심 때문이 아니라 엄마를 자유롭게 해주고 싶어서였다고 생각한다. 나는 엄마로 뒤덮여 있었다. 엄마는 어디에나 있다. 내 위아래에 있고 내 바깥에 있고 나를 뒤집어봐도 있다. 엄마의 영향력은 마치 피부조직의 막처럼 내 콧구멍에, 내 눈꺼풀에, 내 입술에 들러붙어 있다. 숨을 쉴 때마다 엄마를 내 안에 들였다. 나는 엄마라는 마취제를 들이마시고 취했고 풍요로우면서도 밀실처럼 사람을 숨 막히게 하는 엄마의 존재감, 엄마라는 실체, 숨통을 틀어쥐는 고통받는 여성성에서 벗어날 수가 없었다.

물론 당시에는 그 반도 못 헤아렸다.

꿈을 꾼 그해 어느 오후 나는 네티와 시간을 보내고 있었다. 네티는 레이스를 뜨고 나는 차를 마시던 중이었다. 그는 큰 소리로 또 망상을 시작했다. "내 생각에 너는 올해 정말 근사한 남자를 만날 것 같아. 너보다 좀 나이 많은 남자. 대학도 졸업하고 조만간 훌륭한 직업을 가지게 될 남자. 그 남자는 너와 단숨에 사랑에 빠지고, 너는 결혼을 하게 될 거야."

"말도 안 돼." 나는 쌩하니 대답했다.

네티는 뜨던 레이스감을 그대로 든 채 손을 무릎에 올려놓았다. "너 말투가 엄마랑 똑같다." 그는 싱긋 웃으며 말했다.

말도 안 돼. 가끔은 엄마 배 속에서 나올 때부터 그 말을 하며 태어난 것 같다. '말도 안 돼.' 이 말은 '안녕 – 잘 잤니 – 잘 자 – 좋은 하루 보내 – 잘 지내'처럼 그냥 내 입에서 술술 자연스럽게 나온다. 자동응답기처럼 나오는 고정 대사다. '말도 안 돼' 소리가 뇌에서 입으로 전달되는 상황이 어찌나 각양각색인지 나도 놀랄 지경이다.

"불륜이 현대 결혼 생활을 유지하게 해." 누군가 말한다.

"말도 안 돼." 나는 바로 맞받아칠 것이다.

"에드거 앨런 포는 미국문학사에서 가장 저평가된 작가야." 누군가 말한다.

"말도 안 돼." 나는 말할 것이다.

"스포츠는 가치관에 중요한 영향을 미쳐."

"말도 안 돼."

"영화는 환상에 큰 기여를 해."

"말도 안 돼."

"1년만 일을 쉴 수 있다면 인생이 바뀔 텐데."

"말도 안 돼."

"가정폭력을 당하는 여자들 대부분이 남편을 못 떠나는 거 알아?"

"말도 안 돼!"

3년 전 길거리에서 우연히 도러시 러빈슨을 만났다.
우리는 몇 번이나 얼싸안고 입을 맞췄다. 그는 내 이름을
반복해서 부르더니 웃으면서 말했다. "그런데 너 아직도
'말도 안 돼' 그 말 잘해?" 나는 그를 빤히 바라보았다.
도러시와는 열세 살 때 마지막으로 만나고 처음 본다.
얼굴에 피가 몰리면서 볼이 화끈거렸다. 응, 나는 고개를
끄덕였다. 그는 고개를 뒤로 젖히곤 그야말로 숨이 넘어갈
듯한 웃음을 터트렸다. 그러더니 그 자리에서 남편과
외식을 하러 가는 길인데 같이 가자고 했다. 살다 보면
그런 저녁도 있지.

도러시 러빈슨. 너무나 아름다워서 모두를 애끓게
하는 여자. 이제 그는 쉰이었다. 여전히 날씬하고
사랑스럽고 유대인다운 유머와 재치가 넘치고, 주름
진 눈가에선 인정과 장난기가 엿보인다. 얼굴은 그
나이대였던 자기 엄마를 놀랄 만큼 빼닮았다. 여리고
다정하고 살짝 얼빠지고 조금 서글픈 얼굴.

러빈슨네 가족. 나는 그들 모두를 좋아했다. 도러시와
네 명의 아들, 그리고 정신없는 그 집 엄마 아빠. 물론
그중에서 내가 가장 좋아한 사람은 막내아들 데이비였다.
우리 둘 다 열두 살이었을 때 나에게 전혀 관심이 없는 그

애 때문에 얼마나 가슴앓이를 했던가. 마르고 민첩하고 윤기가 흐르는 검은 곱슬머리와 영민해 보이는 검은 눈동자를 가진 소년. (온 동네 소녀들의 로망이었다.) 반면 나는 땅딸막하고 침울한 공부벌레였다. 가망이 없는 상황이었다.

러빈슨 가족은 여름을 위해 태어난 사람들 같았다. 열 살에서 열세 살까지 여름방학에 우리 가족은 캣스킬산맥 인근 벤스방갈로라는 곳으로 휴가를 갔다. 대체로 두 부류가 방갈로 마을을 지배했다. 우리 같은 브롱크스 사람들, 러빈슨 같은 로어이스트사이드 사람들. 아니면 우리 엄마는 이렇게 표현했다. "정치적으로 깨인 사람들과 유대인 깡패들."

그 휴가지에서 유대인 깡패는 정치적으로 깨인 사람들을 모든 면에서 압도했다. 그들은 이 나라에서 좋은 걸 자기 것으로 만드는 방법을 잽싸게 파악하고 그랜드가에서도 로어이스트사이드를 차지할 때와 마찬가지로 전심전력으로 매진하는 사람들이었다. 그들은 호수에서 우리보다 더 멀리까지 수영했고 산과실을 찾아 더 먼 들판으로 나갔으며 더 깊은 숲속까지 트래킹했다. 천둥 번개가 치는 밤이면 춤을 췄고 더운 밤에는 산에서 야영했고 가능하면 어디가 됐든 빨리 첫 경험을

해치우면서 다른 사람들까지 첫 경험을 빨리 해치우게
만들었다.

그중에서도 가장 음흉하고 가장 괄괄한 이들이
러빈슨네 가족이었다. 장남인 소니부터 외동딸 도러시와
내가 짝사랑하던 데이비까지 다 그랬다. 일단 이 집
아이들은 외모부터가 눈부시게 아름다워 똑바로 쳐다보지
못할 정도였다. 두 해 여름 연달아 우리는 러빈슨네와 더블
방갈로를 빌려 같이 썼고, 그 집 애들이 제 몸처럼 얇고
가는 자동문을 하루에도 수십 번씩 열었다 닫았다 하며
바쁘게 들락거리는 동안 나는 지긋지긋하게 한결같이
자리를 지켰다. 그 여름을 기억하면 떠오르는 건 한낮의
태양 빛 속에서 헝클어진 그 남매들의 검은 머리카락이
내 앞을 스쳐가던 찰나, 책략을 꾸미는 듯한 그들의
검은 눈동자에 밝은 빛이 도는 순간 그들과 눈이 마주친
일이다. 그들은 항상 어디론가 나갔고 언제나 계획이
있었다. 그들이 하는 놀이는 무엇이든 놓쳐선 안 될 필수
체험이었다. 그들이 가는 곳이라면 어디든 가보지 않으면
안 될 명소였다. 그래서 내게도 같이 가자고 말해주기를
간절히 바랐지만 그런 일은 한 번도 일어나지 않았다.
나는 방갈로에 엄마와 둘이 남겨져 그 일대 잔디밭에서
책을 읽었고 그 집 남매들은 강렬하고 달콤한 여름

공기 속으로 뛰어나가 도롱뇽과 개구리를 잡고 빈집을 탐험하고 호수에 뛰어들고 갈색이 된 피부를 더욱 건강하게 그을리느라, 내가 저녁을 먹은 다음에도 한참 후에나 들어왔다.

도러시 부부와 나는 그리니치빌리지에 있는 레스토랑에 갔고 이야기는 자연스럽게 어린 시절의 추억으로 흘러갔다. 회계사인 도러시의 남편은 낄 자리가 아니라는 걸 일찌감치 파악하고 저녁 내내 잔잔한 미소를 짓는 관객이 되어주었다. 도러시와 나는 모든 추억의 장소, 그랜드가, 브롱크스, 벤스방갈로에서의 일화들을 빠짐없이 주워담았다. 이야기하는 중에도 말을 막아 끼어들고 모든 것에, 아무것도 아닌 것에 웃음을 터트렸다.

도러시는 계속해서 기억이 나느냐고 물었다. 숲속에 있던 그 흙가 기억나? 집에서 멀찌감치 떨어진 언덕에서 산딸기 따던 건? 가시나무 위에 누워 있다가 엉덩이에서 목까지 긁힌 거 기억나? 일요일 밤 포치에 앉아서 수다 떨던 아줌마들이 얼마나 정겹고 경박스러웠는지 기억나? 도러시는 모든 일을 시시콜콜하게 기억하고 있었지만 나는 기억이 가물가물했다. 도러시가 나보다 여덟 살 많아서가 아니었다. 러빈슨 가족이었기 때문이다. 그는 나보다 분주하고 풍요로운 삶을 살았다.

반면에 나는 이런 질문만 했다. 소니 오빠는 어떻게
지내? 래리와 밀티는? 아버지는 정정하셔? (러빈슨
아줌마에 대해서는 묻지 않았는데 돌아가셨다는
걸 알아서였고 데이비의 안부도 묻지 않았다. 그는
예루살렘에서 랍비로 살고 있었고 별로 알고 싶지 않았다.)

　"소니?" 도러시가 말했다. "우리 가족은 허구한 날
분석이야. 분석하고 또 분석해. 소니가 군대 갔을 때
엄마가 아프셨거든. 아빠는 그런 엄말 떠나버렸고.
제대해서 집에 온 소니가 엄마 침대 옆에 무릎을 꿇고
앉더니 그러더라. '엄마는 이제 제가 모실게요.' 그런데
엄마가 이러는 거야. '나는 네 아버지가 있었으면 한다.' 그
말을 듣고는 집을 나가버렸어. 나중에 하는 말이 이러는
거야. '엄마가 나보다 아버지를 더 사랑한다는 걸 알고
생각했어. 어떻게 되든지 말든지.' 그러고도 그 일을 떨치지
못했지. 지금은 좋은 부인 얻어서 애들 착하게 키우며 잘
살아. 우리 집 근처에서. 우리 아직 시내 쪽에 사는 거
아니? 몰랐다고? 아, 알았지. 어쨌든 그 옛날 살던 집에
왔는데 내 친구라도 한 명 소파에 앉아 있으면 소니는
눈치를 한 번 살피고 고개로 침실 쪽을 가리키며 얘기 좀
하자고 해. 내 친구는 웃기 시작하지. 하지만 그게 다야.
생각을 공유하진 않아. 집에 와, 뭔가 분석을 해, 그런

다음에는 집에 가. 래리? 래리는 100킬로그램도 넘는 거구야. 여자 친구 있고. 지금은 에식스가에 있는 오래된 아파트에서 혼자 사는데 여자 친구는 결혼은 생각 안 하나 봐. 사귄 지 이제 6년 됐어. 데이비! 데이비 어떻게 지내는지 알고 싶지 않니? 걔 정말 대단해! 우리 막내가 종교에 귀의하게 될 줄은 꿈에도 몰랐거든. 걔는 정말 영성이 깊어!"

입에서 이 말이 자동으로 나올 뻔했다. "말도 안 돼." 가까스로 참아서 밖으로 내뱉진 않았다. 하지만 나도 그냥 넘어갈 순 없었다. 소니와 래리의 근황을 장황하게 들을 때는 내내 침묵을 지켰지만 이번만큼은 한마디해야 했다. "있잖아, 도러시." 나는 최대한 내 생각을 부드럽게 전했다. "데이비 영적인 사람 아니야."

도러시는 눈을 내리깔고 식탁을 보았고 눈썹이 가운데로 몰렸다. 다시 고개를 들었을 땐 눈동자를 밝게 빛내며 입가에 알 듯 말 듯한 미소를 머금고 있었다.

"그게 무슨 뜻이야?" 도러시가 물었다.

"데이비가 열여덟에 에식스가를 떠나 독립했다면 지금 랍비가 되어 있진 않을걸? 어떻게든 추스르고 다시 적응하면서 살아보려고 했지만 그럴 수 있는 역량이나 자질이 없었던 거야. 그래서 종교 쪽으로 눈을 돌린 거고.

데이비가 지금 예루살렘에서 랍비로 사는 이유는 자기를 발견해서가 아니라 자기를 잃어버려서야."

도러시는 나를 보며 고개를 두어 번 주억거리더니 부자연스러울 정도로 잠잠한 목소리로 말했다. "넌 그렇게 볼 수도 있겠네." 그는 말했다. 나는 웃으며 어깨를 으쓱했다. 그 대화는 거기서 끝났다.

화제는 다시 여름의 방갈로로 돌아갔다. 도러시가 주로 말을 했다. 시간이 흐르면서 도러시만 말을 했다. 그의 말이 점점 더 빨라졌고 문장은 점점 더 어수선해졌다. 그때부터는 우리가 느꼈던 감정이나 생각의 기억들이 모자이크 조각처럼 떠오르기 시작했다. 도러시가 나를 어떻게 보았는지, 우리 엄마는 어떻게 여겼는지, 우리 엄마와 자기 엄마의 관계는 어땠다고 생각했는지 이야기했다. 나는 불편해지기 시작했다. 도러시의 기억이 아직까지 너무나 생생해서 불편했다. 그는 우리에게 관심이 아주 많았던 게 분명했다. 특히 우리 엄마에게.

도러시는 말하면서 쾌활하게, 때로는 화통하게 웃었다. 그러다 갑자기 내 얼굴을 똑바로 응시하기도 했다. "너는 그 여름방학에 우리처럼 놀지 않았어. 언제나 비판적이었지. 아직 어린 꼬마애가 그러는 게 어찌나 신기하던지. 그냥 다 간파하고 있는 것 같더라. 우리

중에서 가장 예리한 사람이었을까. 너는 언제나 이 모든 게 얼마나 한심하고 얼마나 무의미하고 얼마나 말이 안 되는지—네가 가장 좋아하는 말이지?—다 볼 수 있는 것 같았어. 너희 엄마도 그랬지. 주변 어떤 여자들보다 잘난 분이었어. 매력도 있고 똑 부러졌잖아. 너희 아버지가 우러를 만해. 너희 부모님은 항상 산책을 했지. 아저씨는 팔을 아줌마 어깨에, 아줌마는 아저씨 허리에 두르고 말야. 남편한테 매달려 있다고 해야 하나. 맞아. 진짜 매달려 있었어. 생명이 달려 있는 것처럼, 구명 뗏목처럼, 그러면서 주변을 보며 확인하셨지. 당신이 연인 같은 남편과 얼마나 행복한지 모두가 볼 수 있게. 어찌 보면 동네 모든 여자의 부러움을 받고 싶으셨던 것 같기도 해. 우리 엄마는 어땠게? 아버진 그 긴 여름 휴가 동안 우릴 딱 한 번 찾았어. 엄마가 너희 엄마 이야기를 하면서 운 적도 있어. '저 집 남편이 잘해주는 거 봐라. 너희 아빠는 나한테 왜 그렇게밖에 못하니? 저 엄마는 다 가졌어. 난 아무것도 없고.'"

도러시는 다시 웃었다. 마치 웃지 않고는 이야기하기가 두려운 사람 같았다. "우리 엄마야 착했지. 인정 많은 분이야. 너희 엄마? 야무지셨지. 우리 엄마는 우리가 아프면 한숨도 안 자고 침대 옆을 지킬 분이고, 네가

아팠을 때도 그러지 않았니? 하지만 네 엄마는 대령처럼
부엌으로 씩씩하게 걸어와서 우리 엄마한테 이러셨지.
'러빈슨, 그만 좀 징징거려, 브래지어도 차고, 정신 바짝
차리고 살아.'"

　또 한바탕 웃음. 그런데 이 웃음에는 칼날이 숨겨져
있는 것도 같았다. 도러시는 자기 엄마와 우리 엄마
이야기를 어디에서 끝내야 할지 모르는 듯했다. 갑자기
나를 만나기 전, 자기만 아는 기억 속으로 들어가더니
여덟아홉 살 때 방갈로 주변에 유행하던 유대인 신비
의식에 대해 풀어놓기 시작했다. "여자들이 다 같이
캄캄한 어둠 속에서 빙 둘러앉아 있어. 테이블 위에는
촛불을 켜놓고. 영매는 눈을 감고 떨면서 말했어. '하베,
지흐, 티셸레', 공중에 떠올라라. 작은 테이블아." ("정말
식탁이 공중 부양했어?" "그렇다니까!") "여자들은 소리를
지르고 까무러치기도 해. '당신인가요, 모세? 오 맙소사!
모세.' 또 소리 지르고, 기절하고."

　도러시는 이번에는 나를 노려보듯이 바라보더니 말했다.
"그때 너희 엄마가 방에 들어와서 불을 켜면서 그러는
거야. '이건 또 뭔 짓거리들이야?'" 도러시의 남편과 나는
둘 다 입을 쩍 벌리고 그를 바라보았다. 남편이 말을
막기도 전에 도러시는 내게 몸을 숙이더니 낮은 목소리로

말했다. "너희 엄만 너 안 사랑했어. 아니 아무도 사랑하지
않았어."

이튿날 나는 깨달았다. 내가 데이비를 깔아뭉개기 직전
'말도 안 돼'란 말을 입 밖으로 내뱉진 않았지만 도러시는
그 말을 들었다는 걸. 그의 속에 있던 엄마가 내 안의
엄마를 들었다.

오늘도 그 사내를 만났다. 이번엔 5년 만이다. 엄마와
나는 브로드웨이 위쪽을 걷다가 워킹슈즈 제품이
괜찮다고 추천받은 상점을 찾고 있었다. 83번가 근처까지
왔을 때 그가 골목에서 나타났다. 나도 모르게 얼굴을
찌푸렸다. "왜 그래?" 엄마가 물었다. "아무것도 아니야."
내가 대답했다. 하지만 엄마의 시선은 내 눈길을 쫓았고
브로드웨이를 20분가량 걷는 동안 적어도 50명은
지나쳤을 노숙인 느낌의 남자 얼굴을 보고 있었음을
알아챘다.

"누구야?" 엄마가 답을 요구했다. "아는 사람이니?"

"엄마 몇 년 전에 날 문 앞까지 쫓아왔다는 남자
기억나? 내가 가끔씩 마주친다던?"

"그럼, 기억하지. 저 남자야?"

나는 고개를 끄덕였다.

엄마는 고개를 돌려 도시인다운 대담하고 오만한 시선을 그에게 보냈다.

12년 전에 있었던 일이다. 나는 12번가 1번 애비뉴에 있는 방 두 칸짜리 집에서 살았는데, 아침 해가 가득 들어오는 집이었다. 봄여름이면 창밖의 나무는 무성한 잎을 피우면서 새들의 보금자리가 되었다. 찻길 건너 맞은편 거리에는 뉴욕에서 가장 오래된 중산층 대상 공공 주택인 스타이비선트타운이 있었다. 우리 아파트 쪽 거리에는 아일랜드나 이탈리아 이민자의 자녀들이 태어나고 자라고 결혼을 하고 또 같은 아파트에서 아이를 낳아 키우는 집들이 있었다. 우리를 하나로 이어주는 건 1번 애비뉴의 흥겨운 도시 소음과 복작거리는 생동감이었다. 세라 이모는 처음 놀러 왔을 때 창문을 내다보면서 코로 숨을 깊이 들이마시더니 이렇게 말하기도 했다. "내가 사랑하는 도시 풍경이야. '서둘러, 어서!'" 나도 그 느낌을 알았다. 나는 1번 애비뉴를 진심으로 사랑했다. 사랑했고 이 안에 있으면 안전하다고 느꼈다. 사람들은 창가에 앉아서 온종일 이웃들을 바라보곤 했다. 매장 직원들은 가게 앞을 지나가는 사람을 보면 누가 동네 사람이고 누가 외지인인지 바로 알아볼

수 있었다. 이곳의 등식은 간단하다. 익명성을 잃는 대신
보호를 받는다.

유월의 어느 토요일 아침, 한 블록 떨어진 슈퍼마켓에
우유를 사러 갔다. 거리는 이른 아침 햇살로 반짝였다.
공기는 달콤하고 훈훈하고 촉촉했다. 돌아오는 길에 '봄의
열병'인 알레르기의 기습 공격을 받고 말았다. 재채기가
너무 심하게 나는 바람에 일단 가던 길을 멈춰야 했다.
길 한가운데 서서 육신을 완전히 장악해버리는 거센
불길 같은 발작에서 나를 지키려 하고 있었다. 재채기가
잦아들고 이제 딱 한 번 남았다는 직감이 왔을 때 나는
구제되기 직전이라는 기대감으로 고개를 들었다. 그
순간 내 눈은 그날 아침 거리를 걷던 사람들 사이로
나를 향해 다가오던 한 남자의 눈과 마주쳤다. 마르고,
지중해 사람의 짙은 피부에 사십 대 정도로 보였으며 흰
셔츠에 검은 바지를 입고 점심 도시락이 들어 있을 걸로
보이는 갈색 봉투를 들고 있었다. 종업원이 출근하러 가는
중인가 보다. 혼자 그렇게 생각했더랬다. 마지막 재채기가
코에서 터져나오면서 반사작용으로 어깨까지 들썩이자
어처구니가 없어서 웃음이 났고 하필 그 순간 그와 눈을
맞추고 있었다. 그저 순간적으로 일어난 일이다. 나는
창피했고 내 꼴이 우스웠기에 웃고 있었을 뿐이다. 그 외에

이 행동을 다르게 해석할 여지는 있을 수가 없다. 나를 마주 보던 남자는 웃지 않았다. 그의 눈은 나를 보더니 깜박였다. 그는 계속 갈 길을 갔다. 나도 갈 길을 갔다.

길을 건너 아파트 출입구까지 와서 막 들어가려던 참이었다. 현관문에 열쇠를 꽂으려는 찰나 어떤 손이 내 어깨 위에 툭 올라왔다. 돌아섰다. 흰 셔츠에 검은 바지를 입은 아까 그 남자가 나를 막고 서 있었다. 눈동자는 분노로 이글이글 타오르는 듯했다. 입꼬리는 비틀려 올라가 있고 입술은 너무 힘을 주어 하얗게 질렸다. 목에는 핏발이 서 있었다. "그만 살고 싶나?" 그가 말했다.

맙소사, 이게 뭐야.

"무슨 말씀이세요?" 나는 다소곳하게 물었다.

"아까 저기서 나 보고 비웃었지? 살기 싫어? 그래?"

"아니에요. 오해하신 거예요." 나는 천연덕스럽게 말했다. "그게 아니고요. 제가 너무 우스꽝스러워서요. 재채기가 몰아치는 바람에. 재채기가 심하게 나와서 걷지도 못하고 서 있었거든요. 그쪽 비웃은 거 절대 아니고요. 설마 제가 그쪽을 보고 비웃었다고 생각한 거예요? 그럴 리가요. 절대 아니에요!"

그는 내 말은 듣지도 않았다. 얼굴이 나에게 단단히 고정되어 있을 뿐이었다. 분노 지수는 점점 더 치솟았다.

그는 내 손에 든 열쇠를 바라보았다. "여기 살아?" 그가 말했다. 그는 손가락으로 건물 위쪽을 가리켰다. "가. 올라가." 그가 말했다.

"아니요." 나는 허둥댔다. "저 여기 안 살아요. 놀러 온 거예요."

"올라가자고. 집으로 올라가."

"여기 우리 집 아니에요. 못 올라가요."

공포에서 비롯된 순간적인 힘으로 나는 손바닥을 펴서 그의 가슴에 대고 확 밀쳤다. 그는 균형을 잃고 뒤로 넘어가 길바닥에 나자빠졌다. 나는 그를 지나쳐 사람들 사이로 내달렸다. 블록 끝까지 달려가고 그다음 블록까지 또 달려간 다음 눈에 보이는 슈퍼마켓에 들어갔다. 그곳에서 숨을 몰아쉬며 계산대 옆에 서 있었다. 머리가 하얗게 표백된 듯 어떻게 해야 할지, 어디로 가야 할지, 누구한테 무슨 이야기를 해야 할지 전혀 생각나지 않았다. 경고도 없이 익숙한 일상이 악몽으로 변하는 순간이었다.

30분 동안 마트에서 서성거리며 시간을 죽이던 나는 그만 나가기로 하고 고개를 푹 숙인 채 빠른 걸음으로 걸었지만 우리 아파트 건물 근처로는 가지 않았다. 그사이 어찌 된 일인지 손에 들려 있던 우유는 사라지고 없었다. 몇 시간 후 완전히 지쳐 쓰러지기 직전에야 1번 애비뉴로 돌아왔고 집까지 무탈히 들어올 수 있었다. 그날 저녁까지 집 밖으로는 한 발짝도 나가지 않았다.

그로부터 3년 후, 이번에는 이스트 14번가에서 흰 셔츠에 검은 바지를 입은 그를 또 보았다. 늦가을이었다. 그는 얇은 가죽 재킷을 걸치고 역시 갈색 종이봉투를 가슴에 안고 있었다. 나는 조용히 어떤 건물 안으로 피신해 그의 시야에서 벗어났다. 그는 3년 전과 거의 똑같은 모습이었지만 조금 더 가까이서 보니 걸을 때 비틀거리고 있었고, 눈동자는 광기와 불안으로 흔들렸다.

4년 후 웨스트 8번가에서 그를 또 마주쳤다. 머리는 이제 많이 희끗해졌고 피부는 누렇게 들뜨고 턱에는 흰 수염이 듬성듬성 나 있었다. 급히 어떤 건물 안으로 몸을 숨겼다가 다시 나가려던 참에 그가 나를 따라잡았는지 내 앞에 서 있었다. 그는 나를 똑바로, 뚫어져라 바라보았다. 시선은 나에게 고정되어 있었으나 나를 보는 건 아니라는 생각이 들었다.

그리고 5년 후에 그가 이 브로드웨이에 나타난 것이다. 이번에는 머리카락이 쇳빛이고 거친 눈빛에 불안정해 보이는 걸음걸이로 손은 허공을 휘젓고 있다. 행색은 노숙인 보호소에서 이제 막 나온 차림이고 얼굴엔 병색이 짙어서 이 상황에 대해 따지고 말고 하기 전에 당장 병원에 입원부터 시켜야 할 것 같다.

엄마는 나를 신기한 사람 보듯이 들여다봤다. "저 남자가 무서워?" 엄마가 물었다. "네 주먹 한 방이면 쓰러지게 생겼는데?"

"엄마, 12년 전에는 안 저랬어. 내 말 믿어줘."

엄마는 몸을 행인들과 부딪치면서 브로드웨이를 휘청거리며 걷는 그를 빤히 바라보았다.

"같이 늙어가는구만." 엄마는 내게 말했다. "너나, 너를 기겁하게 한 저 사람이나."

나는 열네 살이다. 늦은 봄날 저녁이다. 나는 네티의 아파트 문을 활짝 열어젖혔다. 부엌엔 활짝 핀 바이올렛 향기 같은 보드랍고 풍성하고 그윽한 향이 진동했다. 집은 비어 있었다. 환한 빛으로 반쯤 잠겨 있었지만 아무도 없었다. 나는 그 자리에 우뚝 멈춰 섰다. 문은 잠겨 있지 않았으니 누군가 사람이 있는 것이 분명했다. 안쪽 방으로 들어가보았다. 그리고 문턱에서 멈췄다. 이 방은 빛이 덜 들어와서 약간 어두웠다. 이제 눈이 적응해서 실루엣이 보였다. 네티와 신부가 페이즐리 무늬 시트가 덮인 침대 위에 누워 있었다. 네티는 옷을 입지 않았고 신부는 옷을

입고 있었다. 그는 엎드려 누워 있었다. 네티의 몸이 그의
몸을 반쯤 덮고 있었다. 그의 몸은 뻣뻣해져 있고 네티의
몸이 물처럼 그 위를 흐르는 듯한 모양이었다. 어두웠지만
네티가 웃고 있다는 걸 알았다. 고양이처럼 가르랑거리며
그의 몸을 넘나들었고 그를 가까이에서 쳐다보았다.
등을 둥글게 말며 몸을 일으켰다가 다시 그에게 푹
쓰러지듯 누웠다. 네티의 가슴이 그의 무감각해 보이는
손 위로 떨어졌다. 전기 충격을 받은 듯 내 몸은 머리부터
발끝까지 전율했다. 나는 두 사람을 느낄 수 있었다.
내 안에서 느꼈다. 네티를 느끼고 신부를 느꼈다. 내가
그 가슴이고 내가 그 손이었다. 나는 네티의 쾌락이고
고통이었다. 나는 몸을 바르르 떨었다. 그 약한 떨림은
후들거림이 되고 곧 사시나무 같은 세찬 떨림이 되었다.
몸을 떠느라 순간 내 가까이에 무언가가 있음을 깨달았다.
내려다보았다. 바로 옆에 다섯 살 리처드가 앉아 있었다.
아이는 의자에 묶여서 침대에서 펼쳐지는 장면을 멍하니
바라보고 있었다. 나는 한 발 물러나 뒤돌아 현관으로
향했다.

  이튿날 네티는 꽃무늬 홈드레스를 입고 식탁에 앉아
스커트를 수선하고 있었다. 고개는 숙인 채 미소를 짓고
있었다. 나를 올려다보는 초록빛 눈동자는 아무것도

모르는 듯이 빛났다. "혹시 어제저녁에 우리 집 왔었니?"
그는 묻는다. 이날 아침 우리 모두는 그에게 패한
적이었다. 나는 차분하게 생각했다. 네티는 사실 남잘
싫어하는구나.

언제부터 시작되었을까? 언제부터 네티는 거리를
헤매기 시작했을까? 아니 언제부터 보트 공원에 앉아
있었을까? 언제 처음 그 신부를 집으로 데려왔을까?
공원에서 만난 남자도 데려왔을까? 스탈린같이 생긴 닭집
주인은 언제부터 아침 일찍 그 집 앞에 나타났던 걸까? 이
블록에서 유일하게 진짜 범죄자라 할 수 있는 화이티가
처음 그 아파트에 온 날은 언제일까? 엄마 말로는 릭이
죽고 1년이 지난 후부터라고 했다. "1년 동안은 조신했지."
엄마는 말했다. "그러다가 시내에 나가기 시작했어."

언제 내가 처음으로 그 사실을 받아들였을까? 이것을
어떻게 해석했을까? 언제 처음으로 남자란 섹스를
의미하는 세상에서의 네티에 대해 뭔갈 알게 되었을까.
남자는 섹스이지만 여자는? 우리 여자들은 그 일이
일어날 것 같으면 어떻게든 벗어나려고 하는 것 아니었나?

5월 말이었고 매릴린 커너와 방과 후 브롱크스
공원에서 자전거를 타던 중이었다. 초봄부터 늦가을까지

매일 하던 운동이자 일과였다. 우리는 보통 집에서 두 블록 떨어진 이 공원에 들어가 동물원 근처에서 자전거를 타기 시작했다. 가끔은 속도를 내서 브롱크스 동쪽 공원까지 갔다 왔고 대체로 집에서 왕복 한 시간이 걸렸다. 이따금 우리만의 비밀 장소가 된 특별한 장소들. 특정한 바위가 있고 특정한 나무가 있는 곳까지 탐험하기도 했다. 때로는 그냥 공원 안을 천천히 한 바퀴 돌면서 이야기를 나눴다. 이때는 자전거 타기보다는 수다가 더 재미있었지만 자전거의 편안한 움직임 덕분에 대화는 더 매끄럽게 흘러갔다. 자전거를 타면 기분만큼은 더 자유롭고 용감해졌다. 낯선 나라를 여행하는 똑똑한 탐험가가 된 기분이었다. 거리는 내가 익히 아는, 내 것이었다―거리는 인간들의 상호 교환이 이루어지는 곳, 사람들의 지혜가 있는 곳이었고 그곳에서 나만의 세계를 만들 수도 있었다. 하지만 공원은 무엇이었을까? 프랑스 화가 앙리 루소의 그림이 내가 느끼는 공원의 이미지를 그대로 나타내준다. 나는 원초적 자연이 살아 있는 정글을 모방하여 신중하게 조성한 도시의 풍경에서 야생적이고 원초적인 세계를 엿보았다. 그곳에 있는 나는 그 세계의 반대였다. 나는 자전거를 타고 수다 떠는 것 외에 다른 방식으로는 스스로를 상상할 수 없던 어린 유대인 소녀일 뿐이었다.

도시 소녀인 우리도 따뜻한 봄날 오후가 되면 평소보다 자전거 속도를 내어 멀리까지 내달리곤 했다. 우리가 만들어내는 바람과 자극은 우리 안에서 막 꽃피기 시작한 그 야릇한 감각과도 닮아 있었다. 빛과 속도가 우리를 환희로 채운다. 평소보다 더 세고 거칠게 페달을 밟는다. 달콤하면서 겁도 조금 난다. 깜짝 놀란 몸의 감각들이 일순간에 폭발할 것 같다.

동물원에서 길을 건너면 브롱크스강에 둑을 댈 때 생긴 작은 호수와 폭포가 나온다. 호수에는 늘 배가 뜨는데 폭포 근처 정고艇庫에서 시간당 얼마씩 주고 배를 빌려 탈 수 있었다. 정고는 나름대로 예쁘게 꾸민 건물로 호수와 육지 사이, 공원관리소에서 지은 콘크리트 테라스 위에 서 있다. 테라스 끝에는 반원 모양으로 벤치들이 여러 개 놓여 있다. 벤치는 매년 연두색 페인트로 덧칠했다. 벤치에 앉아 어떤 각도에서 보면 호수는 끝이 안 보이고 영원히 이어질 것만 같다. 그 호수에 못해도 백 번은 갔기에 어떤 곡선으로 이루어져 있는지, 얼마나 작고 막혀 있는지도 잘 알았다. 그럼에도 벤치에 앉아 있을 때마다 물을 보며 상상의 나래를 펼쳤다. 저 굽이진 곳 끝까지 가면 호수에 갑자기 신비로운 수로가 나타나고 내가 가본 적 없는 세상으로 통할 거야. 나는 벤치에 앉아 물을 바라보는 사람들은 전부 나와 비슷한 생각을 할 거라고, 벤치는 원래 몽상가들이 앉는 곳이라고, 사람들은 꿈을 꾸기 위해 이 호숫가 벤치에 오는 거라고 생각했다.

그날 매릴린과 나는 자전거 타기를 그 벤치에서 끝마치기로 했다. 탄 시간은 비교적 짧았지만 꼬불꼬불하고 복잡한 길을 다녀서인지 기나긴 여정처럼 느껴졌고, 자전거 위에 앉아 있다 시간을 도둑질당한 것처럼 느끼지 않기 위해 평소보다 짧게 마무리했다. 폭포 반대쪽으로 난 길로 빠져 울퉁불퉁한 자갈길을 쭉 따라 올라가면 호수를 내려다볼 수 있다. 굽이굽이 복잡한 길을 가다 풀이 무성하게 자란 들판을 지나고 숲을 통과한 다음 납작한 검은 바위들이 깔린 언덕 정상을 가로지른다. 그곳에서부터 방향을 틀어 가파른 길을 따라 내려오면 바로 호숫가에 닿을 수 있다. 사방이 탁 트인 높은 언덕과 양옆으로 길게 자란 풀 사이를 거침없이 달리다 보면 정그다. 텅 빈 하늘 아래 펼쳐진 세상, 폐에 들어오는 신선한 바람은 다시는 잊을 수 없을 듯한 흥분을 가득 안겨주고, 나는 콘크리트 테라스를 들이받을 듯이 속력을 내다가 급브레이크를 잡는다. 즐겁다. 자전거 타기는 처음부터 끝까지 순수한 즐거움 그 자체다.

그 5월의 오후 매릴린과 함께 자전거를 타고 언덕을 내려왔고 브레이크를 잡으려는 순간 물에서 가장 가까운 벤치에 앉아 있던 네티를 보았다. 그로부터 멀지 않은 벤치에 처음 본 남자가 앉아 있었다. 두 사람은 구면인 듯도 하고 초면인 듯도 했다. 남자는 두 팔을 뻗어 벤치 등받이 뒤로 넘기고 다리는 쫙 벌리고 앉아 있었다. 갈색 펠트 모자는 살짝 기울어져 이마를 덮었고 입에는 이쑤시개를 물고 있었다. 얼굴은 네티 쪽으로 완전히 돌리지 않았지만 몸이 네티 쪽을 향하고 있었다. 네티도 비슷한 자세로 앉아 있었다. 상체 위쪽은 호수를 향해 있었지만 아래쪽은 약간 틀어 남자를 향해 있어 긴 허리가 더 길어 보였다. 봄인데도 얇은 여름 드레스를 입고 있었다. 빨간 머리는 어깨 부근에서 찰랑거렸다. 스타킹을 신지 않았고 굽이 높은 슬리퍼를 신었다. 한쪽 다리를 위아래로 흔드느라 그때마다 슬리퍼가 벗겨지기도 했다. 나는 자전거를 세우기 직전에도, 서로를 쳐다보지는 않지만 몸은 마주 보고 있는 두 사람이 무언가 이야기를 하고 있다는 것을 알았다. 그 자세는 일종의 대화를 의미했다. 메시지를 읽을 수는 없었지만 그것이 내 눈에 담겨 있던 빛, 내 가슴에 흐르던 기쁨을 한 대 후려친 것만 같았고 그 충격은 팔다리까지 이어졌다.

매릴린도 네티와 남자를 발견했다. 우리 둘은 의견 교환은 일절 없이 자전거를 돌려 벤치에서 최대한 멀리 떨어진 다음 네티가 우리를 못 보도록 핸들 아래로 몸을 수그렸다. 잠시 동안 우리는 아무 말 없이 그 광경을 바라보기만 했다.

"네티가 저 남자 꼬시고 있네." 매릴린은 조용히 말했다.

"무슨 말이야?" 내가 물었다.

"저 남자, 네티가 꼬시고 있잖아."

"어떻게 알아?"

"안 보여? 앉아 있는 모습 보면 알지. 그리고 여기가 원래 그런 데야."

"장난하지 마. 네가 어떻게 알아?"

"모르는 사람 없거든?"

"**확실해?**"

"확실해."

그러니까 봄여름 오후 여기 앉아 있는 사람들이, 시야에서 벗어난 호수 끝에 갑작스럽게 나타나는 신비로운 수로를 상상하는 게 아니라 자기 바로 옆 벤치에 앉은 인간에 대해 알아갈지 말지를 떠보고 있다고? 나는 매릴린을 빤히 바라보았고 그 말을 믿기로 했다. 나보단 이런 일에 더 밝은 친구였다.

그 뒤로 항상 궁금했다. 그날 오후에 리처드는 어디 있었을까? 엄마 말에 따르면 남자를 만날 때도 네티는 늘 아들을 데리고 있었다고 한다. 리처드가 있었기 때문에 더 관심을 끌었고 만나기에도 적절한 여자가 되었다. 물론 애를 맡길 곳도, 맡길 사람도 없었을 것이다. 네티는 이런 방면의 사생활에 대해서는 누구와도 공유하지 않았기에 엄마가 어떻게 알았는지도 알 수 없다. 우리는 결과에서 행동을 도출할 뿐이었다. 남자들은 그 아파트를 왔다가 떠나곤 했다. 어떤 남자는 한 번만 오고 다신 오지 않았고 어떤 남자는 서너 번 왔고 어떤 남자는 몇 주나 몇 달 동안 왔다. 네티가 그들에게 돈을 받았다고 생각하지는 않는다. 물론 남자들이 그에게 선물을 주었을 수는 있다(겨울 코트, 먹을거리, 바다 여행 따위를). 하지만 그가 돈 때문에 그들을 만난 건 아니었다.

네티는 약간 엉뚱한 곳에서 만난 이들을 데려왔다. 근처 동네를 산책하다가도 만났고 시내로 가는 지하철을 타다가도 만났다. 신부는 시내에 사는 남자였다. 네티는 릭과 결혼한 이후 다시는 성당에 가지 않겠다고 결심했고 리처드를 유대인으로 키우고 있었지만 가끔 사무치게 외로울 때면 가장 오랜 시간 위로가 되었던 장소로 돌아가곤 했다. 중독자가 다시 중독물을 찾듯이 성당

찾기는 몇 번씩 반복되곤 했으나 단상 가까이 가서 무릎을 꿇는다거나 성찬을 하는 건 자신의 권리가 아니라고 생각했다. 그래도 성당 이곳저곳의 뒷자리, 촛불을 은은하게 밝혀둔 공간에 앉아 잠시나마 정신적 휴식을 취하곤 했다. 아마도 리처드는 엄마 드레스 단추를 만지작거리며 그가 한숨 쉬고 바르르 떨고 울기도 할 때마다 들썩이는 풍만한 가슴에서 안정을 취했으리라.

그날은 34번가 짐벨스백화점 근처를 어슬렁거리고 있었다. 그러다가 백화점 근처 성당을 지나갔다. 충동적으로 그 안으로 들어선 뒤 고해소까지 갔다. 신부는 젊었고 네티의 조심스러운 속삭임, 상처받기 쉬운 여린 심성에 바로 마음이 움직였다. 그는 자기를 딱하게 여기지도 친구가 되어주지도 않고, 마음을 알아주지도 않으며, 남편과 체면치레가 방패막인 세상에서 느끼는 외로움을 이해해주지도 않는 유대인 여자들 사이에서 주변인으로 살아간다는 것이 어떤 건지 털어놓았다. 신부는 그에게 언제든지 다시 와서 마음의 짐을 내려놓으라고 말했다. 그는 가고 또 갔다. 그러다가 신부는 곤경에 처한 교구민이라면 가정 방문을 해도 된다고 생각하기에 이르렀다.

"네티가 신부를 깨물었어." 엄마가 말했다. "몇 달이나

왔었잖아. 대담해지다 못해 깨물어버린 거야. 사람들이 자국도 봤어. 신부한테 이렇게 물어봤다나? 어디 다녀오셨어요? 어떻게 대답을 하겠어. 그길로 성당에서 그 신부를 가둬버렸대. 수도원에."

"수도원 아니야, 엄마." 내가 말했다. "짐벨스백화점 근처 성당이야."

"어디든 거기가 거기지." 엄마는 신경질적으로 되받아쳤다. 엄마는 누가 사실을 정정해서 이야기가 끊기는 걸 끔찍이도 싫어했다.

실제로 신부가 몇 달 동안 드나든 건 나도 기억한다. 그는 일주일에 한 번, 때로는 일주일에 두 번 늦은 오후에 왔다. 하지만 내가 침대 위에 있던 두 사람을 본 그 봄날 저녁이 아마도 네티가 신부를 깨문 날이 아닐까 싶기도 하다. 그날 밤 이후로는 한 번도 그를 보지 못했으니까.

가끔은 네티가 입에 쇠몽둥이라도 물고 있는 건 아닐까 싶었다. 하루는 아침에 닭집 사장이 문 앞에 나타났다. 저녁 일곱 시였고 갑자기 복도에서 괴성이 들렸다. 엄마가 문을 열자 그 남자, 스탈린 닮은 남자가 네티네 문 앞에서 한 손에 털을 뽑은 닭을 들고 서 있었다. 나이트가운 차림에 또 다른 닭 한 마리를 손에 들고 있던 네티는 이 발가벗은 가금류를 들고 있던 남자 얼굴 어딘가를 콱 깨문 다음 소리를 질러댔다. "닭 한 마리? 그까짓 닭 한 마리에 뭘 해줄 거라 생각해?"

하지만 엄마를 포함한 모두는 네티가 뭐든 요구할 수 있는 사람이란 걸 알았다. 그는 도발적으로, 은근히, 사람을 끌어들였다. 무언가를 구체적이고 직접적으로 요구하면 얻기 어렵다. 이마엔 주름이 잡히고 눈은 가늘어지고 입은 삐죽거릴 것이다. 아무도 네티의 어떤 점이 다른지를 명확히 묘사하지 못했다. 그렇다고 그를 방어해주는 사람도 없었다. 옷차림 때문은 아니야, 누군가 그렇게 말할 것이다. 옷 입는 방식이 뭔가 달라. 그렇다고 말을 많이 하지도 않지. 하지만 말하는 방식이 그래. 얼굴 표정은 안 그런데 전체적인 얼굴이 뭔가 그런 느낌이야. 무슨 말인지 알지? 정확히 설명할 순 없는데 내 말 알겠지? 나 또한 고개를 끄덕였을 것이다. 나도 그들이 무슨 말을 하는지 알았다.

열 살인가부터 네티와 같이 거리를 걸을 때면 그의 걸음걸이 때문에 묘하게 불편해지곤 했다. 이 동네 어떤 여자도 네티처럼 걷지 않았다. 여자들의 걸음걸이는 급한 성격이나 느긋한 성격을 드러낼 순 있을지언정 누가 뭐래도 집안일에 묶인 주부의 걸음걸이일 뿐이었다. 몸통 아래 다리는 꼭 필요한 동작을 수행한다는 엄중한 목적을 위해 붙어 있는 것이었다. 이 거리의 여자들은 움직이는 자기 몸을 느끼려고 걷지도 않거니와 그 동작을 통해 누군가에게 인정을 받는다거나 특별한 반응을 이끌어내지도 않는다. 네티는 그랬다. 그는 걸음이 느렸고 거기엔 어떤 의도가 있었다. 먼저 한쪽 엉덩이를 앞으로 내밀고 다른 쪽 엉덩이를 내밀면 엉덩이가 씰룩씰룩 흔들린다. 모든 사람이 이 여자는 어디론가 가는 것이 아니라 그저 걷기 위해 걷고 있다는 걸, 자기가 이 거리에 미치는 영향력을 느끼며 걷고 있다는 걸 알았다. 그의 걸음걸이는 옷 밑에 맨살이 있음을 주장하는 듯했다. 몸은 이렇게 말했다. "이 몸에는 탐하게 만드는 힘이 있어." 반경 100킬로미터 내에 네티 같은 사람은 없었다. 남자나 여자나 모두 똑같이 그에 대한 갈망을 품고 있었다. 그게 내 눈엔 끔찍하게 보였다. 나는 그가 강렬한 감정을 일으키고 있음을 알았고 그 감정은 특권이라기보다는 형벌과 엮인 듯 보였다. 사람들이 그를 보는 눈빛—남자들의 잔인함과, 여자들의 노여움—을 보면 덜컥 겁이 났다. 나는 네티가 위험에 처해 있다고 느꼈다. 골목을 천천히 걷고 있는 네티는 내 어린 시절을 채운 불안의 한 조각이 되었다.

물론 그는 두려움 따위는 키우지 않았다. 그는 지나가는 모든 사람을 받아들였다. 그를 바라보는 사람들은 그와 눈이 마주치게 되어 있었다. 커다랗고 순수한 눈, 다 알고 있다며 놀리는 듯한 눈. 속으로는 성적인 악의가 심연에 흐르고 있었고 그게 그의 본질이기도 했다. 원시적이고, 철저히 계산적이며, 물러서는 법이 없이 그의 중심에서 불길을 뿜고 있었다. 그것은 어느 때고 변할 수 있는 외적 한계와 상관없는 긴박한 명령이었고 언제 어느 때나 대담해질 수 있었다. 스스로에 대해 얼마나 부정적인 생각이 드는지, 한 주의 어느 하루 인생이 어떻게 흘러갔는지에 따라 그 정도가 결정되기도 했다. 그는 다른 사람이 자기를 원하는 것보다 더 기분 좋은 일은 없다는 걸 알았다. 엉덩이를 슬쩍슬쩍 씰룩이며 걸을 때, 눈썹을 천천히 치켜올릴 때, 손가락으로 붉은 머리카락을 넘길 때, 가랑이 근처에서부터 어떤 가능성이 차오르기 시작한다. 그는 알았다. 아는 건 그뿐이었다. 그리고 그 사실을 안다는 게 힘이 된다고 생각했다. 무정함이 힘이라고 생각했다. '넌 느끼겠지만 나는 안 느껴.' 그의 넘실거리는 몸이 말했다. '그래서 너는 약하고 나는 강한 거야.' 그렇다고 상황을 완벽하게 이해할 만한 능력에까지 이르지는 못했다. 결국 우크라이나 출신 촌부일 뿐 현실을 이해하고 상황을 개선할 기술은 없었던 것이다. 어쩌면 아들 리처드가 모친보다 세상이 어떻게 돌아가는지를 더 잘 이해한 듯했고, 그 아이가 여덟 살, 내가 열일곱 살일 때 아이는 자신이 아는 것을 나에게 보여주었다.

8월 말이었다. 지독하고 찐득한 더위였다. 낮부터 축적된 열기는 밤이 되어도 거리에서나 아파트에서나 완전히 증발하지 않았다. 이 더위에 고문당하거나 덜 고문당하거나 둘 중 하나였다. 그래도 저녁이 되니 최악의 더위는 한풀 가시고 활짝 열린 창문으로 미풍이 불어오기도 했다. 이 마비 상태에서 벗어날 수도 있겠다는 예감이 어둑해진 방에 드리웠다. 우리는 한낮에 당한 맹공격에서 조금씩 회복되기 시작했다.

나는 몽롱하고 피곤한 상태로 거실 소파에 앉아서 그날 남은 마지막 자연광을 이용해 책을 읽으려던 참이었다. 리처드는 내 옆에 앉아서 관심을 구걸 중이었다. 빼어나게 잘생긴 아이였다. 짙은 눈동자에 짙은 갈색 머리카락, 혈색이 도는 피부는 하얗고 거부할 수 없는 미소를 지으며 모친처럼 곱고 은근한 목소리로 말했다. 그 아이는 우리 집에서 자기가 의무보다는 권리를 더 많이 갖고 있다는 걸 알았다. 그래서 버릇없는 행동 직전까지 가기도 했지만 그래도 선은 거의 넘지 않고 안전한 데로 후퇴하곤 했다. 그날 저녁 리처드는 **놀아달라**고 조르는 중이었다. 나는 책에서 눈을 떼지 않고 팔꿈치로 아이를 밀어냈다. 그는 내 거절을 거부했다.

"리처드, 하지 마." 눈은 책에 고정한 채 짜증 섞인 투로 말했다. "지금은 안 돼."

"돼. 지금." 리처드가 말했다.

"싫어!"

"좋다고 해!"

나는 웃으면서도 읽던 책을 계속 읽었다. 리처드는 내 무릎으로 올라오더니 치마 앞자락 장식을 갖고 놀기 시작했다. 얇은 흰 천이 앞 목까지 올라와서 끈을 목 뒤로 묶는 홀터넥 스타일로, 뒷목에서부터 허리께까지 지퍼가 달려 있는 여름 드레스였다. 나는 계속 책을 읽으면서 리처드의 손을 처음에는 약하고 무심하게 물리쳤다. 리처드는 내 목에 팔을 두르더니 입술을 벙긋해 내 목에 눌렀다. 벌어진 입이 닿는 걸 느낀 나는 기겁했다. 정색을 하며 뿌리쳤지만 너무 늦었다. 아이는 내 머뭇거림을 눈치채고 더욱 달라붙었고 이제는 내 몸에 무슨 권한이라도 있는 양 가슴에 자기 몸을 찰싹 밀어붙였다. 힘이 셌다. 나보다 더 셌다. 우리는 둘 다 똑같은 어른처럼, 아니 똑같은 나이의 아이처럼 몸싸움을 하기 시작했다. 리처드는 번개처럼 빠른 동작으로 내 드레스의 지퍼를 끝까지 내린 다음 한 손을 브래지어 안으로 집어넣고 다른 한 손은 팬티 안으로 넣었다. 대체 무슨 일이 일어나는 건지 깨달으려는 찰나 그는 손가락 두 개로 내 유두를 잡고 다른 손 가운뎃손가락을 내 사타구니에 넣으려고 했다. 나는 격하게 거부하면서 벌떡 일어났다. 1초 만에 손을 뿌리치고 아이의 손목을 잡은 다음 못 움직이게 했다. 소스라치게 놀란 나는 아이의 얼굴을 뚫어지게 바라보았다. 아이도 내 얼굴을 바라보았다. 아이의 얼굴을 보니 그 애가 내 안에서 무엇을 보았는지 보였다. 아이는 눈으로 본 것들로 이루어져 있었다. 그 얼굴은 승리감, 호기심, 흥분으로 가득했다. 그리고 그 흥분 뒤에는 더 신기하고 기묘한 무언가가 있었다. 일종의 비애, 슬픔과 무력감. 문득 의자에 묶여서 페이즐리 무늬 침대보 위의 엄마와 신부를 바라보던 다섯 살의 리처드가 떠올랐다. 아이는 그날 밤 이후로 현명해진 것이 아니었을까. 아이는 엄마가 힘을 행사하는 게 아니라 굴욕과 부끄러움을 교환하고 있었다는 걸 알지 않았을까. 그리고 이제 자기가 아는 것을 실험해보고 있었던 게 아닐까.

축복과도 같은 날씨였다. 뉴욕은 투명할 정도로 맑은

가을 햇살 아래서 선명한 스카이라인을 뽐내고 있었다. 빌딩들은 구름 한 점 없는 하늘을 배경으로 반듯하게 서 있고 거리에는 가지각색 과일과 채소가 피라미드처럼 쌓여 있고 길가에는 파피에마세 화병에 꽃들이 활짝 피어 있고 신문 가판대는 유난히 대비되는 흑색과 백색으로 존재감을 알린다. 점심시간이었고 렉싱턴애비뉴에 사람들이 쏟아져 나오면서 북적북적하고 활기찬 도시 풍경을 만들어내고 있었다.

그날 오후 늦게 엄마와 산책 약속을 잡았지만 혼자 거리를 방황하면서 햇살을 느끼고 거리를 구경하고 싶단 생각에 조금 일찍 나왔다. 엄마처럼 입심 좋은 사람의 끊임없는 해석과 평가 없이 이 세상에 머물고 싶었다. 73번가에서 렉싱턴애비뉴로 꺾어 휘트니미술관으로 향했는데 최근에 열린 특별 기획전을 한 번 더 보고 싶었기 때문이다. 미술관에 거의 다다랐을 무렵 근처 갤러리에 걸린 독일 표현주의 그림이 내 눈을 사로잡았다. 갤러리에 들어서니 가장 먼저 보이는 벽에 에밀 놀데의 커다란 수채화 두 점이 걸려 있었다. 그 유명한 꽃 그림이었다. 나는 놀데의 꽃 그림을 전에도 여러 번 본 적이 있지만 이건 난생처음 보는 그림들 같았다. 발산하듯 넓은 붓질로 두껍게 칠한 강렬한 색채의 꽃에 어떤 의도가

있음을 그제야 느닷없이 깨달았다. 놀데의 의도는 꽃이
선사한 타오르는 열정을 진지한 인내로 바꾸는 것이었다.
그 안에는 자신의 주제에 명확하고 완고하게 천착하는
예술가가 있었다. 그림의 의미가 그제야 보였다. 그리고
생각했다. 작품에 힘을 주는 건 집중력이구나. 내 안의
공간이 넓어진다. 내 안의 직사각형 공간 속으로 빛과
공기가 들어오기 시작하고 그곳에서 사고가 명징해지고
언어가 풍부해지고 지성이 작동을 개시한다. 외로움, 불안,
자기연민으로 가득했던 내면의 공간이 놀데의 꽃을 보며
점점 확장된다.

미술관 로비에서 연중 전시 중인 알렉산더 콜더의
「서커스」 앞에 멈춰 섰다. 평소처럼 관객들이 모여 콜더가
천과 철사로 직조해낸 한숨, 눈물, 승리를 보며 웃고
감탄하고 있었다. 내 옆에 두 여자가 서 있었다. 흘깃
얼굴을 보고 그들을 무시하려 했다. 중서부 출신으로
보이는, 금발 머리 파란 눈에 멀뚱한 얼굴을 한 중년
여자들이었다. 한 여자가 말한다. "이 작품은 두 번째
어린 시절 같네." 다른 여자 곧바로 되받는다. "언제나 첫
번째 어린 시절보다 좋은 법이지." 나는 놀라고, 기쁘고,
당황스럽다. 저 여자들을 함부로 판단해버리곤 저런 말을
할 수 있다는 사실에 놀라다니, 얼마나 한심스러운가.

다시 한번 내 안의 공간이 기대치 않게 확장되고 있음을 느꼈다.

그 공간이란 뭘까. 내 이마 한복판에서 시작돼 가랑이에서 끝나는 공간이라 할 수 있다. 이 공간은 내 몸만큼 넓기도 하고 화살구멍만큼 좁아지기도 한다. 생각이 자유롭게 흐르는 날이면, 그리고 더 깊이 생각할수록 명확해지는 날이면 감사하게도 이 공간은 무한히, 아름다운 날씨처럼 확장된다. 그러나 불안과 자기연민이 치고 들어오는 날이면 쪼그라든다. 얼마나 삽시간에 쪼그라드는지! 이 공간이 넓어져 완전히 자리를 잡으면 나는 그 안의 공기를 맛보고 또 느낀다. 나는 숨을 고르며 천천히 호흡한다. 마음은 평화롭고 기대감에 차서 사는 게 즐겁고 어떤 영향력이나 위협에서도 놓여난다. 그 어떤 것도 나를 건드릴 수 없을지니. 나는 안전하다. 나는 자유롭다. 나는 생각한다. 그러나 이 생각과의 전쟁에서 지면 경계선은 좁아지고 공기는 오염되고 먹구름이 끼기 시작한다. 사방이 수증기와 안개뿐이다. 숨쉬기가 어려워진다.

오늘은 창창한 날, 예감이 좋은 날이다. 어딜 가건, 무엇을 보건, 내 눈이 무엇을 보고 내 귀가 무엇을 듣건 간에 내 안의 공간이 넓게 열리며 빛이 가득 들어온다.

나는 생각하고 싶다. 아니, 그러니까 오늘은 정말로
생각을 하고 싶다. 그 욕망이 '몰입'이라는 단어로 자신을
드러낸다.

엄마를 만나러 간다. 거의 날아갈 듯 몸과 마음이
가볍다. 나는 날고 있다! 엄마에게도 내 안에서 터져
나오는 이 긍정의 기운을 나눠주고 싶다. 불타오르는 생의
환희, 살아 있음에서 오는 행복감을 심어주고 싶다. 그래도
엄마는 내 가장 오래된 친구가 아닌가. 이 순간, 모든
사람을 사랑할 수도 있다. 엄마까지 사랑할 수 있다.

"엄마! 오늘 날씨 정말 끝내주네." 내가 말한다.

"엄마한테 솔직히 말해봐라." 엄마가 말한다. "너 이번 달
월세 있니?"

"엄마, 있잖아……"

"너 『타임』에 서평 쓴다고 했지? 그거 돈은 되니?"

"엄마 그만해. 나 오늘 기분이 어떻냐면 말이야." 내가
말한다.

"옷이 그게 뭐니? 왜 그렇게 얇게 입고 돌아다녀. 겨울
다 됐는데." 엄마는 언성을 높인다.

내 안의 공간이 줄어들기 시작한다. 벽이 무너진다.
숨쉬기가 곤란해진다. 천천히 침을 꿀꺽거리며 중얼거린다.
엄마에게 말한다. "엄마는 참 딱 적당할 때 적당한 말을 할

줄 안다니까. 놀라워. 그것도 재능이야. 숨통을 꽉 막히게 해."

하지만 엄마는 알아듣지 못한다. 내가 지금 비꼬고 있는 줄도 모른다. 지금 나를 나자빠지게 했다는 것도 전혀 모른다. 내가 엄마의 불안을 내 것으로 받아들이고 엄마의 우울함에 완패해버렸다는 사실을 조금도 알지 못한다. 어떻게 알겠는가? 엄마는 내가 있다는 것조차 모르는데. 엄마한테 말할까. 그건 죽음과도 같다고, 내가 여기 있는 걸 엄마가 모른다는 게, 절망과 혼란만이 가득한 눈으로 그저 멍하니 날 쳐다보고 있다는 사실이, 서른일곱 살 먹은 이 여자아일 못 본다는 게 슬퍼서 죽고 싶어진다고 말을 할까? 엄마는 또다시 언성을 높이겠지. "넌 날 이해 못해. 여지껏 한 번도 이해한 적이 없어!"

엄마와 네티가 대판 싸웠고 나는 시티칼리지에 입학했다. 내 기억 속에서 두 사건은 동등한 무게를 갖는데 둘 다 노골적이고 격한 갈등의 시작을 알리는 서막과도 같았고, 둘 다 나와 알지 못했던 내 자아 사이를 틀어지게 했으며, 둘 다 전복적이고 전투적인 방식으로 경험되었다. 엄마와 네티 사이의 전쟁은 포위 공격 전술처럼 보였다. 전쟁이란 게 그렇듯 어수선했고, 분노와 배반으로 가득 차 있었다. 목적은 불분명했고 번번이 번복됐다. 그러는 와중에 적에게서 눈을 떼는 법도 없었다. 한쪽에 붙지 않으면 양쪽 다 잃을 것이란 걸 아는 소녀의 지성이 바로 그들의 적이었다. 시티칼리지도 포위엔 일가견이 있었다. 다만 그 대상은 지성이 아닌 무지였다. 순수한 의도로 보면 약속의 땅으로 통하는 유일한 여권처럼 보였던 '시티칼리지'는 알고 보면 진정한 침략자였다. 그곳은 엄마와 네티가 꿈에도 생각해보지 못한 방식으로 격동을 불러일으켰고 나를 두 사람 모두에게서 떼어놓았으며 내 머리에 누구와도 공유할 수 없는 삶을 심고 영양분을 주어 나를 반역자로 길러냈다. 나는 내 사람들 사이에서 살았으나 더 이상 거기에 속한 사람이 아니었다.

시티칼리지에 다니는 학생 대부분이 그랬을 것이다. 우리는 여전히 지하철을 타고 공강 시간이면 익히 아는 거리를 걷고 매일 저녁 익히 아는 동네로 돌아가 고등학교 때 친구와 만난 다음 자던 침대로 들어가서 잔다. 그러나 우리는 아무도 모르게 머릿속 세상 안에서 살아가기 시작했다. 머리가 읽고 말하고 생각하는 방식은 부모나 집에서의 생활, 그 익숙한 거리의 삶과 철저하게 멀어지고 있었다. 우리는 속으로 숨기는 생각과 겉으로 표현하는 생각의 차이를 처음 소개받았고 하나씩 익혀 나가기 시작했다. 그렇게 각자의 집안에서 불순분자가 되어갔다.

나보다 먼저 이미 수천 명이 말해왔을 것이다. "우리는 시티칼리지에 갈 수밖에 없었어. 그게 우리의 전부였어."
이 말이 불러일으키는 연대를 기꺼워했으면서도 그것이
함의한 박탈감은 거부했다. 브루클린이나 브롱크스에 있는
집이라면 지긋지긋한 친구 대여섯 명이 시티칼리지 지하
식당에 모여 앉아 밤 열 시 열한 시까지 끝없이 토론하고
토론했다. 이 지하 식당과 카페에서 최초의 교육이 내게
뿌리를 내렸다. 이곳에서 포크너는 미국이고, 디킨스는
정치이고, 마르크스는 섹스이고, 제인 오스틴은 문화라는
개념이고 나는 게토 출신이고, D. H. 로런스는 선지자임을
배웠다. 바로 이 식당에서 문학에 대한 내 사랑에 이름이
붙었고 정신의 삶을 꽃피우고자 하는 열의에 불타올랐다.
사상 때문에 180도 바뀌는 사람들을 발견했고 지적인
대화가 그 무엇보다 관능적이라는 사실도 알게 되었다.

　우리는 한번 대화를 시작하면 멈추질 못했다. 그 외에는
다른 일을 하지 못했기 때문이기도 했겠지만(성경험에
대한 두려움과 노동자 계층이라는 경제적 조건 때문에
연애도 못했고 극장에도 가지 않았다) 우리가 그렇게나
많은 말을 쏟아냈던 건 모두 여섯 살 이후부터 입을 꾹
다물고 책에만 파묻혀 살아온 문학소녀들이었기 때문이고
시티칼리지가 우리의 해방구였기 때문이다. 시티칼리지가
지성의 산실이라는 명성을 얻은 건 교수들이 아니라

학생인 우리 덕분이었다. 그건 우리의 지성이 특출났기 때문이 아니다. 전혀 그렇지 않았다. 지성에 굶주린 우리의 에너지가 그 공간에 활력을 불어넣었다. 지적인 삶이라는 개념이 우리 안에서 불길같이 일어났다. 우리는 사상이나 개념을 하나씩 배우면서 그제야 자기가 누구이고 타인이 누구인지 알 것 같다는 느낌을 받았다. 드디어 세상이 이해되기 시작했고, 발 딛고 설 땅을 찾았으며 우주에 설 자리가 생겼다. 시티칼리지에서 우리는 내면의 사색과 정신의 명료함을 가장 중요한 가치로 의식했다.

엄마는 얼마 지나지 않아 나와 시티칼리지에 대해 양가감정을 갖게 되었다. 물론 그 전에는 내가 반드시 대학에 진학하기를 원했고 내 확고한 의지 때문에 더욱 기세등등하기도 했다(엄마는 아빠를 보낸 첫해에 내게 고등학교 때부터 직업교육을 받지 말고 대학 입시를 준비하라고 권하기도 했다). 나를 교육시키는 게 친지들 사이에서 재고해야 할 문제로 부상하자 엄마는 이내 전투 태세를 갖췄다.

"집이 여유가 있는 것도 아닌데 아비도 없는 집 딸내미가 대학에 가야 한다고 어디 써 있기라도 한가?" 내가 고등학교 졸업반이었던 해 어느 토요일 아침 우리 집 식탁에서 커피를 마시던 외삼촌은 엄마에게 말했다.

"여기 써 있다 왜." 엄마는 가운뎃손가락으로 식탁을 탁탁 치면서 대답했다. "여기에 써 있네. 여자도 대학에 가야 한다고."

"왜 가야 하는데?" 외삼촌이 추궁하듯이 물었다.

"내가 그러라고 했으니까."

"이유가 뭐냐고? 대학 가면 뭐가 나오는데?"

"나도 모르지. 우리 딸이 똑똑하다는 것만 알지. 교육 받을 자격 있다마다. 교육받을 거야. 여긴 미국이라고. 여자들이 들판에서 짝지을 수소나 기다리는 젖소가 아니라니까." 엄마를 빤히 바라보았다. 저건 또 무슨 소리야? 아빠가 돌아가신 지 이제 5년이 지났고 엄마는 남편 없는 여자 특유의 거침없는 말씨로 쏟아냈다.

그 순간은 갈등과 만용만이 가득했다고 할 수 있다. 엄마는 당신이 하는 말의 의미를 짐작은 하고 있었지만 이해하고 있진 못했다. 사실 엄마는 교육이라는 단어가 의미하는 바도 잘 알지 못했다. 내가 졸업했을 때 교사가 안 되어 있자 엄마는 마치 사기라도 당한 표정을 지었다. 엄마 머리론 딸이 대학 간판이 붙은 델 들어가면 당연히 교사 명패라도 달고 나오는 줄 안 것이다.

"선생님이 아니라고?" 엄마는 내 졸업장을 식탁 밑에서 두 손으로 꼭 잡고 커다래진 눈으로 물었다.

"아니야."

"그럼 대학 다니면서 뭘 한 거야?" 엄마는 기어들어갈
듯한 목소리로 물었다.

"뭘 하긴 뭘 해, 소설 읽었지." 나는 대답했다.

엄마는 내 후츠파(뻔뻔함)에 기가 막혀 제대로 대꾸도
못했다.

하지만 내가 이 학위로 무엇을 하고 어떤 직업을
갖는지는 문제의 핵심이 아니었다. 우리는 어떻게
살아남아야 하는지 아는 사람들이었고 엄마도 내가
어떻게든 먹고살 길을 찾아내리라는 점은 추호도
의심하지 않았다. 중요한 건 그게 아니었다. 엄마를 분노로
떨게 하고 우리 사이를 갈라놓은 건 내가 생각하는
사람이 되었다는 점이었다. 엄마는 학교에 간다는 게 곧
생각을 하기 시작한다는 뜻이라는 것, 조리 있고 당당하게
자기 생각을 표현하게 된다는 뜻이라는 것을 이해하지
못했다. 엄마는 충격에 사로잡혔다. 강의 몇 개를 듣던
몇 달 사이에 내 문장은 길어지기 시작했다. 길어지고
복잡해지고 엄마가 모르는 단어가 섞여들기도 했다. 그
이전에는 한 번도 엄마가 모르는 단어를 사용하지 않았다.
엄마가 따라오지 못하는 논리를 만들어내지도 않았다.
추상적이고 형이상학적인 사상에 입각한 의견을 내뱉지도

않았다. 이런 변화가 엄마를 돌아버리게 했다. 내가 세 단락 안에 결론 낼 수 없는 문장을 입 밖에 내기 시작하면 엄마의 얼굴은 먹잇감을 노리는 짐승처럼 섬뜩하게 변했다. 그 표정은 짜증으로 화했고, 짜증은 격노로 바뀌었다. "너 나한테 무슨 연설을 하려는 거야?" 엄마는 고함을 질러댔다. "무슨 말을 하는 거냐고. 영어로 말해라. 우리 집안에서는 다 영어 쓴다. 영어로 해!"

엄마의 반응에 나는 움찔했다. 통 이해가 되질 않았다. 딸이 뭔가 이해 안 되는 말을 하면 뿌듯해해야 하는 거 아닌가? 대학까지 날 보낸 이유가 그거 아닌가? 나는 선발대다. 내가 엄마를 새로운 세계로 인도할 것이다. 여기서 엄마가 할 일은 내가 변해가는 모습을 칭송하는 것뿐이다. 그런데 엄마는 거부하고 있다. 새로운 문장을 말했을 뿐인데 엄마는 식탁 앞에서 천하의 몹쓸 패륜이라도 저지른 것처럼 나를 몰아세운다.

물론 엄마도 나만큼이나 혼란스러웠을 것이다. 엄마는 당신이 왜 화를 내는지도 몰랐다. 왜 화를 내냐고 물으면 화는 무슨 화냐고 대구하며 어떻게든 당신 스스로를, 혹은 관심 있게 들어주는 사람을 설득했을 것이다. 내가 대학에 간 게 무척이나 자랑스럽다고. 다만 내가 왜 그렇게 잘난 척을 해대는지가 문제였다. 대학이란 게 그런 사람

양산해내는 곳이란 말이니? 보험회사 다니는 루이스 씨 봐라. 그 시절에 교육이라 부를 만한 게 있었는지 모르겠지만 어쨌든 교육받은 사람이지. 1929년에 시티칼리지를 졸업했어. 맙소사. 엄마는 자그마치 1929년 이야기를 하고 있다. 그 아저씨는 듣는 사람이 스스로 멍청하다고 느끼게끔 말하지 않았고 언제나 단순한 문장을 구사했지만 나중에 집에 와서 아저씨가 한 말을 생각하면 고개가 끄덕여졌다. 자고로 교육받은 사람은 그렇게 말해야 한다. 그런데 잘난 척이나 하는 이 자식은 식탁에 앉아서 온갖 문자를 써대며 엄마를 가르치려 든다…….

나는 열일곱이었고 엄마는 쉰이었다. 나는 아직 스스로를 감히 엄마와 대적할 만한 인물로 여기진 않았지만 그래도 만만치 않은 상대였고, 엄마는 타고나길 게임의 승자여야만 하는 사람이었다. 이제 우리 사이에는 선이 그어졌고 우린 단 한 번도 서로를 실망시키지 않았다. 항상 서로가 던진 미끼를 물었다. 싸움은 폭풍처럼 집 안을 뒤흔들고 벽에 칠해진 페인트에 금이 가게 하고, 바닥의 리놀륨 장판을 찢어지게 하고 창 유리를 덜컹이게 했다. 우리에겐 단 한 번도 휴전이 없었고, 대재앙이 닥칠 뻔한 적도 한두 번이 아니었다.

토요일 오후 엄마는 소파에 누워 있었다. 나는 근처 의자에 앉아 책을 읽고 있었다. 엄마가 별생각 없이 물었다. "무슨 책 읽니?" 나도 별생각 없이 대답했다. "지난 300년간 사랑 개념의 비교 연구." 엄마는 나를 잠시 바라보았다. "말도 안 되는 소리하고 있네." 엄마가 느적느적 말했다. "사랑이 사랑이지 무슨. 사랑은 언제 어디서고 다 똑같아. 비교할 게 뭐 있어?" "전혀 그렇지 않아." 나는 차갑게 대꾸했다. "엄마는 엄마가 지금 무슨 말을 하는 줄이나 알아? 그냥 개념이야, 엄마. 사랑이라는 건 개념일 뿐이라고. 그냥 머릿속 생각이라고. 엄마는 사랑이 신비롭고 변함없는 존재의 양태라도 된다고 생각하지? 전혀 아니야! 사실 신비로운 불변의 존재라는 건 이 세상에 없어……" 엄마 다리가 소파에서 너무 빨리 떨어져서 그게 바닥에 닿는 걸 보지도 못했다. 엄마는 양주먹을 꽉 쥐고 부들부들 떨면서 눈을 질끈 감고, 바락바락 소리 질렀다. "죽여버릴 거야아아! 이 뱀 같은 년, 내 손에 죽어봐라. 어디 엄마한테 그딴 식으로 말해?" 그러더니 나에게 달려들었다. 엄마는 키가 작고 통통했다. 나도 그랬다. 하지만 나는 엄마보다 서른 살 이상 젊었다. 나는 엄마의 팔이 덮치기 전에 번개처럼 의자에서 일어나 달음박질했다. 작은 아파트 안에서 도망치고 도망치다가 집에서 유일하게 잠금장치가 있는 화장실로 들어갔다. 화장실 문 위쪽 절반은 뿌연 유리창이 달려 있었다. 문을 닫고 걸쇠를 미처 채우기도 전에 엄마가 문 앞에 들이닥쳤다. 엄마는 주먹으로 유리창을 쳐서 깨고 손을 그 안으로 넣어 나를 잡으려 했다. 피와 비명, 깨진 유리 조각이 문 이쪽저쪽에 흩어졌다. 그날 오후에 생각했다. 이 징글징글한 애증 때문에 우리 둘 중 한 사람이 죽을 수도 있겠구나.

우리 갈등을 더욱 증폭시킨 것, 괴로움을 더욱 자극한 것, 혼란을 더욱 부풀린 것은 섹스였다. 나와 남자애들. 나와 순결. 내가 내 순결과 살아가는 방식. 내 순결을 안전하게 지키는 것은 엄마의 가장 큰 집착이 되어갔다. 집에 데려오는 남자란 남자는 죄다 엄마를 불안하게 만들었다. 엄마는 머릿속으로 모든 과정은 건너뛰고 그 젊은이가 엄마 딴에 가장 중대한 문제를 위협하는 불가피한 순간으로 직행했다. 그러나 동시에 진짜 위협은 그들이 아닌 나에게서 비롯된다는 것도 알고 있었다. 평생 로맨틱한 사랑을 지극히 강조해왔음에도 불구하고, 내 세대 여자애들 또한 엄마 세대만큼이나 결혼 전에 순결을 잃는 것을 몹쓸 일로 생각한다는 걸 알고 있음에도 불구하고, 엄마는 내가 당신보다 어떤 면에서 더 느슨하다는 점을 알았다. 우리 두 사람은 이 방면에서만큼은 같은 대의를 추구하는 연합군이 아니었다. 내가 자정이 다 된 시간에 얼굴이 상기되어, 어딘가 흐트러져서, 기분이 좋아져서 돌아올 때마다 엄마는 문 바로 앞에서 나를 기다리고 있었다(열쇠로 문을 따는 소리에 곧장 잠에서 깬 침실에서 튀어나온 것이다). 엄마는 엄지손가락과 가운뎃손가락으로 내 팔뚝을 붙들고 답을 요구한다. "그 남자가 어떻게 하던? 개랑 어디까지 갔어?" 엄마는 나치 부역자를 심문하는 검찰이었다.

한번은 내가 당시 사귀던 남자애랑 잤다고 단단히 확신한 엄마가 내 팔을 너무 아파서 눈이 엇뜨일 정도로 세게 꼬집었다. "너 그 남자 맛봤구나, 그런 거지?" 힐난과 낭패감이 서린 까칠하고 낮은 목소리다. 엄마가 삽입 성교를 비유할 때 가장 많이 쓰는 말이었다. "너 그 남자 맛봤지? 그랬지?" 이 문장은 들을 때마다 충격적이었다. 이 말은 나의 신경종말을 자극했다. 억압의 멜로드라마, 악의에 찬 수동성, 힘의 부재에 대한 분노, 이 모든 것이 저 문장에 압축되어 있었고, 처음 들었을 때부터 알 수 있었다. 엄마가 그 말을 할 때면 우리는 이름은 없지만 떡하니 존재하는 무인지대를 가로질러 서로를 마주했다.

네티는 놀란 토끼 얼굴을 하고 우리 대화를 엿들었고 때로는 대놓고 즐거워하기도 했다. 우리 모녀 사이에 일어나는 모든 전쟁을 나와 더 친밀해질 기회로 본 것 같다. 그해 네티는 내 충성심을 놓고 엄마와 경쟁에 들어갔다. 네티는 나에게 일차적인 영향력을 행사하는 사람이 되고자 했다. 자기가 남녀 관계에 대해 아는 사실들, 인생과 결혼 시장, 학벌과 괜찮은 신랑감에 대해 갖고 있는 경험과 생각을 전수해 내가 브롱크스의 서민층에서 브롱크스의 중산층으로 신분 상승하길 바라 마지않았다. 물론 이 골목의 모든 엄마가 그 목표를 숙지하고 있었다―셀마 버코위츠는 코 수술이라는 단어가 유행하기도 전에 우리 동네에서 처음으로 코 수술을 했는데, 그 집은 콘코스로 이사 가 '의사 사위'를 들일 계획을 세우고 있었다. 네티는 이 동네 어떤 엄마들보다 나를 데리고 좋은 결과를 얻어낼 수 있다고 생각했다. 우리 엄마? 엄마는 안나 카레니나였다. 그런 엄마가 현실을 파악하고 약삭빠른 전략을 써서 딸을 최고 입찰가로 시장에 내놓는 방법에 대해서 뭘 알겠는가? 전혀 모른다. 쥐뿔도 모른다.

네티는 내 얼굴에서 머리카락을 걷고 한 발 물러나 내

얼굴을 꼼꼼히 들여다봤다. "너는 얼굴에서 눈이 제일 예뻐. 그러니까 보자마자 눈이 보이게 머리를 뒤로 넘기는 게 좋겠어." 네티는 스커트 엉덩이 쪽을 펴주고 블라우스의 어깨선을 만져주면서 말했다. "너는 몸매가 육감적이야. 단순한 옷이 어울려. 주름 같은 거 잡힌 옷 말고." 그는 뭔가 생각하느라 눈을 가늘게 뜨더니 다시 최고의 효과를 내려면 나를 어떻게 드러내야 하는지에 대한 강의에 돌입했다. 그는 프레임이 있는 공간에서 오브제를 배치하고 있었다. 그의 말에 따르면, 그것이 여자가 이 세계에서 작동하는 방식이었다. 자신 또한 세상 안에서 스스로를 배치하면서 드러냈고, 삶에서 얻어내고자 했던 모든 건 그 배치에 의해 결정되었다. 그리고 내가 이 배치 과정을 외운 다음 스스로 한 단계 더 발전하기를 바랐다. 자기를 모방하되 초월하기를.

그는 나에게 전수하는 남자 유혹하는 법에 위험 요소가 내재되어 있음을 잘 알았지만 그 위험은 관할 영역이 아니었다. 그의 영역은 우리가 감당할 수 있는 한 나에게 던져볼 수 있는 최고의 패를 알려주는 것이었다. 우리가 암묵적으로 알고 있던 사실은 이 동네에서 가장 눈에 띄고 섹시한 여자가 되면 성폭행과 임신의 위험도 그만큼 커진다는 것이었다. 하지만 그건 이 게임의 공공연한 법칙이 아니었나? 여자애들은 기본적으로 지각 있게 행동해야 한다. 최대한 많이 얻고 최소한을 주는 방법을 안다는 건 모유처럼 필시 내게 피가 되고 살이 된다. 순결은 그다지 큰 문제가 아니었다. 네티든 누구든 나에게 무슨 말을 하건 간에 조만간 남자와 자게 될 것이었다. 진짜 문제는 임신이다. 그건 어마어마한 불상사를 초래할 수 있다. 물론 그 일을 어떻게 피해야 하는지까지 굳이 배울 필욘 없었다, 안 그런가? 나는 똑똑한 여자, 무려 대학생이었으니. 어디 보자, 그래, 초록색이 정말 잘 어울리네.

하지만 이 모든 게 내겐 안 먹혔다. 나도 우리만의 이 여자 만들기 과정에 입장하긴 했다. 흥미로웠다. 네티가 남자에 대해 말하는 방식이라든지(그가 남자를 경멸하고 무시하는 방식은 과연 교육적이었다!) 그가 그런 식으로 자신을 정비하는 모습도 보기 좋았다. 하지만 내 일이 되었을 때는 집중할 수가 없었고 그 일의 궁극적인 목적도 나에게는 늘 그저 추상적인 관념일 뿐이었다. 나도 네티처럼 옷을 입고 싶긴 했지만 그렇게까지 강하게 원하진 않았다. 네티와 함께 있을 때는 패션이라는 근사한 세계에 매료됐지만 헤어지면 다시 대강대강 집어 입는 오래된 습관으로 돌아갔다. 무슨 옷을 무슨 옷과 함께

입어야 할지, 각각의 요소를 어떻게 조화시켜야 할지 싹
다 잊어버렸다. 어떻게 옷을 입는지 기억하지 못했고 나를
이 시장의 도구이자 미래에 이득이 될 수단으로 포장하지
못했다. 내 이미지를 완성하는 결정적인 도구를 마련해
내가 가질 권리가 있다고 하는 그 인생과 세계를 이루어줄
남자에게 영향력을 행사하는 데 써먹지도 못했다.

그런 매혹의 절대적 필요를 의심한 건 아니었다.
내가 누구라고 내가 가입되어 있는 세상의 원칙을
의심하겠는가? 숨을 쉬듯 이렇게 말하는 엄마 밑에서
자라지 않았던가? "남자 없는 여자 인생은 살 만하지가
않아." 네티 또한 이렇게 말했다. "남자들은 쓰레기야.
그래도 하나는 필요해." 이 메시지는 해석의 여지도 없어서
세 살짜리 아이도 풀어 말할 수 있을 것이다. '남편을
얻지 못하면 바보다. 남편을 얻었다가 잃으면 무능력자로
살아야 한다.' 나도 알았다. 그 앎은 단지 안다고 말할
수 있는 것 이상이었고 절대로 협상 불가한 진실이었다.
그럼에도 불구하고 그 분야에 집중할 수가 없었다. 나는
19세기 소설에 나오는 모던걸 같았다. 알아. 안다고.
하지만 지금은 때가 아니야.

지금 당장 내 관심을 끄는 건 딱 두 가지였다. 학교에서
책이나 사상 얘기하기, 그리고 폴이라든가 랠프, 마티와

복도에서, 공원 벤치에서, 차 뒷자리에서 끌어안고 입 맞추기. 눈앞에 있는 경험에만 집중하게끔 생겨먹은 나는 보이지도 느껴지지도 않는 미래의 가능성에 따라 행동하지 않았다. 그런데 따져보자. 우리 중에 그렇게 미래를 내다보고 사는 사람이 얼마나 있겠는가. 우리는 눈앞에 보이는 이익을 따라가는 존재이지 어느 누구도 유예된 만족과 희열에 따라 움직이는 존재가 아니다. 네티는 나에게 스스로 정비하고 필요한 행동을 학습하면서 인생에서 더 나은 자리를 예약해놓으라고 신신당부했다. 그러는 자신은 하루하루 매력 뽐내기에만 빠져 지냈다. 엄마는 내게 더 고차원적인 인생을 경험하기 위해서는 사랑이 필요하다고 말했지만 사실 죽은 남편을 그리워하는 게 당신이 최선을 다해 얻어낸 고차원적 인생이었다. 우리는 모두 생긴 대로, 자기 욕구에 따라 살 뿐이다. 네티는 유혹하고 싶어했고 엄마는 고통받고 싶어했다. 나는 책을 읽고 싶었다. 우리 셋 중 어느 누구도 스스로를 잘 다스리고 절제하여 이상적이고 정상적인 여자의 삶을 성공적으로 추구하지 못하고 있었다. 그리고 기실 우리 셋 중 어느 누구도 그 삶을 성취하지 못했다.

그럼에도 불구하고 이상적인 여자의 삶이라는 개념은 우리를 절대 놓아주지 않고 매년 다달이, 날마다 우리를 더 깊은 갈등과 혼란 속으로 밀어 넣을 뿐이었다. 삶에 대한 확신이 약하면 약할수록 자기 방식이 옳다고 독단을 부리게 된다. 우리 각자는 자기가 특별하다고, 다르다고, 더 숭고한 목적에 헌신할 운명을 타고난 사람이라고 믿고 싶어한다. 서로를 분리시키면서 연민도 함께 거둔다. 남몰래 다른 사람들에게서 마음에 들지 않는 특성을 수집하기 시작하고 그들과 자신을 더욱 열심히 분리하면서 마치 나와 너의 이 차이가 구원이라도 되는 줄로 착각한다. '하느님, 감사합니다. 나는 안 저러니 다행이야.' 타인을 보며 적어도 하루에 한 번은 혼잣말하지 않는가. 그러나 이렇게 판단을 한댔자 삶이 개선되는 건 아니다. 우리는 환상에서도 벗어나지 못하고 분노에서도 자유로워지지 못한다. 단단한 껍질 아래서 노여움에 차 조용히 부글부글 끓고 있을 뿐이다. 이 억제되지 못한 노여움이 우리를 고갈시키고 죽이기도 한다. 네티와 엄마가 한바탕 싸웠을 때, 드디어 서로에 대한 노여움이 바깥으로 터졌을 때, 그건 마른 관목에 번지는 불처럼 삽시간에 번졌다. 지하에서 끓고 있던 용암은 지상으로 솟아오르자 단숨에 모든 것을 맹렬히 태웠고 단 몇 초 만에 대지와 목초를 잿더미로 만들어버렸다. 이제 그 땅은 아무것도 자랄 수 없는 척박한 황무지가 되었다.

정확히 언제부터, 무슨 계기로 이 두 여자가 서로에 대해 말할 때 과격한 단어를 쓰고 혹독한 비난을 퍼부었는지는 기억나지 않는다. 어느 날 엄마가 이런 말을 했다. "저 여자 하는 건 그저 궁둥잇짓하면서 이 골목 저 골목 싸돌아다니는 거밖에 없지. 대체 왜 일을 안 해? 여자 망신 다 시키잖아. 하고 다니는 꼬락서니를 봐." 나는 식탁에 앉아 있다 고개를 들었다(숙제를 하고 있었고 엄마는 다림질을 하는 중이었다). 엄마가 그 전에도 그런 단어를 쓴 적이 없었던 건 아니지만 네티를 향한 정에 못 이겨 목소리에선 그런 분노를 익삭이곤 했다. 하지만 이제는 말투까지 그 언어들처럼 차갑고 독하기만 했다.

"그래, 네티가 직업은 없지만", 나는 차분하게 말했다. "그러면 뭐 어때서? 수당 받아서 살잖아. 엄만 그걸 반대하는 거야?"

"수당 받고 살아서가 아니야. 남자들하고 놀아나는 꼬락서니 말야. 그게 속 뒤집힌다고."

"그래? 여자들은 대부분 네티가 남자 구워삶는 걸 부러워하지 않나. 알고 보면 다들 네티처럼 그런 일에 도사가 되고 싶어할걸."

"남자들이랑 그러고 사느니 죽는 게 낫겠다." 엄마 말은 깊은 속에서부터 터져 나왔다.

"농담이시죠, 어머니?" 나는 중얼거렸다. "그렇다고 죽을 것까지?"

엄마는 다리미판에서 고개를 들고 내 얼굴을 똑바로 바라보면서 경멸과 혐오에 차 바들바들 떨리는 목소리로 말했다. "넌 아직 애야. 네가 인생에 대해 뭘 알겠니. 뭘 알겠어?"

갑자기 마음이 불편하고 거북해졌다. 지금 무슨 이야기를 하고 있었더라? 아니 정말 무슨 이야기를 하고 있었던 거지? 한때 엄마는 네티를 비난하고 깎아내려서는 안 된다는 의무감까지 가진 듯했다. 이제는 어떤 난폭함이랄까, 성마름이랄까 하는 성질이 엄마로 하여금 자제력을 놓아버리게 하고 있었다. 왜지? 무엇 때문에 이렇게까지 화를 내지? 그날 오후, 언제나 부엌으로 들어오던 부드러운 햇살이 누구나 알아볼 수 있을 만큼 약해진 것 같았다. 빛줄기는 흐릿해지고 가늘어졌다. 위협의 기운이 공기 중에 떠다니는 듯했다. 몸이 떨렸고 불안했다. 울적한 기분이 가슴을 파고들었다.

비슷한 시기에 네티네 집에 갔을 때 네티는 옷장 깊숙이 넣어두었던 옛날 드레스를 꺼냈다. 몸에 꼭 달라붙는 저지 원피스를 나에게 입혀보았고 우리 둘 다 그사이 내 몸이 얼마나 성숙해졌는지를 발견했다. 네티는 손뼉을 치면서 나를 황홀한 눈으로 바라보았다. "우와!" 네티는 숨을 들이마셨다. "너 정말 근사하다." 그러더니 장난꾸러기 아이처럼 웃기 시작했다. "이거 입고 밖에 나갔다가 엄마한테 들키면 네 엄마 심장 마비 걸리겠다." 나도 웃었다. 그렇다. 엄마는 내가 이런 드레스 입는 걸 싫어한다. 배신이라고 생각한다.

"창녀처럼 입고 다니지 말라고 할걸." 네티는 말했다. "나처럼 보인다고 말이야." 나는 네티를 내려다봤다.

"엄만 네티한테 절대 창녀란 말 안 해요."

"뭐, 말은 안 하겠지. 하지만 그렇게 생각하니까."

"그게 무슨 뜻이에요?"

"어휴, 알잖아."

"아니, 안 그래요. 엄마가 얼마나 아끼는데요. 항상 네티 걱정인걸요."

"그러니까 엄마가 널 너무 걱정해서 눈에 별 보일 정도로 꼬집는 것처럼? '그 남자가 뭐 했어, 그 남자랑 어디까지 갔어?' 그러면서."

내 얼굴이 빨개졌고 엄마를 배신한 것 같아 미안했다.

"질투하는 거야." 네티는 갑자기 열띤 어조로 말했다. "삭정이처럼 바짝 말라서, 뻣뻣하게 온종일 소파에 누워 있었잖아. 5년 동안 남자 손길 한 번 안 받고. 너 이런 말

들어봤지? 안 쓰면 못 쓰게 된다고. 바로 너희 엄마처럼 말이야. 나도 못 쓰게 되길 바라겠지. 너도 그렇고."

사실 그 말의 내용 때문에 충격받은 건 아니었다. 전에도 똑같거나 비슷한 말을 들었다. 다만 네티의 목소리에 담긴 그 순수한 증오, 전혀 예상하지 못했던 뚜렷한 적대감이 충격이었다. 그 방 바닥에서부터 불안이 스멀스멀 올라오는 듯했고 여기서도 협박을 받는 기분이었다. 무언가 슬프고 무력하고 희망이 없는 기분이 공기 중에 피어올랐다. 그 슬픔은 마치 마취제 같았다. 몸에서 기운이 스르르 빠져나갔다.

늦가을의 어느 토요일 오후, 우리 셋이 부엌에 있었다. 네티는 내 머리를 새로운 스타일로 만져주고 있었고 엄마는 그날 모처럼 요리할 기분이 들어 감자 팬케이크를 만들고 있었다. 분위기는 여느 때와 마찬가지로 편안하고 스스럼없었다. 세라 이모가 찾아와 언제나처럼 동네에 떠도는 소문과 풍문이 담긴 이야기보따리를 한 시간 동안 풀어놓고 갔다. 이모는 문으로 들어오면서 이렇게 말했다. "그런데 말야, 커녀네 분 단위로 미쳐가고 있나 봐. 방금 우연히 만났거든. 나한테 뭐라고 했게?"

엄마는 이모의 말투를 그대로 따라하며 대답했다. "뭐라고 했게."

"글쎄, 자기 음모에 불이 붙었대. 아랫집 남자가
자외선을 쏘아 보내가지고."

"뭐어가 어쨌다고?" 우리 셋 모두 한목소리로 외쳤다.

네티는 하도 웃어젖히느라 몸을 못 가눠 내가 앉은
벤치에 앉혀야 할 정도였다.

"맙소사, 맙소사." 엄마는 고개를 설레설레 저으면서
한 손을 볼에 댔다. "어쩌면 아파트에서 내보내야 할지도
모르겠네."

"실제로 음모라고 말했어?" 내가 물었다. 이모는 고개를
끄덕였다. "자외선이라고? 정말 자외선이라는 단어를
썼어?" 이모는 또 고개를 끄덕였다. "내 말이 맞지?" 나는
잘난 척하며 말했다. "커너 아줌마 배운 사람이니까."

이모가 가고 한두 시간이 흘렀는데도 커너 아줌마
생각이 머릿속을 떠나지 않았다. 엄마는 지글대는
기름에서 달궈지는 팬케이크를 슬쩍 들춰 익었나
들여다보더니 장담했다. "저 여자 하루 종일 집에 있어서
저 모양이야. 일을 하러 나가야지."

내 옆에 있던 네티의 몸이 굳었고 나 또한 바짝
긴장했다. 엄마 입에서 나온 그 말은 엄마가 애용하는
돌려 까기의 서막일 터였다. 지금 엄마는 다른 사람
이야기인 척하면서 누가 봐도 네티를 향해 직업을

갖는다는 것의 미덕에 관해 한마디하려는 참이다.

"그런데 그 아줌마가 어떻게 일을 나가 엄마?" 내가 물었다. "아줌마는 할 줄 아는 게 없잖아."

"할 수 있어. 할 줄 아는 게 왜 없니. 있지. 누구든지 마음만 먹으면, 열심히 찾아보면 뭐라도 할 일이 있어."

"돈 벌 수 있는 일 말이야? 커너 아저씨가 아줌마를 집 밖으로 안 내보내려고 열심히 돈을 번다던데." 어느새 나도 모르게 어른들이 말하는 결혼의 제일 장점을 파악하고 있었다.

"엄마 생각해봐. 바로 그것 때문에 아저씨가 일하잖아. 아내 집 지키게 하려는 것 외에 아저씨가 일해야 할 이유가 뭐가 있어?"

네티는 짧게 웃었다. 아직 이 대화에서 자신의 위치를 잡지 못했다.

"그래, 너 잘났다. 잘났어." 엄마는 기분 나쁘게 웃었다. "그 여자가 일을 했으면 남편이 집에다 가둬놓지 않았어도 됐고. 그랬으면 미치지도 않았겠지. 대신 남편한테 지옥에나 떨어지라고 말할 수도 있고. 그건 어떻게 생각하시나 우리 똑똑한 딸? 남편한테 지옥에나 가라고 한바탕 욕을 못 해줘서 정신이 나가버린 거 아니겠어? 내가 볼 땐 그래. 남자한테 꺼지라고 말할 수 없게 되면 여자들은 미쳐버릴 때가 있지."

어느새 네티는 슬쩍 미소만 지으면서 손톱이나 내려다보고 있었다. 엄마는 팬케이크를 부치다가 갑자기 확 돌아섰다. 그리고 네티의 미소를 보았다.

"너는 남자들한테 꺼지라고 말할 수 있을 것 같지? 그치?" 엄마는 부드러운 말투로 물었다.

네티와 나는 재빨리 시선을 교환했다. 엄마는 우리 사이의 이 동지 의식을 채고 소외감을 느낀 듯했다.

"넌 예쁘니까 일 안 해도 된다고 생각하잖아, 안 그래?" 엄마는 갑자기 소리를 빽 질렀다. "그렇지? 내가 뭐 하나 알려줄까. 너 그렇게 싸돌아다닐 때 사람들이 뒤에서 뭐라고 하는지 알아?"

"엄마!"

엄마 얼굴이 새하얗게 질리더니 입술을 꽉 깨물고 목에 핏발을 세웠다. 엄마도 나름대로 어떻게든 참으려고 애쓰는 중이었다. 하지만 너무 늦었다. 네티도 얼굴이 하얗게 질려서는 의자에서 벌떡 일어났다.

"그래 사람들이 나한테 뭐라고 하는데요?" 목소리에 위험한 웃음기가 감돌았다.

"뭐라고 하냐면……"

"엄마! 그만해. 그만하라고!"

네티는 부엌문 쪽으로 움직였다. 나도 네티를 따라갔다. 엄마도 따라오더니 우리 앞에 섰다. 네티는 한 발 물러나 전실에 섰다. 나도 거기 섰다. 엄마는 우리 둘 사이를 비집고 들어왔다. 엄마는 네티를 달래려는 뜻이었는지 그의 팔에 손을 얹으려 했다. 네티는 팔에서 손가락을 치우더니 한 손으로 문고리를 잡고 내뱉듯이 말했다.

"아시죠? 아저씨가 나 마음에 뒀던 거."

마치 백 년처럼 느껴지는 그 순간 우리 세 사람은 그 자리, 그 좁은 현관 앞 공간에 못 박힌 듯 서 있었다. 아무도 움직이지 않았다. 나는 쩍 벌어진 입을 다물지 못했다. 네티는 손을 문고리에 그대로 올려둔 채였다. 엄마의 손가락은 허공에 떠 있었다. 그날 위협과 불안을 가득 싣고 내려앉은 오후 햇살이 부엌 창문으로 들어와 우리 세 사람의 몸으로 떨어지고 있었다.

아빠랑 잤구나. 나는 생각했다. 엄청난 흥분이 내 몸을 휩쓸고 지나갔다.

"더러운 년." 엄마가 이를 악물고 중얼거렸다. "더러운 창녀. 내 집에서 당장 나가."

네티는 문을 쾅 닫고 나갔고 엄마는 집으로 뛰어 들어왔다. 그러곤 소파에 몸을 던지더니 서럽게 꺽꺽대며 울기 시작했다. 눈물이 두 뺨을 타고 줄줄 흘러내렸다.

불쌍하기도 하고, 뭔가 흥미롭기도 한 이 상황을 나는
엄마가 일어날 때까지 계속 바라보았다. 엄마는 몇 시간
동안 울었다.

　몇 달 후에 나는 학교를 마치고 저녁 여섯 시쯤 집에
도착했다. 열쇠를 꽂으려는데 네티 집 문이 열렸다.
"들어와." 네티는 거부할 수 없는 목소리로 말했다. 나는
손에 열쇠를 들고 네티를 바라보았다. 문 안쪽에서
엄마가 움직이는 소리가 들렸다. "잠깐만 있다 가."
네티가 다시 속삭였다. "조금만 있다 가. 엄마 눈치 못
채." 애걸복걸하느라 네티의 얼굴이 일그러졌다. 열쇠는
문손잡이에서 1센티미터쯤 떨어져 있었다. 그때 무슨
생각을 했는지는 기억나지 않지만 어떤 기분이었는지는
기억난다. 네티네 집에 가면 엄마를 배신하는 거다. 네티네
집에 들어가지 않으면 섹스를 포기하는 거다. 나는 그
집에 들어갔다.
　너무 어렸다. 엄마를 배신하지 않는다 해도 섹스를
포기하게 되는 일은 일어나지 않는다는 걸 알 리 없었다.

"너는 왜 널 행복하게 해줄 참한 남자를 못 만나니?"

186

엄마는 말한다. "좀 착하고 단순한 사람. 지식인이니 철학자니 하는 인간 말고." 우리는 링컨센터에서 열린 정오 콘서트를 보고 나서 9번 애비뉴를 걷고 있다. 엄마는 한 손을 손바닥이 위를 향하도록 펼쳤다. "왜 맨날 무능한 놈이랑 헤어지면 또 그런 놈을 고르는 거냐고? 말 좀 해봐라. 너 엄마 불행하게 만들려고 일부러 그러지? 그게 뭐 하는 짓이냐고?"

"제발, 엄마. 그만해." 내 목소리가 더 기어들어갔다. "내가 남자를 '고르는' 게 아니야. 그냥 세상 밖으로 나가는 거야. 그냥 여기서 살고 있을 뿐이라니까. 그러다가 어떤 일이 생겨. 그 사람에게 끌려. 그래서 끌리는 대로 해. 가끔은 마음속 저 안쪽에서, 1초도 안 되는 순간에 이렇게 생각하기도 해. 혹시 이 사람과 진지해질 수도 있을까? 이 남자가 내 애인, 내 남편이 될 가능성도 있을까? 하지만 그런 생각은 대체로 떨쳐내. 왜냐면 이게 인생이니까. 엄마. 연애도 하고 사건도 생기고 열정도 생기고, 그렇게 삶이 굴러가는 거야. 그 안에 결혼이 포함될 수도 있고 아닐 수도 있지만."

엄마는 내가 지고 들어간다는 걸 안다. 그래서 바로 공격해온다.

"그래도 알코올의존자는 너무하지 않니?" 엄마가

말한다.

"알코올의존자였던 사람이지."

"알코올의존자나, 알코올의존자였던 사람이나 뭐가 다른데?"

"엄마! 그 사람 4년 동안 술 입에도 안 댔어."

"2주 동안 전화도 안 했지."

매릴린 커너도 엄마와 거의 똑같이 말했다. (평생 비혼으로 지낸) 매릴린은 이제 마흔여섯으로 변호사이고 어퍼웨스트사이드에 산다. 그는 언제나 내 인생에서 엄정한 판단의 목소리를 담당했다. 이 시대의 심리상담 문화가 전수하는 쉽고 허망한 위로가 아니라 브롱크스식 기준을 아는 사람의 가차 없는 평가를 원할 때는 매릴린에게 전화한다. 그의 언어에 완곡어법이란 없다. 명치를 한 방 얻어맞는 듯한 냉철한 분석과 조언을 들을 준비를 해야 한다. 그럴 게 아니면 매릴린에게 전화하지 말아야 한다. 하지만 나는 최근 연애사와 관련해 조언을 얻기 위해 매릴린에게 전화했고, 그 또한 이렇게 말했다. "알코올의존증 전적이 있어? 조짐이 안 좋은데."

"하지만 매릴린, 전혀 그렇지 않아. 그 반대로 생각해야 해." 나는 구구절절 설명했다. "그 남자는 불행을 겪어봤어. 여자만큼이나 바닥까지 떨어져본 적이 있어. 그래서

인생을 알아. 내 말 믿어봐. 이렇게 방어적이지 않은
사람은 처음 봐. 우리 사이는 친구 같았고, 그 점이 정말
놀라웠어. 그 남자가 하는 모든 말, 모든 몸짓, 모든
행동 하나하나가 나한테 이렇게 말하고 있었어. '나는
당신만큼이나 약한 사람이야. 나는 당신의 두려움과
불안함을 내 감정처럼 민감하게 느껴.'"

"그런 사람이 자기 문제에는 왜 그렇게 둔감했대? 15년
동안 술독에 빠져 살았다면서." 매릴린이 말했다.

"지금은 다른 사람 됐어. 너무들 한다. 브롱크스에서는
아무도 두 번째 기회를 얻을 수 없지, 왜들 그래?"

"그런 게 아니야. 네가 브롱크스 출신이라면 눈에 빤히
보이는 증거를 무시해서는 안 된다는 거야. 우리한텐 그럴
여유가 없어."

물론 그 증거란 건 이제 내게 매우 불리하게 작용하고
있다. 남자와 나는 기자 간담회에서 만났다. 서로를
보자마자 본능적으로 끌렸고 그 뒤로 믿기지 않는 행복이
찾아왔다. 그 한 달 내내 꼭 붙어 지냈다. 콘퍼런스가
끝난 다음 나는 뉴욕으로 돌아오고 그는 하던 작업을
마저 끝내기 위해 중서부로 돌아가기로 했다. 우리는
6주 후에 뉴욕에서 만날 예정이었다. 그는 으레 내가
집에 도착할 무렵 전화를 하기로 약속했다. 2주가 지났고

전화는 없었다. 그는 전국을 돌며 취재 중이었고 연락할
방법이 없었다. 그 2주 동안 농축된 불행이 내 인생을
잠식했다. 그 불행은 아침에 눈을 뜨자마자 인식하고
잠들기 직전에 인식하는 실체였다. 밤엔 깊이 잠들지
못하고 새벽이면 깨어나 내가 처한 상황을 상기하고 고통
속에서 어쩔 줄 몰라 하며 집 안을 서성댔다. 이제 나는
도리스 레싱의 소설 속 캐릭터가 아니라 레싱의 소설
자체라 할 수 있었다. 내 세상은 집착이라는 그림으로만
채울 수 있는 액자였다. 나는 액자처럼 좁은 이 공간을
음울하고도 형형한 눈빛으로 돌아다닌다. 나는 사랑의
경험이란 이전과 비슷하지만 점점 더 실망스러워지는
것, 그러면서도 동일한 열병과 환멸과 격정과 부정으로
가득하다는 것을 배워야만 하는 저주를 받은 현대
여성이다.

  한편 우리가 걷는 이 도시는 우리 안에서 끓어오르는
이 격정의 드라마에 길바닥 버전도 있다는 걸 알려주고
있었다. 이탈리아 상점 거리였다. 우리 주변으로 사내들이
고깃덩어리, 채소 상자, 과일 들을 쉴 새 없이 나르고
있었다. 하지만 뉴욕에서는 그 무엇도 홀로 동떨어지지
못하는 까닭에 사람들의 삶도 길에서 전시되고 배달된다.
유리문이 없는 공중전화기 앞에서 한 남자가 부스 안을

발로 쾅쾅 차며 수화기 건너편 상대에게 소리를 친다. "지금 간다고 했잖아! 내가 말했어, 안 했어? 왜 가는지 안 가는지 자꾸 물어?" 구석에서는 여고생들이 사나운 표정으로, 폴리에스테르로 된 최신 유행 옷차림을 하고 다닥다닥 붙어 있다. 그 옆을 지나는데 한 학생이 다른 두 친구에게 말한다. "그래서 내가 토니한테 그랬지. **질척거리지 좀 마. 나는 그렇게 들러붙는 남자 딱 질색이야.**"

엄마와 나는 조용조용 조심스레 공중전화기 앞 남자의 말도 엿듣고 골목 학생들 말도 엿듣는다. 엄마는 나를 옆눈으로 살짝 보더니 말한다. "너 그 러시아 속담 알아?" 아니, 몰라. 내가 러시아 속담을 안다고는 말 못하겠네. 엄마는 러시아어 한 문장을 읊조리더니 번역한다. "썰매를 타고 싶으면 끌 준비도 해야 한다." 우리는 둘 다 웃음을 터트렸다. 집에 도착할 무렵 나쁜 감정이 조금은 빠져나간 기분이었다.

집에 막 들어서는데 전화벨이 울렸다. 매릴린이었다.

"그 남자한테 전화 왔니?"

"아니."

"그렇구나……" 그는 무슨 말인가 하려다 만다.

"내가 편지 썼어." 내가 말한다.

"편지를 썼다고? 굳이 왜?"

"일단, 이 수동적인 상태에서 벗어나고 싶어서. 아무것도 안 하고 기다리기만 하자니 끔찍하네. 그 남자한테 내 생각을 알리고 싶기도 했어. 편지 하나는 기가 막히게 잘 썼다고 생각해."

"그래?" 매릴린은 미심쩍어하며 물었다.

"그렇다니까." 친구의 목소리에 담긴 그 조심스러운 기색은 괘념치 않기로 했다. "어떻게 썼는지 들려줄까? 나 완전히 외워서 말해줄 수 있는데."

"그래, 어떻게 썼는데."

"음. 서두는 이렇게 시작했어. 우리가 각자 현실로 돌아온 지 단 10분 만에 네 감정이 식어버렸다는 사실, 아프지만 접수할 수 있다. 충분히 견디고 잘 살아갈 수 있다. 내가 접수할 수 없는 건 네가 우리를 다시 그 잔인하고, 낡아빠진, 전형적인 남녀 구도로 돌려놓았다는 사실이다. 나를 울릴 리 없는 전화나 기다리는 여자로 만들고 너는 여자가 전화 기다린다는 걸 알면서도 회피하는 남자가 되는 이 상황 말이다. 나는 우리가 사랑에 빠진 연인이기 전에 둘 다 이성적이고 신뢰할 수 있는 사람이 되는 데 공통의 관심을 공유한 친구였다고 생각한다."

"잘 썼네." 매릴린은 신중하게 말했다. "편지는 좋네."

"이제 내가 가장 잘 썼다고 생각하는 부분이야. 어떻게 한 번도 내 입장이 돼볼 수가 없었는지, 그게 가능했는지가 궁금하다고 했어. 내가 느끼게 될 이 아픔과 걱정과 불안을 한 번이라도 헤아릴 수는 없었느냐고. 그게 됐다면 전화기를 들어 '있잖아, 당신과는 어려울 것 같아' 한마디만 하면 끝나는 거 아니냐고. 가장 화나는 점이 이 점이라고, 화가 날 뿐만 아니라 놀랐다고. 이제부터 들어봐, 이렇게 썼어. '한때 가까웠던 사람 사이에 서로를 연민할 상상력도 없다는 것 자체가 나한텐 재난처럼 느껴져. 공포고 충격이야. 이 세상이 인간에 대한 배려나 정성을 품을 희망이라곤 없는 미개한 장소처럼 느껴져.' 어때, 잘 썼지?"

침묵. 예상치 못한 긴 침묵이다. 매릴린은 한숨 쉰다. "넌 여전히 너희 엄마랑 똑같구나." 그가 말한다.

"뭐?" 나는 숨을 들이쉰다. "무슨 말이야?"

"딱히 대단할 것도 없는 남자를 골라, 그런 다음 엄청나게 이상화를 해. 그다음엔 그 사람이 더 다가오지 않는다는 걸 믿을 수 없어 해. 어떻게 그럴 수 있냐면서 충격을 받아. 그 사람들이 모를 것 같니? 자기가 아니라 네가 먼저 헤어지자고 말할 거라는 걸? 그다음부턴 네가 무조건 우월하다고 생각하고 사람들을 내려다보지."

"그게 어떻게 우리 엄마랑 닮았다는 거야?"

"너희 어머닌 결혼 자체를 너무 이상화하셨잖아, 그리고 그 결혼이 끝나버리니까…… 넌 그러지 마라. 공허감은 스스로 채울 수 있는 거야."

오빠는 졸업 후 집을 떠났고 네티는 우리 집 문지방을 절대로 넘어오지 않았다. 엄마와 나는 같은 공간에 있었지만 각자 따로 떨어져 있었다. 실은 언제나 그러리라는 걸 알았다. 엄마는 소파에 누워 멍하니 허공을 바라보고 있을 터였다. 나는 창가에 앉거나 서 있을 터였다. 탁하고 고요한 엄마의 눈빛엔 힐난이 담겨 있다. 엄마는 세상이 뒤집어져도 일어나지 않을 태세다. 나는 방 안에 앉아서 머릿속 생각들과만 이야기한다. 우리에게는 아무 일도 일어나지 않는다. 아무 일도 없다. 나는 마치 아직 말을 떼지 않은 아이 같다. 엄마의 거부는 강력하다. 나를 마취시키고 외경심에 사로잡히게 만들어 나마저 포기와 굴복으로 끌어들인다.

엄마는 당신이 이 생에서 얻고 싶은 것, 당신에게 반드시 필요하다고 생각한 그것을 얻지 못했고, 그렇다고 느끼는 것 자체를 의무로 여기며 불행이라는 먹구름 밑으로 사라져버렸다. 그 시커먼 구름 밑에서 무력하게, 툭 건드리면 깨질 것처럼, 동정과 연민을 받아야 마땅한 사람으로 남아 있기로 한다. 누군가 엄마의 그 지독한 우울함이 곁에 있는 사람들에겐 폭력이 된다고 하자 엄마는 소스라치게 놀랐다. 엄마의 입과 눈은 상처와 분노로 번들거렸다. "어쩔 수가 없단 말이야. 내 기분이 이런 걸 어쩌란 말이니. 나는 내 기분대로 행동할 수밖에 없어." 하지만 내심 당신의 우울한 상태를 예민한 감성, 강렬한 정서, 숭고한 영혼의 표시라고 여긴다. 당신의 행동이 다른 사람들에게 거부감을 불러일으킬 수 있다는 생각을 받아들이지 않고, 인간에겐 최소한의 상호관계가 필요하며 그 최저 수준 밑으로 떨어져서는 안 된다는 생각은 생경하기만 할 뿐이다. 엄마는 당신의 악착스러운 불행이 어떤 면에서 상대방에 대한 비하이고 판단이라는 사실을 읽지 못한다. 마치 한탄하며 이렇게 말하는 듯하다. "너? 너로는 부족해. 너는 나한테 평안과 기쁨을 줄 수 없고 이 상태를 개선해줄 수도 없어. 그래도 내가 가장 사랑하는 사람이긴 해. 그러니까 너에게 주어진 의무는 이해를 해야지. 내 이 모든 절망과 박탈감을 치료해주기에 너는 턱없이 부족한 사람이라는 걸 매일 깨닫고 사는 게 네 운명이야."

엄마의 완강한 의지 앞에서 나는 자신을 완전히
잃어버린다. 여기서 반전이 있다면 엄마는 의지를 품을 수
없었어야 한다는 것이다. 엄마는 아무것도 원하지 않는다.
반면 나는 모든 것을 원한다. 무엇이 됐건 원한다. 나는
엄마에게 가끔 발을 구르며 화를 내고 따진다("날씨가
이렇게 좋잖아. 햇살 좀 봐. 이런 날 집에 있는 건 죄짓는
거잖아"). 하지만 이렇게 말하는 나도 내면은 공허하고
나른하며 집에 있으면서 점점 더 나른해지고 멍청해진다.

우리 집 창문에는 옛날식 난간이 붙어 있다. 나란하게
붙은 철창을 구부려 거리 쪽으로 둥그렇게 말리도록
해놓은 것으로 일종의 발코니 효과를 낸다. 우리가 이사
왔을 때부터 있었고 이사 나갈 때까지도 그대로 있었는데
아무리 생각해도 이 난간의 역사와 효용을 짐작할 수
없었고 오빠와 내가 다 컸는데도 왜 걷어버리지 않았는지
알 수 없었다. 있는지도 없는지도 몰랐던 이 난간은
사춘기가 되어서야 의외로 잘 활용할 수 있었다.

주중이면 나는 거실 창가로 가서 몇 시간 동안 이
난간의 둥그렇게 말린 곳에 몸을 기대고 앉아 있었다.
등은 거실 쪽으로 돌렸고 내 뒤로는 엄마가 소파에
누워 있다. 밤이 되면 거실 반대편 창가에 앉아 다리를
비상계단에 올리고 있었는데 두 개의 창이 결정적으로

다른 건 한쪽은 난간, 한쪽은 비상계단이 있다는
점뿐이었다. 밤에는 이 비상계단 창가에서 세계를 주제로
거창한 상상을 하곤 했다. 낮이면 난간에 기대어 탑에
갇힌 공주나 죄수가 됐다고 상상하면서 발아래로 펼쳐진
거리를 갈망의 눈으로 바라보며 고립감을 키웠다. 빤히
아는 사람들(노는 아이들, 웃는 친구들, 걷는 연인들)을 보며
저 세계는 내가 상상조차 못할 먼 거리에서 펼쳐지는,
내가 가볼 수 없는 이국의 삶, 내게 영원히 허락되지 않을
생이라고 생각했다. 창가에 붙어 있는 동안 저 탁 트인
거리에서 일어나는 평범한 인간관계의 참여자가 되는 건
있을 수 없는 일이라 생각했다. 상상조차 불가하다고.

　나에게 상상이라는 세계는 언제나 문제투성이였다.
어린 시절에는 이 모든 것에 대한 느낌이 극단적일 정도로
깊숙이 다가왔다. 너무 깊고 좁고 강했다. 이 거리의
껄끄러운 현실들, 공기마저 하얗게 느껴지는 약국, 도서관
원목 바닥의 입자들, 식료품점 냉장고의 치즈 조각들을
내 세계의 전부라 여겼다. 이 모든 현실의 조각을 너무
진지하게, 문자 그대로 받아들였다. 상상력이라고는
없었다. 이 모든 사물과 외관과 감회에 바보처럼 열중했고
그것이 세계의 전형적인 얼굴이라고 여기며 뚫어져라
응시했다. 이 거리가 세상의 다른 모든 거리였고 이 건물이

세상의 모든 건물이었으며 이 여자 남자 들이 세상의
모든 여자 남자 들이었다. 나는 내 앞에 있는 것 외에는
상상하지 못했다.

아이의 직설적이고 단순한 감정은 여전히 있는
힘껏 영향력을 행사했는데, 신경계와 상상력에 충격이
가해지는 바람에 흐름을 그 즉시 멈춰버린 듯했다. 느낌은
강렬했지만 상상은 할 수 없었다. 회색빛 화강암 거리,
식료품점의 노란 미국 치즈들, 우울한 갈색 벽돌 건물은
모두 그 자리에 있었으나, 이제 내 세계에는 소파에 누워
있는 여인과 창문에 매달린 소녀밖에 없다. 고립이 우리를
이 안에 봉인해버렸고 그 안에서 나는 예전과 같은 열렬한
집중력으로 인생의 모든 가능성과 불확실성을 밀어내려
하고 있었다. 몇 년이 지나서야 나는 그렇게 극단적인
집중과 고집스러운 차단이 우울의 증상이었음을 알게
되었다.

나는 창문 밖의 풍경을 마치 예술작품이라도 되는 양
바라보았다. 매일 새로워지는 듯한 천 근 같은 공허가
무거운 짐짝처럼 매달려 있는 등 뒤의 공기는 우리 두
사람을 바닥으로 끌어내렸다. 그 몇 년 동안 우리가 있을
수 있는 곳은 바닥뿐이었다. 우리는, 그러니까 엄마와
나는 상실감이라는 필연의 조건에 처한, 나른함과 무기력

안에서 불안해하는, 연민과 분노 안에서 하나로 묶인 여자들이었다. 히로시마 원폭이 터졌을 때, 사망할 당시 무늬진 기모노를 입고 있던 사람들이 있었다. 폭탄은 그들이 입은 옷을 녹여 없애버렸으나 그 무늬가 피부에 인쇄된 것처럼 남아 있었다고 한다. 그 시절 겪은 일들은 옷처럼 녹아 사라졌지만 깊고 어둡고 무감각한 수동성이 엄마와 나의 피부에 고스란히 새겨져버린 게 아닐까, 한참 후에 생각했다.

나는 열아홉 살 때 집에서 멀어지기 시작해 계속 집을 떠나 살다가 스물네 살에 우리 집 거실에서 결혼했다. 결혼은 집과의 이별이자 새 출발을 알리는 소란스런 서약식이었다. 남편은 키가 작았고(나와 비슷했다) 금발이었다. (엄마의 표현에 따르면 '안 중요해 보이는 사람'이었다.) 그리고 외국인이었다(그는 영어로 싸울 수가 없었다). 우리는 예술에 대한 사랑이라는 공통 관심사 때문에 서로에게 끌렸으나 그는 시각이 중요한 화가였고 나에게 가장 중요한 능력은 문학이 키운 것이었다. 그는 말이 없었고 나는 말밖에 없었다. 억압된 감정은 그에게 내면의 어두운 힘이었고 나에게 그것은 활화산처럼 폭발하는 방식으로 나타났다. 그는 대체로 혼자 생각하고 곱씹다가 1년에 두 번쯤 인사불성으로 취했다. 나는 술을 마시지 않는 대신 날카로운 혀를 영원한 동지로 삼았다. 우리의 모든 차이는 타협 가능했으나 딱 한 가지는 그렇지 못했다. 나는 그 사람보다 말을 더 잘했고 말을 무기로 사용했다. 이것은 우리를 가망이 없는 불균형한 관계로 만들었다. 내가 입만 열면 힘은 내게 있었다. 나는 말로 저미고 자르고, 벽에 붙여놓고, 던지고 때리고 덮칠 수 있었다. 그는 이 놀라운 포위 작전 앞에 무력하기 짝이 없었다. 어떻게 보면, 어쩌면 내가 이런 관계를 원했던 거라고 짐작할 수 있는데 물론 그때는 내가 왜 특정 남자들에게 끌리는지를 나타내주는 단순한 현실을 보지 못했다. 내가 이 남자와 결혼까지 하기에 이른 과정을 따라가기란 어렵지 않다. (아동 정신분석학자라면 누구든 내 심리적 지형을 설득력 있게 설명할 수 있을 것이다.) 하지만 그때까지만 해도 거리에서 수백 미터 떨어진 숲속 깊은 곳에 있었던 나는 내 행동을 스스로 설명할 깜냥이 없었다.

한 여성 운동가가 이렇게 말한 적이 있다. "우리는 스타 아니면 그루피(팬)예요." 그가 볼 때 그루피란 평범하게 성공한 남성의 궤도 안에 머물다가 결혼해서 그 상태를 유지하는 여자들이다. 스타란, 나머지 우리다. 할당된 운명을 흔들고 걷어차버리는 사람들, 적절한 결혼 생활을 할 수도 없고 그렇다고 결혼을 저버리지도 못하는 사람들. 버클리대학원에 입학하고 나서야 처음으로 이 모델에 맞는 두 부류의 여성을 만났다. 이후에 나는 대학원이라는 그 작고 답답한 세계에 내가 알게 될 세상 모든 성별 관계가 있었다는 걸 알았다.

버클리대학교 영문학과는 그 자체로 이 세상 모든 인간관계의 모델이라고 할 수 있었다. 가장 먼저 권력자들이 있었다. 최고 권력자들은 명석하고 저명한 정교수들이고 권력을 좇는 사람들은 똑똑한 젊은 청년들로 그들의 제자, 귀염둥이, 아들, 지적 동반자가 될 준비가 된 이들이었다. 교수와 제자 들은 문명사회의 연줄과 인맥의 세계에서 서로 끈끈하게 연결되어 사업이 성장하고 지속될 수 있도록 공을 들인다. 그 사업이란 대학교 영문학과라는 세계다.

그 젊은 청년들 옆에 영문과 여학생들이 있다. 대부분 중서부 출신으로 피터팬 칼라(작고 둥근 플랫 칼라) 옷을 입고 내면에 열정을 품은 채 침묵을 유지하다가 3학년쯤 되면 이 전도유망한 남학생 중 한 명과 약혼을 한다. 그중에는 굉장히 명석한 여자가 많았다. 한 명은 이지적인 시를 썼고, 또 한 명은 헨리 제임스의 정신세계를 분석했고, 또 한 명은 에드먼드 스펜서의 장편서사시 「요정 여왕」을

재해석했다. 학과 사람들이 뒤에서, 한때 누구보다 뛰어난
여자들이었으나 장차 박사 부부의 반쪽이 될 이들을 두고
하는 말은 언제나 흥미로웠다. 사실 그 전에는 아무도
그 여자들에게 특별한 관심을 기울이지 않았다. 학계
사람들은 이 학생들을 두고 전문가들이 병실에 입원한
환자에 대해 이야기하듯 조심스럽게 수군거렸고 그때마다
이런 문장들이 어김없이 등장했다. "어휴, 불쌍한 조앤,
입학할 땐 정말 재능이 뛰어난 학생이었는데. 그렇다고
마크와 결혼을 안 하는 것도 상상이 안 되지. 똑똑하고
능력 있는 마크가 두 사람에게 가치 있는 인생, 조앤이
스스로 만들 수도 있었던 삶으로 그를 데려가주겠지." 그
목소리에 뒤섞여든 법칙과 위로는 기이하고도 적나라했다.

그리고 다른 부류의 여학생들이 있었다. 완전히
다른 방식으로 기가 세고 주관이 뚜렷한 이들. 대차고,
까다롭고, '집시의 음울함'을 풍기고(다른 말로 하면 뉴욕
출신 유대인이라는 뜻이다), 탁월한 지성을 갖추었으나
세심하지 않고, 감성은 공격적이지 온화하지 않으며,
말투와 태도는 냅다 직설적이고, 우아함이나 겸손함
따윈 결여되어 있으며 아슬아슬하고 혼란스러워 보인다.
이런 여자들은 중세문학 개론 시간에 옆자리에 앉은
마크와 사랑에 빠지지 않는다. 이들은 마크와 스터디

그룹을 짜고 토론하고 가끔 같이 잘지언정 결혼은 하지 않는다. 마크 쪽에서도 이 여자들을 그렇게 볼 것이다. 마크에게 이 여자들은 현실에 안주하기 전에 잠깐 빠져들 만한 이국적이고 일시적인 자극이다. 이 여성들에게 마크는 야심차지만 정신적으로 게으르고, 머리는 좋지만 겁이 많고, 논쟁은 거부하고 찬양만 해주기를 바라는 남자일 따름이다. 요컨대 이 허기진 젊은이들은 서로를 두려워하고 경멸하면서도 서로에게 흥분한다. 이들 대부분이 서로 더 깊이 연결되기를 비밀스럽게 갈망한다. 하지만 갈망은 끝내 비밀로만 남는다.

이 남자들은 불안과 초조에서 벗어나 이미 만들어진 기성복 같은 정체성을 받아들이기로 한다. 그들은 박사학위를 받고 조앤과 결혼하고 그들에게 지정된, 누군가 앞서 닦아놓은 길로 나아간다. 한때 사귀었던 만만치 않은 여자들은 그런 행운을 얻지 못한다. 그들은 자신을 누구로 정체화해야 할까? 어디로 가야 할까? 버클리에서 나는 그들이 어디로 가는지 알았다. 그들은 유부남 교수들과 불륜에 빠지거나 흑인 인권운동가 내지 사교적이지 못한 수학자들과 사랑에 빠진다. 혹은 (버클리의 계급을 분리하는 거리인) 섀턱애비뉴 건너편 술집에서 놀다가 대학원생이 아닌 생활인이나 방랑자를 만난다. 바텐더, 화가, 방황하는 시인, 알래스카 어부, 오리건의 대마초 농부와 어울린다. 그렇다 보니 삶에는 균열이 가 있다고 할 수 있다. 낮에는 르네상스 시를 공부하는 영문과 여학생으로 생활하다 밤이 되면 섀턱애비뉴를 건너 하루짜리 비자를 가진 남자와 잔다. 색욕의 모험은 하룻밤의 사건일 뿐 일상의 경험으로 전환되는 일은 거의 없다. 이 여자들은 나름대로 중요한 방식으로 자신들의 순수, 자기만의 삶을 지킨다. 이런저런 지방의 작은 대학 도시에서 몇 년을 지내는 마크와 조앤이 나름대로 자신들의 순수를 지키는 것처럼.

나는 시종 불편하고 불안한 길을 가면서 내가 이 둘 중 어느 쪽에 속하는지 단정하지 못했다. 나 또한 '조신하지 못한' 특징들을 끌고 버클리로 왔다. 이 세계의 마크와 불화할 수밖에 없다는 것도 진즉에 알았다. 내가 생각하기에, 그들과 내가 불화하는 이유는 오직 그들의 불안함, 두려움, 방어 본능 때문이었다. 나? 나는 맞설 준비가 되어 있었다. 문제는 그들이 따지고 말대꾸하는 아내를 원하지 않고, 나 같은 여자를 무서워한다는 사실이었다. "나 같은 여자를 무서워해"라는 말에 내가 아는 경멸을 가득 담기로 했다. 그런 두려움은 수준 낮고, 교활하고, 비딱하고, 졸렬하고 기생충 같은 것이다. 나 같은

여자를 겁내는 남자는 혀로 채찍을 휘둘러 아랫도리를
마비시켜버려야 한다.

　섀턱애비뉴 건너편 술집에서 노닥거리진 않았지만
나는 연약함과 강인함이 아슬아슬한 조화를 이루면서
성적 매력을 발산하는 남자들을 어렵지 않게 찾아내곤
했다. 물론 그들과의 연애에서 진정한 만족과 기쁨을
얻어낼 수도 없었다. 그들과의 관계에선 항상 뭔가 문제가
발생했다. 메리 매카시(소설가, 비평가이자 활동가로 뉴욕 지성계를
대표하는 작가 중 한 사람이었다)는 자신의 분신인 소설 속
주인공과 사랑에 빠진 남자들을 가차 없이 평가했다.
남자가 똑똑하면 웃기게 생겼다. 남성미가 넘치면 머리가
비었다. 이러한 등식은 마치 어렵사리 체득한 지혜처럼
느껴졌고 내 또래들에게도 그러했다. 우리는 허구한 날
메리 매카시를 인용하면서 승리감에 차 올랐다. 그의
우아한 문장을 통해 우리는 괜찮은 남자가 없다고
불평하는 여자가 아니라 인생의 진실을 파악한 인간으로
승격되었다.

　나 자신에 대해 당시까지만 해도 파악하지 못했던 면은
따로 있었다. 다양한 남자들과 연애를 했지만 그때마다
반드시 어느 정도의 통제욕이 필요했다는 것. 남자가
키가 작거나 무식하거나 가방끈이 짧거나 외국인이면

나는 충분히 우월감을 느끼고 내 모든 애정을 쏟아부을
수 있었다. 사람들 속에 있으면 마음 놓고 편안해하지
못했지만 그 사람 앞에서는 자유로워질 수 있었다. 사랑은
육지의 대부분을 덮어버리는 늪이라 할 수 있었다.
불행하고도 평화로운 고독이라는 단단한 영역에서 한
걸음만 걸어 나오면 늪이 그 땅을 뒤덮어버렸다. 남자와
자는 건 결핍감 안에서 익사되기 시작하는 일이었다. 내
연애에서 주파수를 변형하는 일은 절대적인 것, 상대적이
아니라 절대적인 필요였다.

　스테판은 머리가 나쁘지도 않았고 학벌이 달리지도
않았지만 키가 작았고 외국인이었고 화가였다. 기본적으로
언변이 뛰어난 사람이 아니었고 영어가 유창하지도
않았으며 내가 평가할 순 없지만 멀리서 냉소적으로
바라볼 수 있는 작업을 했다. 또한 그는 가톨릭 냉담자로,
그림으로 세상을 아름답게 하는 것이 자신의 사명이라
여겼고 그건 나의 타오르는 도덕주의와도 일치했다.
이렇게 닮은 구석이 결혼까지 가는 데 역할을 톡톡히 한
것으로 보인다. 우리는 그가 다녔던 예술대학 근처 노스
해변의 한 파티에서 만났는데 만나자마자 예술이 우리
삶에서 얼마나 중요한지 토론했고, 예술가로서의 역할과
특권에 관해, 예술의 영광과 가능성에 관해, 예술의 의미와

초월성에 관해 밤늦도록 떠들어댔다. 그 대화 속에서 아찔한 황홀감을 느꼈다. 우리는 내 입에서 나오는 이 마법 같은 단어들을 듣고 또 듣기 위해 서로를 계속 만났다. 얼마 지나지 않아 둘이 함께하는 삶을 상상하기 시작했다. 고양된 정신으로, 강한 집중력으로, 오직 위대한 예술작품을 위해 함께 헌신한다면 어떨까.

스테판은 왜 나와 결혼했을까? 나에게서 뭘 원했을까? 똑같은 것, 나와 같은 것을 원했다. 나 또한 그가 상상한 삶의 지도에 완벽하게 들어맞는 사람이었다. 일단 문학을 전공한 대학원생이었다. 합격. 또 윤리의식 투철한 유대인 여자다. 더 좋지. 나는 예술이라는 신전을 경외한다. 이제 만점이다. 우리가 함께 산다면 둘 다 안정적으로 우리 운명인 창작에 전념하면서 위대한 작품을 생산할 수 있을 거라고 했다. 영혼의 환상에서 탄생한 결혼이라 할 수 있었다. 기실 우리는 육체적으로 강하게 끌리지도 않았고 서로에게 낭만적인 애착을 품은 것도 아니었다. 하지만 직접 불행을 살아내야만 서로를 원하지 않았다는 그 단순한 사실이 밖으로 드러나는 법이다.

나는 집에 전화를 걸어 결혼을 발표했다. 엄마는 혀가 굳은 듯 아무 말이 없었다. 어렵사리 말문을 열었을 때 나온 말은 비유대인 사위를 데려온다는 것에 대한

비난이었다. 하지만 엄마, 우린 공산주의자잖아! 엄마는
목소리를 가라앉히더니 언제 뉴욕에 올 거며 어떤
결혼식을 하고 싶은지 물었다. 가정식 결혼. 나는 웃었다.
고마워, 엄마.

집에 오자 엄마는 심통이 나서 나를 숨이 막힐
듯이 꽉 안았다. 나름대로 노력은 했지만 엄마의 머리는
반복적으로 분노의 불길에 휩싸였다. 뭣 때문일까 하면
당신도 잘 모르는 것 같았다…… 맞다. 내가 비유대교인과
결혼하기 때문인 건가? 나는 우쭐했다. 전장에 나선
기분이었다. 이제 스테판과 더 결혼하고 싶어졌다. 내
생애 이보다 더 원한 것이 없었을 정도로 미칠 듯이 하고
싶었다. 엄마가 반대하는 결혼이라고? 내 사랑을 증명하기
위해서라면 엄마와 죽을 때까지 싸울 것이다. 하지만 매일
정오쯤 되면 속이 메스꺼워지고 미열이 끓고 머릿속에서는
불협화음으로 인한 소음이 둥둥거렸다. 내가 지금 뭘 하는
거지? 왜 결혼하려는 거야? 왜 하필 이 남자와 결혼을
하려고? 그런데 이 남자는 누구지? 나는 판사 앞에 서서
이렇게 서약할 것이다. 오늘부터 이 남자를 남편이라
칭하고, 그의 성을 내 성으로…… 바닥으로 고꾸라지는
기분이 들었다…… 생각하지 말자, 너무 늦었어, 이제
너무 늦었어. 엄마가 이번 판을 이기면 너는 지는 거야.

결혼식 전날 여자들 한 무리가 대거 우리 부엌을 점령했다. 모두가 우리 부엌에 들어왔다. 세라 이모, 지머먼 아줌마, 매릴린과 그의 모친이 와서 청소하고 요리하고 웃고 떠들어댔다. 그 시기를 되돌아보면 식 전날, 모두 함께 부엌에 모여 식을 준비하던 그 시간만 유일하게 즉흥적인 즐거움이 살아 있었다. 그러나 신난 건 그 사람들, 우리를 뺀 일가친척과 이웃 여자들뿐이었다. 나와 엄마는 아니었다. 엄마는 가면을 쓰고 있었다. 엄마는 야무지게 일을 척척 해나갔고 모든 사람에게 도움이 되었고 누가 물어보면 재까닥 대답했지만, 우울이라는 먹구름에 온통 휩싸이고 뒤덮여 있었다. 엄마가 이따금 줄 수 있었던 생생하고 따스한 존재감은 실종되어버렸고 그 자리에는 엄마인 척하는 동떨어진 존재가 서 있었다. 엄마의 불안과 긴장은 내가 거의 견딜 수 없는 수준이었다. 미쳐버릴 것 같았다. 엄마가 나에게 제발 아무 말이라도 걸어주길, 나와 함께 있어주길 바랐다. 내겐 그것이 절대적으로 필요했다. 내게 필요한 걸 얻지 못하자 나 또한 나만의 불안 속으로 빠져들어 급기야 입도 벙긋할 수 없었다. 두려움과 공포로 숨이 막힐 지경이 되어 영혼 없이 웃으며 거실을 서성거리고 있었다. 이렇게까지 노력해야 하나. 나는 생각했다. 우리 모녀는 그 부엌에서 공연을 하는 한 쌍의

연기자들이었다. 다른 여자들은 우리와 일정한 간격을
두고 언제라도 쓰러질 준비가 되어 있는 사람 대하듯
조심스럽게 말을 걸었다. 화가 머리끝까지 치밀었다.
엄마라는 년이 사람들 흥을 다 망치고 있네. 하지만 다른
사람들끼리 하는 대화는 시종 가볍고 명랑하다 못해
상스럽고 전에 없이 씩씩하며 거침없음을 알게 된다.
여기서 기운 빠져 있는 건 오로지 나뿐인가? 오로지 나만
엄마의 야비함에 나만의 야비함으로 응수하고 있는 건가?

　오후 늦게 밀가루와 설탕이 떨어졌다. 엄마는 앞치마를
풀더니 바람을 쐬고 오고 싶다고, 마트에 다녀오겠다고
했다. 나는 엄마를 내 시야에서 벗어나게 할 수가 없다.
"나도 같이 가." 엄마는 그러길 바라고 있었다는 듯이
말없이 고개를 끄덕인다.

　우리는 집을 나서 골목을 터덜터덜 걸었다. 8월
말이었다. 나는 몇 년 전 여름에 입었던 낡고 얇은
드레스를 입고 있었다. 그날 아침 밑단의 올이 풀려
핀으로 대충 고정해두었다. 걷던 중에 바람이 불더니
치맛자락을 살짝 걷어 올렸고 꽂아둔 핀이 밖에서도
보였다. 엄마는 앙칼지게 물었다 "그게 뭐니?" 엄마의
눈길을 따라갔다. "아, 오늘 아침에 보니까 밑단이
풀렸길래." 나는 어깨를 으쓱했다. "반짇고리 어디 있는지

몰라서." 바로 그때, 딱 거기서, 길 한가운데서, 집과 마트 사이에서, 엄마는 이성을 놓아버렸다.

"널 보면 속이 뒤집힌다니까!" 엄마는 나를 향해 악을 쓰기 시작했다. "속 사나워, 네 꼴을 좀 봐, 너는 거울도 없니? 하나부터 열까지 엉망진창이야! 너 하는 짓이 그렇지. 엉망진창이라고. 언제쯤 사람 구실 할래? 할 수는 있을까? 절대 못할 거야." 지나가던 사람들이 고개를 돌려 우리를 보는데 엄마는 알아채지도 못했다. 갑자기 엄마가 몸을 부들부들 떨었다. 피부는 창백해졌다. 엄마는 얼굴을 내 얼굴에 바짝 들이밀었다. "걔는 너랑 절대 결혼 안 해." 엄마는 으르렁댔다.

가슴이 찢어지면서 안에서 꿈틀거리던 고통이 새어나왔고 그 자리에 분노와 충격과 흥분이 재빠르게 들어찼다. 맙소사, 엄마 질투하는구나. 부러워서 저러는 거구나. 단지 결혼을 한다고 저러는 게 아니야. 예술하는 비유대인 남자가 나를 더 넓은 세상으로 데리고 갈까 봐 저러는 거야. 눈에 다 쓰여 있네. 우리는 꼼짝 못하고 그 자리에 못 박혀 있었다. 내 얼굴이 엄마 얼굴처럼 잿빛으로 변하는 게 느껴졌다. 우리는 아무 말 없이 서로에게서 몸을 돌려 몇 발자국 떨어진 다음 함께 마트로 향했다.

케이크에서 음악과 의상까지, 진정한 가정식 결혼이었다. 우리는 가구를 침실로 옮기고 두 개의 작은 방 사이 유리문을 활짝 열어놓은 다음 구석 탁자 위에 잔치 음식을 차렸고, 다른 구석에선 친구가 아코디언을 연주했으며 중앙에 있던 사람들은 곧바로 예식의 흥분된 분위기에 젖어 먹고 마시고 춤추고 축하의 함성을 질렀다. 눈 깜짝할 사이에 이 공간은 이웃의 정과 가족의 사랑이 넘쳐나는 분위기로 변했다. 결혼식에서 유일한 외부인은 스테판과 나였다. 우리는 방 한가운데 둥둥 뜬 섬 위에 함께 서 있었다. 거기서도 따로 떨어져 혼자 있었다. 스테판에겐 하객으로 온 친구 한 명 없었고, 이 모든 낯선 유대 전통 의례는 그를 공포에 질리게 했다. 나는 어린 시절 친구들이 눈에 들어오긴 했지만 그의 얼굴에 서린 긴장 때문에 친구들과 분리되었다. 우리를 하나로 이어준 것, 이 순간에 이르도록 이끈 모든 것이 갑자기 애처로운 관념이 되었다. 우리 둘 다 우리를 대신해 펼쳐지는 조상들의 의식이라는 강렬한 열기에 합류할 수도 반박할 수도 없었다. 내 고립감을 더욱 부추겨 완성시킨 건 음식을 대접하는 엄마의 모습이었다. 엄마는 어두운 눈빛으로, 입에는 억지 미소를 걸어둔 채, 손바닥을 높이 펼쳐 들고 마치 축복을 쫓아내고 있는 듯 보였다.

스테판과 나는 캘리포니아로 돌아와 노스 해변에
있는 방 다섯 칸짜리 아파트에서 신혼살림을 시작했다.
아파트는 낡았다(벽은 갈라지고, 천장에선 부스러기가
떨어지고 바닥에도 금이 가 있었다). 하지만 방들은
네모반듯했고 채광이 좋았다. 집 단장이라는 프로젝트가
끝나면 우리도 진짜 부부다운 부부가 되어 있을 거라고
생각했던 것 같다. 우리는 진심을 다해 작업에 임하면서
우리에게 주어진 이 작업이 우리 마음도 가볍게 해줄
거라는 희망을 가졌다. 그러나 그 마음이란 녀석은 매일
점점 더 무거워졌고 매일 밤 이 냉정한 현실과 우리를
묶어준 무모한 충동을 화해시켜보려고 애를 써댔다.
처음으로 우리가 서로 얼마나 다른 사람인지를 깨달은
것이다. 내 몸에는 보헤미안의 피가 흐르지 않았고
그에게는 모범 시민의 피가 흐르지 않았다. 나는 물리적인
환경의 부조화를 받아들일 수가 없었고, 그는 완벽하게
정리를 마친 듯한 단정한 방을 견딜 수가 없었다. 나는
명료한 사고를 섬겼고 그는 신비로운 계시에 끌렸다. 매일
낮이면 짧지 않은 불행의 순간들이 찾아왔고 거기에서
회복되는 데 몇 시간씩 걸렸다. 매일 밤이면 우리의
혼란, 우리의 갈망, 우리의 고집을 침대로 가져갔다.
육체가 휴식을 가져다주는 순간도 있긴 했으나 길어야

한 시간이었다. 나는 처음으로 성애에서 카타르시스를 느꼈지만, 아침이 찾아오면 전날 저녁과 똑같은 크기의 외로움만 남았다. 아파트는 전체적인 공간만 따지면 넓은 편이었으나 방들이 좁은 편이었다. 그러다 보니 스테판의 작업실과 관련해 문제가 생겼다. 우리는 결혼을 하면 생활을 하나로 합치고 돈도 절약하기 위해 그가 살던 넓은 지하 스튜디오를 포기하고 아파트에 그의 작업실을 만들기로 했다. 창문이 여러 개 난 끝 방이 이상적인 공간으로 보였다. 하지만 이제 와서야 그 방의 실제 면적이 얼마나 좁은지가 파악됐다. 아, 처음부터 그 문제를 고려했어야 했는데, 하면서 후회했다. 그래서 현관 바로 옆 부엌부터 작업하며 천천히 이 아파트를 우리식으로 꾸미기로 했다. 그게 순서겠지? 그래, 그러자, 스테판도 동의했다. 지금 와서 보면 이렇다. 우리는 방을 하나씩 단장하면서 서로의 거리를 넓혔고, 외로움을 쟀고, 실패를 완수했다.

부엌은 키 큰 창이 세 개 뚫린 넓은 옛날식 부엌으로 원목 상판에 크고 얕은 싱크대가 있고 긴 빌트인 의자와 식탁이 있었다. 우리는 회반죽을 바르고 페인트칠을 하고 리놀륨을 깔았다. 부엌이 완성되고 식탁과 긴 의자가 하얗게 빛나자 스테판은 식탁 주변을 굵은 띠처럼 주황색으로 칠했다. 그 주황색. 가장 괴로운 날들에도 그 쨍하고 밝은 주황색은 내 마음을 들뜨게 하고 정신을 맑게 해주곤 했다. 지금도 그 아파트를 생각하면 가장 먼저 떠오르는 건 식탁을 빙 두르고 있던 주황색 띠다. 뒤이어 곧바로 어두컴컴한 기억들이 치고 올라온다.

그 부엌이야말로 내가 처음으로 아내라는 단어의 의미를 제대로 알게 된 장소였다. 여기 우리가 있었다. 스물네 살의 어린 부부. 어제까지만 해도 대학원생이고 화가였던 우리는 이튿날 아내와 남편이 되었다. 그 전까지만 해도 우리는 작은 식탁에 형편없는 음식들을 늘어놓고 함께 먹는 사이였다. 결혼식이 끝나고부터 갑자기, 스테판은 매일 밤 자기 작업실에서 그림을 그리거나 책을 읽고 나는 부엌에서 종종대며 우리 두 사람 모두 적당하다고 여기는 한 끼를 준비하여 내놓아야 했다. 한번은 무려 한 시간 반이나 걸려서 여성 잡지에 나온 레시피를 따라 최악의 캐서롤〔다양한 재료를 넓은 용기에 넣고 오븐에 구워 내놓는 음식〕을 만들었다. 그걸 둘이서 10분 만에 대강 먹어치웠고, 난장판이 된 부엌을 한 시간 동안 치운 건 나였다. 싱크대를 물끄러미 바라보며 이렇게 생각한 순간을 기억한다. 앞으로 40년을 이렇게 살아야 되는 건가?

그제야 내가 요리를 끔찍이 싫어하는 사람이란 걸
알게 되었다. 요리의 사회적 가치를 이해할 수 없었고,
왜 우리 두 사람 모두가 필요로 하는 이 서비스를 왜
번번이 내 쪽에서만 제공해야 하는지 끊임없이 의문이
들었다. 그리하여 필요 이상으로 오랜 시간 동안 일부러
요리에 무심했고 무능했다. 결혼하고 3개월쯤 지난 어느
날 아침 스테판이 말했다. "세상에서 가장 맛없는 커피를
끓였네." 나는 충격받았다. 우리 둘 다 커피 애호가가
아니라 커피 맛을 따지지도 않았고 맛이 있건 없건
누가 커피를 끓여야 하는지에 대해 이야기해본 적도
없었다. 그러나 지금, 어느 날 갑자기 식탁 위 맛없는
커피는 나라는 인간의 결함이 되었다. 그가 언급함으로써
기정사실화되어버린 내 실패를 바로잡기 위해 나는 동네
이탈리아 카페에 들어가 그곳에서 커피를 마시던 은퇴한
남자들에게 청승을 떨었다. "우리 남편이요, 제 커피가
맛이 없다네요." 남자들은 즉각 내 주변에 몰려들었다.
한 사람은 인스턴트 커피가 문제라고 했고, 다른 사람은
주전자 때문이라고 했고, 또 한 사람은 물이 중요하다고
했다. 그래서 드립커피용 주전자와 갈지 않은 원두와 병에
든 생수를 샀다. 그런데도 여전히 커피는 맛대가리 없었다.
너무 약했다. 너무 강했다. 너무 연했다. 너무 썼다. 가끔

흥미롭긴 했지만 맛있지는 않았다. 어느 날 밤 파티에서 내 나이 두 배쯤 되는 화가가 툭 내뱉었다. "정량이 아니라서 그렇지. 양만 정확하게 재면 맛있는 커피가 나와요." 그 남자 말이 맞았다. 나는 무게를 쟀고 불행한 커피 사건은 발발했을 때처럼 갑자기 종결되었다. 시야 확보도 안 되는 밤에 차를 몰고 짙은 안개 속을 통과한 것만 같았다.

우리가 남편과 아내라는 두 단어의 클리셰를 생각 없이 받아들인 건 얼마간 젊음과 무지 때문이었다. 우리가 생각하는 정상과 평범함이라는 환상은 관습적인 결혼이 추구하는 방향이 아니었다. 침실에서 거실에서 서재에서 작업실로 갈 때마다 우리가 발 들인 이 과정의 현실적인 어려움을, 결혼이라는 마법이 통하게 하기 위해 수행해야 하는 행동들을 점점 더 예리하게 느꼈다. 우리는 스스로를 창의적인 작업에만 집중할 줄 아는 사람들로 보았다. 인테리어를 새로 한 아파트는 우리 의도를 밝혀주는 선언이 될 것이었다. 고쳐된 정신의 연대를 반영할 예정이었다. 그러나 어찌 된 일인지 이 공간은 하나가 되기를 거부하는 듯했다. 딱히 그 이유를 파악할 수도 없었다. 방을 완성할 때마다 붕 떠 있는 듯했고 다른 방과 어울리지 못하고 동떨어진 고립된 공간처럼 보였다. 우리 두 사람 다—스테판도 나와 마찬가지였다는 걸 안다—의아했다. 뭐가 잘못된 걸까. 하지만 우리는 의아해하는 것 이상의 행동을 하지도 못했다. 끊임없이 복도를 떠돌아다니면서, 창문이 뻥뻥 뚫린 방들을 들락거리면서 어딘가 다른 곳에 두고 온 듯한 연대감, 손가락 사이로 빠져나가는 조화로움을 찾아 헤맸다.

그 시절 거의 모든 대학원생의 아파트에는 멕시코산 그릇, 왕골 러그, 인도산 무명 스프레드가 있기 마련이었다. 그런 것들은 피하자고 했다. 가령 침실은 선선하고 상쾌한 공간, 휴식과 회복의 장소가 되어야 한다고 주장했다(무엇으로부터 회복한다는 건지, 지금 생각해보니 나도 궁금하다). "우리 벽은 회백색으로 칠하자." 내가 말했다. "창틀은 흰색으로 칠하고. 그리고 침대 위에는 청회색 면 침대보를 까는 거야." 스테판은 내 생각에 동의하고 나와 같이 그 상상을 실현하기 위한 작업에 들어갔다. 하지만 일을 다 끝냈을 때 집은 상상한 것과 전혀 달랐다. 들어가고 싶어지는 상쾌한 방과는 거리가 멀었다. 또다시 의아했다. 방 안의 모든 물건은 하나씩 따로 보면 저마다 예쁘고 고상했다. 그 방은 밤마다 연대의 실패를 어떻게든 바로잡기 위해 들어가는 방이 되었다. 회백색 벽에는 외로움이 점점이 뿌려져 있는

듯했고 고대했던 청회색 침대보는 자연스럽게 구겨지는
법이 없었다. 말 그대로 형언할 수 없는 생각들이 그 방에
머물렀다.

　내 서재도 마찬가지였다. 우리는 내게 안성맞춤이라
생각한 고풍스러운 원목 책상과 그에 어울리는 원목
의자를 샀다. 같이 책장을 만들고 벽에 메모판을 걸었고
창가에는 흔들의자를 놓고 역시 내 생각에 그 방에
가장 잘 어울리는 차분하면서도 생기 있는 색을 골라
페인트칠을 했다. 그리고 말했다. 이제 여기서 일만
하면 되겠다. 하지만 막상 앉아보니 책상이 너무 높았고
의자는 만듦새가 조악하고 딱딱하기만 했으며 메모판은
이상하게도 붙일 내용이 없어 텅 비어 있었고 그 방
페인트 색만 보면 심란해졌다. 통에 들어 있을 때는
따스하게 보였던 베이지색은 막상 벽에 바르니 방과 따로
놀았다. 책도 문제였다. 스테판은 서재를 합쳐야 한다고
했고 그 말을 듣자마자 나 자신도 깜짝 놀란 대답이
나왔다. "싫어. 내 책은 따로 관리할래." 그는 얼굴을 확
붉히더니 말이 없어졌다. 그가 내 말에 상처 입었다는 걸
알았고 처음에는 나도 사과하거나 뱉은 말을 번복하고
싶은 충동이 일었지만, 충동은 그다지 크지 않았고
그에 따라 행동하지도 않았다. 그렇게 내 서재의 책들은

나만의 책으로 남았지만 그 책들을 보면서도 즐겁지가 않았다. 흔들의자에 앉아 눈으로 무엇을 읽을지 살펴보며 스테판이 이 책장을 조립한다고, 내 책들을 정리해준다고 얼마나 애썼는지를 생각하면 안쓰러워 마음이 한없이 무거워질 뿐이었다. 그래서 이 방에선 책을 읽기가 어려웠고 가끔은 생각하는 것조차 버거웠다.

거실 꾸미기는 자꾸만 미루다가 대충 해버렸다. 아마 그때쯤 우리도 알고 있었던 것 같다. 우리는 거실에 왕골 러그를 깔고 토분에 조화를 꽂고 소파 침대에는 밝은 줄무늬 천을 덮었다. 이 거실에서 유일하게 우리의 창의성이 들어간 가구가 있었는데 전혀 기능적이지는 않았다. 우리는 굿윌 매장에서 유리로 된 커피 테이블을 발견해 가져왔다. 유리는 얼룩덜룩했고 원목 받침대에는 칼자국이 나 있었다. 스테판은 사포질을 해서 나무를 다듬었다. 유리 테이블 위에 황갈색 페인트를 두껍게 붓고 반대편에는 흰색을 부었다. 그리고 손에 붓을 들고 테이블 옆에 앉아 둥그렇게 원을 그리면서 두 색을 번갈아 칠하기 시작했다. 마치 오케스트라 지휘자처럼 즐겁게 웃으면서도 무섭게 집중해 작업을 했다(페인트칠은 원래 집중을 요하는 작업이다). 그 결과, 거실 한가운데에 이 공간의 주인공처럼 보이는 이색적인 테이블이 놓이게 되었다. 페인트가 얼마나 정갈하고 일정하게 덧입혀졌는지 커피잔 엎어질 일은 없을 것 같았다.

페인트로 칠한 거실 테이블은 주황색 띠를 두른 식탁처럼 열다섯 개의 창문으로 빛이 쏟아져 들어오는 각기 다른 모양의 방에서 스멀스멀 올라오는 우울한 기운을 즉각 쾌활한 분위기로 바꾸어주던 오브제였다. 원칙적으로 우리는 모든 것에 동의했다. 하지만 매일 부딪치는 일상 속에서는 단 한 번도 같은 시간에 같은 것을 원할 수 없게 생겨먹은 사람들 같았다. 우리는 점점 자기가 더 많이 일하고 더 많이 양보하는 사람이라고 생각하게 되었다. 그렇게 서로에게 밀려나 찌그러지면서 내가 아닌 내가 되어가는 느낌마저 들었다. 내가 원한 건 그저 평범한 생활이야! 왜 모든 게 이렇게까지 힘에 부쳐야 하지? 왜 우리는 늘상 화가 나 있거나 긴장해 있지? 왜 시도 때도 없이 상처받고 이것에도, 저것에도, 고작 저 따위 것에도 이토록 생각이 다른 거지?

내 행동은 나에게만큼은 완벽하게 이해가 되었다. 당혹스러운 건 오직 스테판의 행동이었다. 자기만의 세계에 갇힌 고집불통. 나는 생각했다. 특히 일요일에는 더했다. 일요일이면 스테판은 온종일 작업실에서 시간을 보냈다(학교에 다닐 때도 그랬고 집에서도 그랬다). 나는 따졌다. "그래도 일요일이잖아. 일요일은 원래 같이 보내야 하는 거 아니야? 이럴 거면 결혼을 왜 했어?" "그래도 일요일은 양보할 수가 없어." 그가 말했다. "하루 종일 작업실에 있어야 해. 캔버스를 바라보고, 작품을 연구하고. 그래야 복구가 돼. 하루를 통째로 혼자 지내는 날이 없으면 다른 날을 버틸 수가 없어. 이해해줘." "그렇다고 그게 반드시 온종일이어야 할 필요는 없잖아." 나도 고집을 부렸다. "아침에 일하고 오후에는 나랑 산책하면 되잖아." 나를 바라보는 그의 냉랭한 파란 눈에서 아무것도 읽을 수가 없었다. "안 돼. 하루가 통으로 필요해." 그가 말했다. "당신도 일하면 되잖아." 이제 내가 황당해하는 표정을 지을 때였다. "왜 일을 해? 일요일이잖아!" 나는 같은 말을 반복했다. 그의 냉랭함은 이제 조롱으로 변했다. "부르주아나 일요일에 산책을 가지. 예술가는 그렇게 안 살아." 그 말에 방문을 쾅 닫고 나와버렸다.

금요일 아침 우리는 스테판의 작업실에서 같이 인테리어 작업을 하다 크게 다퉜다. 무엇 때문에 싸웠는지는 기억나지 않지만 내가 깊이 상처받았다는 건 기억이 난다. 그와 같이 회반죽을 바르고 페인트칠을 하는 대신(그는 내 서재를 그렇게 해주었고, 이 집의 모든 다른 방도 그렇게 해주었다) 심각한 우울 상태로 빠져들었고 그 상태에서 헤어날 수가 없었다. 사흘 동안 그에게 대꾸도 않고 말도 안 붙였다. 아파트를 서성이다가 밖으로 나가 무작정 거리를 걸었다. 스테판은 매번 혼자 작업실로 들어갔다. 집을 나설 때나 집에 들어왔을 때나 거실에서는 열린 문으로, 말없이 몇 시간째 작업하고 또 작업만 하는 그의 뒷모습이 보였다. 그는 사다리에 올라 둥그런 방에 빛을 가득 드리우는 창문의 위쪽 창틀을 벗기고 있었다. 그 모습을 보니 후회와 죄책감이 밀려들었다. 나도 이런 깐깐하고 고집스러운 나로부터 벗어나 그에게 달려가서 양보하고 화해하고 싶었다. 나중에야 스테판이 그때 얼마나 화가 났었는지를 알게 되었다. 그는 아무리 기분이 상해도 내 방을 같이 꾸며주었고 한 번도 나를 거절하지 않았는데 나는 그러지 못했다. 그는 그렇다고 말하지 않았다. 나도 말하지 않았다.

월요일에야 다시 입을 열 수 있게 되었고 그의 작업실, 그의 옆에서 일을 시작했다. 하지만 둘 다 속으로는 여전히 화해하지 못하고 있었다. 저녁을 먹을 때도 서로에게 상냥했고 거실에서 한 시간 동안 같이 있을 때도 그랬다. 그는 침대로 갔고 나는 늦게까지 책을 읽었다. 내가 옆에 누웠을 때 그는 자고 있었거나 자는 척을 했다. 그다음 며칠 동안 이 끔찍한 예의는 어색한 배려로 변했다. 우리

사이의 불편함은 미약한 두통처럼 괴롭지만 참을 만은
했다. 부부 사이의 미묘한 어색함에 점차 적응하고 있는
듯도 했으나 일순간 이것이 사라져버릴 거라고도 믿었다.
아침에 일어나면 이렇게 중얼거렸다. "그래, 오늘은, 오늘은
이 모든 게 다 끝날 거야." 그러나 침대에서 나오면 집 안
공기는 불행이라는 미세한 원자로 채워지기 시작했다.

　　그날 흔들의자에 앉아서 멍하니 방 안을 바라보고
있었다. 스테판이 내 서재로 들어오더니 같이 산책을
가자고 했다. 나는 무릎에 있던 책을 다시 들고 가기
싫다고 했다. 이 장 마저 읽어야 해. 이튿날 밤에는 영화를
보러 가자고 했다. 싫어, 오늘 너무 피곤해. 그 이튿날 밤엔
학교에서 열리는 모임에 같이 가자고 했다. "당신 혼자 가.
그런 데 갈 기분이 아니네." 그는 문가에 서서 나를 한참
동안 주시했다. 그리고 소리 질렀다.

　　"내가 뭘 하자고 하건 다 싫지? 아니면 그냥 내가
싫거나. 어? 뭘 어떻게 해도 네 성에는 안 차잖아. 마음에
안 들잖아. 아니야? 넌 나를 그렇게 느끼게 해. 백날
그래. 지금만 그런 것도 아니야. 처음부터 그랬어. 넌
항상 불만족스럽고, 실망해 있어. 모든 것에 있어서 그래.
상황을 나아지게 만들 노력은 요만치도 안 해. 그저
불만만 가득해서는 그 빌어먹을 흔들의자에 앉아 있을

뿐이잖아."

　엄마와 나는 플라자호텔 옆을 걷고 있다. 정오이고
공원에 점심을 먹으러 가는 길이다. 호텔 앞 분수대에
수많은 인파가 모여 있다. 앉아 있는 사람, 서 있는 사람,
꼬치 케밥, 음료수, 프레즐, 팔라펠, 에그롤, 핫도그를
사겠다고 인도에 줄을 서 있는 사람. 포일에 싼 음식을
먹고, 플라스틱 컵에 든 음료를 마시면서 모자를 돌리는
거리 공연가들의 공연을 본다. 거리 공연은 브레이크
댄스, 마임, 현악사중주 등 장르도 다양하다. 그중 모자를
꺼내놓지 않은 거리 공연가는 기독교 근본주의 목사로
분수 앞을 왔다 갔다 하면서 지나가는 사람들에게
천둥같이 호령한다. "불신 지옥. 안 믿으면 지옥 갑니다.
내일은 늦습니다. 지금 당장 믿으세요!" 그러다 우리 엄마를
멈춰 세우는 큰 실수를 저지르고 만다. 엄마는 그를
쌀쌀맞게 내치며 말한다. "당신은 또 뭐가 문제야?" (엄마는
이런 사람에게 낭비할 시간이 없다.) 무시하고 걷는다.
　나는 웃는다. 기분이 날아갈 것 같다. 오늘은 나
또한 거리 공연가니까. 나는 언제나 그들의 배짱, 재능,
뉴요커들의 걸음을 멈춰 세우는 그 장악력에 감탄하곤

했다. 지난밤 나는 이 도시의 대규모 행사장에서 강연을
했다. 급진주의 페미니즘의 장벽이라는 주제였고 역시
동전을 받을 모자는 돌리지 않았다. 나는 준비한 연설을
그때 떠오르는 생각과 함께 술술 풀어냈고 관객들은
내 손안에 있었다. 물론 이런 행사를 하면 반응이
생각보다 안 좋을 때도 있다. 하지만 어제는 내 생각에도
매끄러웠다. 어젯밤에는 내가 그동안 온갖 일을 하면서
습득한 기술과 역량을 발휘했고 그러고 있다는 걸 나
스스로도 알았다. 알았기 때문에 정신은 맑았고, 생각은
명료했으며, 표현은 풍부했다. 관객들은 내 연설에
감동받은 것 같았다. 느낄 수 있었다. 그리고 내 느낌을
확신했다.

　엄마도 그 자리에 있었다. 강연이 끝나고 엄마를 따로
만나지는 못했는데, 사람들에게 둘러싸여 있었고 그들과
같이 가야 했다. 오늘, 지금은 지난밤 무대에 올라갔다
내려온 뒤 엄마와 처음 만나는 순간이다. 엄마도 나를
향해 미소 짓고, 오늘의 날씨와 오늘의 사람들 속에서
나와 함께 웃고 있다. 뉴욕은 이런 날에 어울리게 도시의
매력을 한껏 뽐낸다. 나는 이 날씨나 뉴욕만큼이나
기대감에 부푼다. 엄마도 어젯밤 내가 얼마나 끝내줬는지,
딸이 얼마나 자랑스러웠는지 말해주겠지. 엄마는 입을

열어 말을 시작한다.

"어제 내가 무슨 꿈 꿨는지 아니?" 엄마는 말한다. "소피 슈워츠먼 꿈을 꿨지 뭐야!"

너무 당황스러워서 잠시 몸이 휘청거렸을 지경이다. 전혀 예상치 못한 대화의 시작이다. "소피 슈워츠먼?" 나는 말을 해본다. 하지만 그 작은 충격 아래, 이 밝고 눈부신 날에, 시커먼 두려움의 조각이 조금씩 자라나기 시작한다.

소피 슈워츠먼은 우리 아파트 건물에 몇 년 동안 살던 아줌마로 엄마와도 친하게 지냈다. 슈워츠먼 가족이 브롱크스의 다른 동네로 이사를 간 후에도 두 가족은 가끔 만났는데 엄마들끼리 서로 죽이 잘 맞았다. 슈워츠먼네는 아이가 셋이었다. 시모어, 미리엄, 프랜시스. 시모어는 유명한 작곡가가 되었고 맬컴 우드로 개명했다. 미리엄은 결혼해서 아이 낳고 잘 살고 있다. '야심'이 있었던 예쁜 막내딸 프랜시스는 자산가와 결혼했다. 소피 아줌마는 10년 전에 세상을 떠났다. 20년 넘게 그 집 애들을 직접 만난 적은 없었다.

"어젯밤 꿈에 소피네 집이 나왔지 뭐니." 엄마는 59번가를 건너면서 말한다. "프랜시스가 들어오더라. 책을 한 권 썼대. 나한테도 읽으라고 해서 읽었지. 그렇게 재미있다고는 말 안 했어. 그랬더니 화를 내더라. 그러더니

227

자기 엄마한테 소리소리 질러. '저 아줌마 다시는 우리 집에 들이지 마.' 마음이 너무 안 좋더라고! 가슴을 누가 찌르는 것 같았어. 그래서 말했지. '소피, 이게 무슨 일이라니? 우리 그렇게 오래 알고 지냈는데 앞으로 날 못 오게 하겠다는 거야?'" 인도에 다 왔을 때쯤 나를 돌아보는 엄마 얼굴에는 커다란 미소가 걸려 있다. "그런데 너무 다행인 게, 그때 잠에서 깬 거야. 그냥 꿈이었던 거지."

내 발은 납덩이를 매단 것처럼 무거워진다. 한쪽 발을 다른 발 앞에 내딛기조차 어렵다. 엄마는 내 걸음이 느려진 것도 눈치 채지 못한다. 당신의 재미난 꿈 얘기에 흠뻑 빠져 있다.

"엄마, 어젯밤에 그런 꿈을 꿨다고?"

"응."

"내 강연 끝나고?"

"응, 그렇지. 당연히 끝나고 **바로는** 아니고. 집에 가서 잠이 든 다음에."

우리는 공원에 가서 벤치를 찾아 앉아 샌드위치를 꺼낸다. 서로 말을 하지 않는다. 각자 자기만의 몽상에 빠져 있다. 얼마 후에 엄마가 말한다. "그렇게 오랜 세월이 흘렀는데 아직도 소피 슈워츠면 꿈을 꾸다니, 상상이나 되니."

스테판과 내가 결혼한 지 1년 정도 지났을 때 한밤중에 전화벨이 울렸다. 수화기를 들고 여보세요 했더니 건너편에서 엄마가 울먹이며 내 이름을 불렀다.

"엄마, 무슨 일이야." 내가 놀라서 물었다. "무슨 일 있어?"

"네티 있잖아." 엄마는 엉엉 울고 있었다. "네티 말이야. 네티가 죽었단다."

"어머나, 어떡해!"

"암이었대. 위암에 걸렸었다나 봐."

"전혀 아파 보이지 않았는데."

"그러게 말이다. 순식간에 진행됐어. 너 내가 네티랑 말 안 하고 산 거 알지? 몇 년 동안 옆집은 들여다보지도 않아서 무슨 일이 있는지도 몰랐잖니. 몇 주 전부터 위통이 심했대. 상태가 너무 심하니까 리처드가 우리 집에 찾아와서 병원에 전화해달라고 하더라. 그 집에 갔지. 네티가 몸을 말고 뒹굴고 있었어. 짐승처럼 울부짖으면서. 구급차가 와서 병원에 데리고 갔어. 딱 3주 버텼고. 어제 오후에 죽었다."

"엄마 마지막에 병원에 가서 네티 봤어?"

"아니, 못 갔어."

"왜?"

"못 가겠더라고. 도저히 갈 수가 없었어."

"그 순간까지, 대단하신 자존심이야."

"아아아." 엄마가 전화기 옆에서 손을 허공에 내젓는 모습이 보인다. "너는 애가 왜 그러니. 넌 하나도 몰라."

"내가 왜 몰라. 네티가 죽을 때 옆에 아들밖에 없었다는 거, 혼자 외롭게 죽게 했다는 건 알지. 그것만큼은 나도 아주 잘 알겠네."

침묵, 양쪽에서 한동안 침묵이 흐른다.

"갈 수가 없었다니까. 발이 떨어지지가 않았어."

또다시 침묵이 이어진다.

"안이 썩어들어가서 그래. 먹혀버린 거야. 그 남자들한테. 그 남자들이 네티를 집어삼켜버렸어."

"하느님 맙소사다, 엄마! 그걸 말이라고 해? 그런 걸 믿어? 정말 섹스 때문에 암에 걸렸다는 거야 뭐야?"

"몸속에 암이 있었다니까, 내 말 틀렸니?"

"엄마, 제발."

"'엄마, 제발' 같은 소리 그만해라. 나 내가 무슨 말 하는지 안다."

나는 전화를 끊고 조심조심 등을 침대에 기댔다. 아주 단단한 돌덩이가 내 가슴 위에 내려앉아 자리를 잡았다. 몸을 빨리 움직일 때도, 꿈쩍없을 때도, 입에서 한숨

소리가 흘러 나왔다. 옆에서 통화 내용을 듣고 무슨 일인지 짐작한 스테판은 내 얼굴과 어깨를 부드럽게 쓰다듬고 여러 번 입을 맞춰주었다. 그러다가 내 가슴이며 배며 허벅지를 쓰다듬기 시작했다. 갑자기 강렬한 성적 흥분이 찾아왔다. 우리는 격렬하고 거칠게 사랑을 나누었다. 끝난 다음 울음이 터졌다. 내 가슴에 올라앉아 있던 돌덩이가 치워졌다.

잠깐이나마 네티의 죽음에서 벗어날 수 있었지만 네티가 내 안에서 일으킨 묵직한 죄책감마저 완전히 가시진 않았다. 그날 밤 세 번째로 깨서 등을 침대에 기대자 어둠 속에서 네티의 얼굴이 내 얼굴 바로 앞을 둥둥 떠다녔다. 언제나처럼 입술은 굳게 다물고, 뭔가 동의하지 않는다는 눈길로 나를 바라본다. 필연적으로 네티의 이미지는 여전히 나를 불안하게 하고, 이상하게 부끄럽게 한다.

네티와 엄마가 싸운 날로부터 내가 결혼하기까지 몇 년간 나는 네티에 대해 거의 생각하지 않고 지냈다. 그럴 필요가 없었다. 아파트처럼, 가구처럼, 거리처럼, 자주 얼굴을 보지는 않았지만 네티는 항상 그곳에 붙박이처럼 있는 존재였다. (엄마와 네티의 싸움은 같은 공간을 공유하는 사이에도 심리적인 분리가 일어날 수 있음을 처음으로 내게 보여준 일이었다.) 결혼한 다음부터 네티는 종종 내 생각 끝에 찾아와 매달려 있었고 특히 스테판과 사랑을 나눌 때 불쑥 떠오르기도 했다. 그럴 때면 네티가 내뿜는 힘을 더 예민하게 더 불편하게 감지했다. 네티는 공기 속에서 불현듯 나타나 나에게 묻는 듯했다. '힘들게 배운 기술을 전부 전수해줬더니 고작 이 사람이야?'

아주 오랫동안, 실은 몇 년 동안 스테판과 나는 우리 사이의 긴장과 갈등을 강렬한 성적 욕망으로 설명했다. (물론 우리가 아는 한 이 긴장과 갈등은 부정적인 쪽이다. 하지만 강렬함이라니, 강렬한 욕망이라니!) 우리 잠자리는 거의 항상 뜨겁고 폭발적이었고 그것은 함께한 수많은 날을 덮고 있던 그 우울함을 일시적으로 방출하게 해주었다. 신혼 초반부터 자잘한 싸움으로 점점 나빠졌던 부부 사이는 결혼 내내 한 번도 시원하게 좋아지지 않았다. 조금씩 조금씩 그 상태에 우리를 적응시켰을 뿐이다. 심장에 무거운 것을 달고 다니면 몇몇 동작에 제한이 생기긴 해도 활동성에 문제가 생기진 않는다. 뒤뚱거리거나 몸이 한쪽으로 기울게 되겠지만 곧 그 걸음에도 적응이 된다. 편안함이나 홀가분함의 부재는 우리 사이의 일상적인 조건이 되어버렸다. 우리는 그에 맞춰 살 수가 있었다. 딱하게도 계속 그렇게 살았다. 그

조건을 견뎠을 뿐만 아니라 불편함과 어려움을 강렬한 욕망에서 비롯된 문제라고 해석하는 습벽에 빠져들기까지 했다.

우리 사이의 껄끄러움은 단편적이지 않고 만성적이었다. 이틀에 한 번은 뭔가가 어긋나서 사이가 미묘하게 틀어졌다. 대화는 삐걱거리고 서로 상처를 주고받는다. 그 상처를 가능한 한 빨리, 솔직하게 털어버리지도 않는다. 입을 다물어버린다. 몇 분, 몇 시간, 며칠을 서로 일절 말도 걸지 않고 지낸다. 그러다 일주일이 지나면 숨이 막힐 것처럼 답답해진다. 매일 아침 헤어져야 하면 그제야 안심한다. 나는 베이에어리어를 건너 영문학과로 가고 스테판은 언덕 위 예술학교로 간다. 낮에는 우울함이 걷히거나 옅어진다. 그러다 보면 남편에 대한 애정이 다시 피어오른다. 나는 다짐한다. 현관문으로 들어가자마자 스테판을 안아주고 얼굴에 키스를 퍼부으면서 이렇게 말해야지. "우리 진짜 바보 같다. 그치?" 하지만 문을 열고 들어가면 처음 보이는 건 돌처럼 딱딱하게 굳은 얼굴이다. 그리고 가장 먼저 이런 말을 듣는다. "오늘 아침에 치약 뚜껑 열어놓고 갔더라?" 그러면 나는 그대로 발길을 부엌으로 돌려 커피 한 잔 내려서는 내 서재로 쏙 들어가버린다. 가끔 내가 커피를 끓이고 있으면 스테판이 부엌으로 들어온다. 그가 물을 한 컵 따라 마실 때 움직이는 목의 굵은 심줄을 보기도 하고 볼에 난 흰 반점 두 개가 눈에 들어오기도 한다. 하지만 나는 그에게 말을 붙이지 않고 그도 내게 말 걸지 않는다. 나는 지금 당장 해야 할 중요한 일이라도 있다는 듯이 커피를 들고 서재로 들어간다. 그러면서도 서재 문을 일부러 반쯤 열어놓기도 한다. 남편이 지나가다가 흔들의자에 앉아 있는 나를 본다. 책망과 참담함을 드러내는 완벽한 자세로, 멍하니 허공을 바라보고 있는 나를. 결국 공기가 너무 무거워져 우리 둘 다 제대로 숨을 쉴 수 없게 되면 한 사람이 그 분위기를 깨기로 한다. 주로 그 일을 담당하는 사람은 내가 아닌 스테판이다. 그는 내 흔들의자 앞에 무릎을 꿇고 앉아서 팔을 내 다리에 두르고 우물거린다. "왜 그래? 말을 해봐." 그러면 나는 눈물을 터트리면서 흐느낀다. "이렇게는 못 살겠어. 일도 안 되고 아무 생각도 안 나." 우리 둘은 같이 침대에 든다.

우리 대사는 언제나 "일이 안 돼. 생각도 안 나!"였다. 그 말은 우리 사이의 신성한 주문이라도 되는 듯 울려 퍼진다. 기도요 찬양이요 관능과 회복의 길로 향하는 의식의 서문이다. 때로는 그가 화를 터트린다. "일을 못하겠어!" 혹은 내가 그렇게 말한다. 이 문장은 우리가 스스로를 가두어놓았던 고압실에 슬그머니 끼어 들어온다. 일을 할 수 없다는 말은 서로에게 할 수 있는, 유일하게 부끄럽지 않고 두렵지 않은 고백이었다. 이 약점을 서로에게 털어놓음으로써 우리는 공통으로 느끼는 불편한 감정을 좀더 우월한 종류의 무능력으로 끌어올렸고 서로에게 절대 당하고 싶지 않은 판단으로부터 벗어날 수 있었다. 일이라는 미명 아래 괴로워하는 건 서로에게 마음을 열지 않고도 다가갈 수 있는 절대적인 방패가 되었다.

그러나 그 시절은 나에게 어떤 면에서 진정한 시작이라고 할 수 있었다. 나는 실제로 그 기간에 책상에 앉아서 생각을 하려고 노력했다. 물론 대체로는 처참하게 실패했다. 대체로는 그랬지만 항상 실패한 건 아니었다. 결혼 2년째에 접어들 무렵 직사각형의 공간이 처음으로 내 안에서 모양을 갖추기 시작했다. 나는 에세이를 썼다. 대학원생의 문학 비평들은 예리하게 빛나는 생각과 함께 막힘없이 뻗어 나갔다. 드디어 내 안에 있던 문장들이 밖으로 나오려 하고 있었고 힘겹게 하나씩 비집고 나왔으며 문장은 전에 나온 문장 옆에 재빨리 달라붙었다. 그때 하나의 이미지가 나를 사로잡고 있음을 깨달았다. 그 이미지의 형태와 윤곽이 선명하게 보였다. 문장들은 알아서 그 안으로 들어간다. 이미지는 내 생각의 전체였다. 그런 순간이 오면 내 자신이 완전히 열리는 기분이 들었다. 내면의 공간은 말끔하게 치워지고 직사각형으로 변한다. 공기는 깨끗하고 너저분한 잡동사니도 없다. 그 네모난 공간은 내 이마에서 시작되어 가랑이에서 끝난다. 직사각형 한가운데는 오직 내가 표현하고자 하는 이미지만이 자기를 더 명확하게 만들어달라고 뚝심 있게 기다린다. 이 세상 다른 어떤 것도 이 공간에 버금갈 수 없다는 걸 알 때면 무한한 환희를 느낀다. 그 어떤 '사랑해'도 이 공간을 침범할 수 없다. 그 환희 속에서 나는 안전하고 관능적이고 신이 나고 평화롭고 아무 위협도 영향도 받지 않는다. 행동하기 위해, 살기 위해, 존재하기 위해 이해해야 할 모든 것을 이해한다.

물론 그러다가도 자주 그 공간을 잃어버린다. 잃어버렸을 뿐만 아니라 그것을 두려워한다는 사실까지 알게 된다. 어느 날 밤 버클리의 한 파티에서 대마를 피우는 사람들과 어울리게 되었다. 둥그렇게 둘러앉아 있다가 내 순서가 왔고 나는 대마를 깊이 들이마셨다. 몇 초 만에 내 안에 그 직사각형이 형성되었다. 강렬한 빛을 뿜으며, 가볍게 떨면서 움직이기 시작했다. 그러나 그 직사각형은 다른 때처럼 명료하고 고정적이진 않았다.

바로 다음 순간 벽이 점점 좁혀 들어오기 시작했다. 그 벽들이 서로 만나면 내 몸에 있는 모든 숨이 꺼져버리고 나는 죽고 말 것이다. 그 방에는 친구와 지인이 많았고 스테판도 있었다. 나는 혼자 조용히 속삭였다. '너는 혈혈단신 혼자야. 다른 사람들은 이해 못해. 이해시킬 방법도 없어. 몇 분 후에 너는 죽을 거야. 하지만 아무도 도와주지 않아. 너는 여기서 철저히 혼자야. 완벽하게 혼자야.' 말을 할 수가 없었다. 숨을 쉬기도 어려웠다. 그 벽들이 막 만나려고 하려는 순간 공황 발작으로 자리에서 벌떡 일어났다. "나 몸이 안 좋아." 사람들에게 말했다. "몸이 아픈 것 같아. 살려주세요, 너무 아파! 괴로워." 스테판은 나를 부축했고 집까지 오는 내내 나를 다정하게 위로해주었다. 그 후로 몇 년간 대마에는 손도 대지 않았다.

스테판은 나보다 일을 더 많이 하고 자기 일에 대해 아는 것도 더 많았지만 내 생각에 그라고 크게 나을 건 없었다. 그는 아이디어와 그것을 캔버스에 옮기는 능력 사이의 간극에 고통스러워했다. 작업실에서 무언가를 박살 내고, 담배를 피우고, 저주를 퍼붓고, 캔버스에 물감을 던져버렸다. 내가 보기에 그는 자기 앞에 놓인 문제에 대해 심오하게 생각하는 것 같지 않았다. 작업에는

인내가 필요하다는 것, 더도 덜도 아닌 끈질긴 노동이
요구된다는 생각은 나에게만큼이나 그에게도 자리 잡지
못한 듯했다.

　어느 날 밤 그는 한동안 세 점의 그림을 앞에 두고 서
있었다. 그러다가 그림을 발로 차서 부숴버리기 시작했다.
"쓰레기." 그는 그림에 대고 고함을 질렀다. "다 쓰레기야."
그러고는 문을 쾅 닫고 나가버렸다. 새벽 두 시에 초인종이
울렸다. 스테판이 거의 반죽음 상태로 화가 친구의 팔에
안겨 있었다. 얼굴이며 옷이며 토 자국이 범벅이었고
눈은 감겨 있었고 축 늘어진 몸은 친구를 바닥으로
끌어내렸다. "스테판, 이 자식아, 정신 차려!" 친구는 소리
질렀다. "일어나!" 친구는 나를 힐긋 쳐다보더니 천장을
보면서 눈을 굴리며 말했다. "너무 급하게 마시고 맛이
가서 얼마나 취했는 줄도 몰랐어요. 갑자기 술집을
뛰쳐나가더니 와와 고성방가를 해대며 차도를 뛰어다니는
거예요. 말리려고 해봤는데 취하니까 몸놀림이 어찌나
쏜살같던지. 길에 남자 둘 여자 하나가 있었는데 그리로
달려갔어요. 제가 뭘 어떻게 해보기도 전에 그 여자
치마를 들어 올리더니 엉덩이를 깨무는 거예요. 그
바람에 남자들이 두들겨 패기 시작하고. 제가 갔을 때는
이미……"

나는 아파트 복도에 쓰러져 있는 스테판을 바라보며 생각했다. 이 남자 누구지? 난 여기서 뭘 하고 있지? 하긴 살면서 이 생각을 한 번이라도 안 한 적이 없네. 내가 여기서 뭘 하고 있지? 그는 취했고 나는 우울했다. 그는 무너지고 있고 나는 못마땅해한다. 그는 자기 그림을 망가뜨렸고 나는 그걸 업신여기면서도 경악스러워한다.

한번은 냉전이 일주일 넘게 이어졌다. 스테판은 내가 책을 읽는 척하고 있던 서재로 들어왔다. 그는 또 무릎을 꿇고 앉아서 팔을 내 무릎에 둘렀다. 나는 그를 내려다봤고 그는 나를 올려다봤다. "있잖아." 그는 부드럽게 말했다. "이번엔 언제 끝나?" 나는 손을 들어서 그의 이마에 흘러내린 머리칼을 뒤로 넘겨주었다. 그는 내 손을 잡고 손바닥에 키스했다. 나는 일어났다. 우리는 열렬하게 서로를 안고 침대로 갔다. 그때 내 앞에 네티의 얼굴이 보였고 그는 무언가를 인정할 수 없다는 듯이 고개를 절레절레했다. 내가 그린 네 미래는 이게 아니었어. 네티는 말하고 있었다. 스테판과 나는 침대에 누웠다. "날 사랑해줘!" 그는 속삭였다. 나는 몸으로 그를 누르며 세게 껴안았다. "사랑해. 사랑해." 나도 속삭였다. 그건 진실이었다. 더할 것도 뺄 것도 없는 진실이었다. 나는 그를 사랑했다. 진심으로 사랑했다. 하지만 어느 지점까지만

사랑했다. 그 지점을 넘어가면 내 안에서 무언가
불투명해졌고 그에게 줄 게 없어졌다. 나에겐 그 불투명한
막이 보였다. 입으로 맛볼 수 있었고 손으로 만질 수도
있었다. 스테판을 향한 내 감정과 나 사이에, 아니 어떤
남자가 됐건 그와 나 사이에, 확신할 수 없는 일종의 투명
막이 드리워져 있고 나는 그 막으로 '사랑해'라고 속삭일
수도 그 말이 들리게 할 수도 있었지만 그 말이 느껴지게
할 수는 없었다. 네티는 허공을 맴돌았다. 그 환영은 만질
수는 없었지만 살아 있었고 따스했다. 바로 일어나 기댈 수
있을 것만 같았다. 나와 네티 사이에는 어떤 장벽도 어떤
방해물도 없었다. 나는 네티를 상상할 수 있었다. 그는
나에게 실재였다. 이 남자는 아니었다.

　우리는 5년을 같이 살았다. 그러다 어느 날 스테판이
집을 나갔고 다시는 돌아오지 않았다. 결혼은 그런 식으로
끝나버렸다. 끝내지 못할 이유도 없지 않은가? 우린
끝나지 않는 싸움 끝에 결국 지쳐 나가떨어졌다. 둘 다
이 답답하고 숨 막히는 긴장이 없는 방에서 한 번이라도
숨을 내쉬고 싶었을 것이다. 함께 있는 것보다 그 공기를
원했다. 나는 집에 있던 물건들을 싹 내다 팔고 대학원을
그만두고(대학원은 언제나 추상적 관념일 뿐이었다)
뉴욕으로 돌아왔다. 서른 살이었고 혼자가 되니 마음이

놓였다. 1번 애비뉴의 작은 다세대 주택에 세를 얻었고 주간지 기자로 취직했다. 그리고 집을 꾸미기 시작했다. 꾸미자마자 내 마음에 쏙 들었다. 모든 색이 내가 원한 그대로였다. 페인트통에서 벽으로 옮겨가며 반전이 일어나지도 않았다. 내 체격과 취향에 꼭 맞는 책상을 맞췄다. 적당히 높고 적당히 날렵하고 관리하기 편했다. 낮에는 직장에서 일하고 저녁에는 소파에 누워서 책을 읽었다. 그러나 대개는 책에 장시간 집중할 수 없었고 몇 시간씩 그저 소파에 누워서 허공만 바라보곤 했다.

그 시절 사람들은 나 같은 여자들을 신여성, 해방된 여성, 별난 여자라고 불렀다(개인적으로는 별난 여자를 선호했고 지금도 그렇다). 낮에 사무실에서 일할 때면 내가 생각해도 난 신여성에, 해방된 별난 여자가 맞았다. 그러다 밤이 오고 침대에 누워 멍하니 천장만 바라보고 있을 때면 엄마가 나보다 먼저 구체화시켜놓은 바로 그곳을 응시하며 이렇게 말하고 있었다. '아직은 아니야. 아직 일어날 때가 안 됐어. 불행과 난 아직 끝난 게 아냐.'

우리는 딜런시가에서 윌리엄스버그브리지 쪽으로 걸어가고 있다. 몇 시간 전 엄마가 이렇게 말하는 바람에

나는 깜짝 놀랐다. "같이 걸어서 다리 건너 엄마 어릴 적
살던 동네 가볼래?" (아빠와 만나기 몇 년 전 엄마네 집은
브루클린으로 이사했고, 윌리엄스버그는 엄마가 결혼하기 전
살았던 마지막 동네였다.)

"근데 엄마 로어이스트사이드 싫어하지 않아?
하우스턴가 건너는 것도 질색하면서." (이스라엘에 사는
친척이 오차드가에 있는 상점가에 가고 싶어하자 엄마는
하우스턴가까지 데려가주며 6차로 도로를 가리키더니
건너가라고 말하고 돌아온 적이 있었다. "인생 살면서
오차드가는 갈 만큼 갔어." 엄마가 그때 한 말이었다.)

"그런데 다리 건너는 건 해보고 싶네. 이스트사이드는
견딜 수 있어. 딜런시가 가본 지 30년은 넘은 것 같다.
어떻게 변했을지 궁금하네."

복작복작하고 지저분한 이민자들의 동네,
이제 유대인과 이탈리아인이 아니라 흑인과
푸에르토리코인들이 점령한 이곳을 걸으면서 엄마는
변한 거리 풍경에 입을 다물지 못했다. 나는 변한 건
없고 이곳에 사는 사람들의 피부색과 언어가 달라졌을
뿐이라고 말했다. 우악스럽고 번잡스런 딜런시가의 풍경은
그때나 지금이나 그대로다—싸구려 보세옷 매장들,
아무 데나 늘어선 신발 카트들, 연중 할인 판매 중인

리넨 원단들, 할부로 가구를 파는 상점들, 과자와 면도날, 신발끈, 담배, 손전등, 빨래줄 따위를 어지럽게 늘어놓고 파는 골목 상점 수백 곳이 여전히 그 자리에 있다.

에식스가 근처에서 엄마가 말한다. "러빈슨네 기억나니? 그 집이 하던 가게가 아직도 여기 있는지 모르겠네."

러빈슨네 기억나냐니!

"당연히 기억하지. 맞다. 그 집 가게가 이 근처 어디에 있었지?" 내가 말한다.

"그 집 아들들이 가게 물려받았던가? 막내 있잖아. 이름이 데이비 맞니? 내가 기억하기론 걔가 장사는 안 한다고 했다던데? 너 나중에 데이비 만났지?"

"응. 데이비는 장사 안 한다고 했어. 데이비 알고 지냈지."

"요즘에는 안 만나고?"

10년 전 14번가에서 체격이 탄탄하고 머리는 반쯤 벗어진, 펑퍼짐한 트위드 코트 차림에 가늘고 짙은 곱슬 머리카락이 훤해진 이마 주변으로 듬성듬성한 남자가 검은 안경테 속 검은 눈을 찡그리고 머뭇거리면서 나에게 말을 붙인 적이 있다. "혹시 너?" 나는 그 자리에 멈춰서 이 낯선 남자를 똑바로 쳐다보았다.

"데이비구나, 데이비 러빈슨!" 내가 말했다.

그는 나를 보며 활짝 웃었다. "이게 얼마 만이냐! 너 어떻게 지내?"

"난 기자로 일해, 데이비. 신문이나 잡지에 실리는 글 쓰고."

그는 나를 옆눈으로 흘깃거렸다. 기자가 어떤 직업을 말하는 건지, 신문에 글 쓴다는 게 어떤 의미인지 모르는 듯했다. 그러더니 말했다. "너 보들레르 좋아하니?" 그는 트위드 코트 주머니에서 보들레르 시집을 꺼냈다. "아니면 선시禪詩는? 나 선시집도 있어." 그는 다른 주머니에서 선시집을 꺼냈다.

3일 후에 우리는 같은 침대에 누워 있었다. "나는 못하는 것투성인데, 딱 한 가지는 잘해. 여자랑 자는 거." 그는 자기 말대로 과연 잘했다. 우리는 그 안으로 도피했고 6개월 동안 그 안에 머물렀다.

나는 고개를 흔들었다. 응. 이젠 데이비 안 만나.

"참 유난스러운 사람들이었어." 엄마는 딜런시가 모퉁이 에식스가에 있던 러빈슨네 옷가게 근처로 향하며 웃었다. "그 집 애들 다 기억나니? 아들 넷에 딸은 도러시였지? 그리고 엄마 '러빈슨', 내가 그 엄마한테 맨날 잔소리했었는데, '남편 오기 전에 식탁에서 관장기 좀 치워. 신발도 좀 들여놓고.' 그런데 내 말은 안 들었어. 남편이 저를 사랑하지 않는다고 징징 짜기나 하고. 그 남편이라는 제이크 러빈슨은 어땠냐고? 가게에 드나드는 모든 여자랑 자고 다녔지. 가족들 여름 휴가지에는 코빼기도 안 보이고. 아마 딱 한 번 주말에 갔을걸. 그 엄마는 부엌에서 노상 입던 축축한 홈드레스 차림으로 남편이 자기 사랑 안 하고, 애들은 자기를 바보천치로 안다면서 울고 또 울었지.

  얼굴은 정말 예뻤는데 말야. 불쌍한 여자." 엄마는 딜런시가의 자동차 경적과 쓰레기 더미들 사이를 유유히 걸으며 말한다. "피부색이 짙고 얼굴이 귀엽게 생겼어. 그 집 애들도 다 인물이 좋았지. 그런데 그 엄마 뚱뚱했었지. 맞다, 뚱뚱했어. 너 그 아줌마 얼마나 뚱뚱했는지 기억나니? 살이 점점 더 쪘어. 나 그 엄마 보러 여기 온 적 있거든? 바로 여기 말이야." 엄마는 에식스가를 손가락으로 가리킨다. "가게 위층에 바로 아파트가 있더라. 기억나니? 너도 같이 왔을걸. 집 안에 물건이 한가득이고 발 디딜 틈도 없어서 어떻게 드나드나 했어. 그래도 그 엄마 성격 참 무던하니 좋았지? 그 아줌마처럼 착한 사람도 드물지. 한번은 네가 엄청 아팠는데 나도 지쳐서 뻗어버렸거든. 그런데 그 엄마가 밤새도록 네 옆에 앉아서 겨자씨 오자미를 네 가슴에 문질러주더라, 기억나니? 자식들한테는 진짜 헌신적이야! 한평생 남편 기다리고,

아픈 애들 옆을 밤새 지키면서 산 거지."

　러빈슨 아줌마는 정말로 평생 동안 아이들 옆에 앉아 있는 삶을 살았다. 더 나쁜 건, 한없이 나쁜 건, 그 아이들도 엄마 곁을 영영 떠나지 않았다는 점이다. 그들은 모친 옆에서 악을 쓰고 주먹을 흔들어대고 섹스와 마약에 빠지고 야간학교를 다니고 결혼을 하면서 단 한 명도 에식스가를 떠나지 않았다. 내가 데이비를 만났을 때 그에게는 열여섯 살짜리 아들이 있었다. 일찌감치 동네 여자를 임신시킨 것이다. ("걔네 부모가 옆방에서 이디시 라디오 프로그램을 듣고 있을 때 부엌에서 했지.") 열아홉 살에 결혼해 아빠가 된 그는 본가 아래 골목에 세 들어 살았다. (남편 데이비는 이랬다. "아들 갓난아기였을 때 아내가 주변에 아무것도 안 놓고 아기를 그냥 침대에 덩그러니 재우는 거야. 내가 아기 옆으로 베개 쌓아두라고 몇 번이나 말했는데도 말을 안 들었지. 같이 텔레비전을 보는데 방에서 쿵 하는 소리가 들렸어. 그 소릴 평생 잊지 못할 거야. 들어가보니 아기가 침대에서 떨어져서, 뒤집어진 바퀴벌레처럼 누워서 버둥거리고 있지 뭐야. 바로 거실로 가서 아내 얼굴에 주먹을 날려줬지. 아마 아직도 얼마나 얼얼했는지 기억할걸.")

　우리는 윌리엄스버그브리지 부근에 거의 다다랐다.

"차가 왜 이렇게 많다니." 엄마는 짜증을 내며 말했다.
"다리까지 어떻게 들어가야 하지? 헷갈리네." 나도
헷갈렸고 인도는 찾기가 어려웠다. 자동차 매연과 햄버거
기름 냄새와 라디오의 록 음악과 목청껏 외쳐대는 엄마
사이에서 우왕좌왕하며 길을 찾았다. 갑자기 딜런시가가
무지막지한 폭군처럼 느껴졌다. 이 정신 사나운 거리
풍경, 귀청이 찢어질 듯한 소음, 빨리 길을 찾아야
한다는 조급한 마음이 폭력과 억압처럼 느껴졌다.
나는 어지럼증을 느끼며 있던 자리에 가만히 선 채, 그
잘생기고 귀여웠던 데이비가 어떻게 지금 내 기분처럼 매
순간 숨 막힐 것 같은 기분으로 사는 어른이 되었는지를
기억했다. 그는 온갖 소란과 광란과 가난과 무력감과
심란함에서 단 한 발짝도 벗어나지 못하는 상태였다.

데이비와 만나던 시절 우리는 여름에 벤스방갈로에
같이 가보았다. 서글프기 이를 데 없는 장소였다. 사방이
조용하고, 먼지만 쌓여 투숙객 하나 없는 황폐한 구식
리조트가 되어 있었다. 버스에서부터 데이비는 급격히
울적해졌다. "난 말야 불행하게 살았다고 할 수 있을 것
같아. 인생 자체가 행복하지 않았어. 하긴 사람이 산다는
것의 실체가 그렇지. 죄다 실망스러워. 내 안에 내가 원했던
창의력이 없어서도 그렇지만, 내가 실망한 건, 나무들이

왜 나에게 말을 하지 않을까 하는 거. 풀들은, 꽃들은 왜 나한테 말을 안 걸까. 파리들이 왜 나를 말똥으로 착각할까, 이런 거야." 벤스방갈로에 도착해 황량한 들판을 터덜터덜 걷고 있을 때 그가 말했다. "여기 다시 와보길 잘했다. 여기 와서 이 장소가 버려지고 황폐해졌다는 걸, 잡초와 억새가 마구잡이로 자란 걸 눈으로 확인하게 돼서. 이게 바로 인생의 진실이잖아? 우리가 같이 와서 진실을 목격하다니 기뻐. 여기 안 와봤다면 항상 우리만 문제라고 생각했을 거 아냐. 우리만 어쩌다 실패했거나 행복하지 못한 거지. 다른 사람들은 어떻게든 성취감을 느끼며 행복하게 살고 있다고 생각했을 거 아냐. 우리만 소속감을 못 찾고 우리만 어엿한 길을 못 찾고 우리만 제대로 된 행동을 못했다고 생각했을 거 아냐."

데이비는 언제나 '우리'라고, 마치 우리 삶과 우리 운명이 하나로 엮인 것처럼 말했고 내가 자기와 자는 한 나를 명예 러빈슨으로 여길 권리가 있다고 생각하려 들었다. 그러나 나는 그 '우리'를 걷어차서 날려버렸고 우리는 절망적으로 끝났다.

14번가에서 데이비를 만났을 때 그는 사회복지사로 일하고 있었다. 그랜드가에 있는 임대주택 단지에 살면서 차이나타운 복지관으로 출근했다. 그가 하는 일이라고는 직장에서 근무하고 나머지 시간에 책을 읽는 것뿐이었다.
출근길 지하철에서 책을 읽고 점심시간 회사 책상에서
책을 읽고 저녁 먹고 다른 가구 하나 없이 커다란
마호가니 침대만 덜렁 있는 방 침대에서 책을 읽었다.
그는 토마스 만과 허먼 워크(브롱크스 출신의 유대계 작가)와
버나드 맬러머드(브루클린 출신의 유대계 작가)와 로드 매퀸을
읽었다. 딜런 토머스, 필립 와일리, 마르셀 푸르스트와 앨런
와츠(1950년대 비트 문화와 1960년대 반문화운동을 형성하는 데
큰 영향을 끼친 미국의 사상가)도 읽었다. 데이비에게 독서는
거대한 암흑을 잠시 밝혀주는 레이저 빔과 같았다—폭이
좁고 한곳만 집중적으로 비추는 강렬한 빛이었다. 20대
후반에 아내와 아들을 떠난 뒤 심리치료를 받았고
정신분석은 그의 삶을 그대로 해석하는 위대한 드라마가
되었다. 그는 정신분석학의 언어와 통찰을 위대한
문학작품을 읽을 때와 마찬가지로 온 마음으로 흡수했고
자기만의 진공 속에서 현자가 되어갔다.

　　그는 선언하곤 했다. "분노는 곧 두려움이야." 이렇게
세 어절로 압축된 문장을 가져와서 우리가 왜 이 우아한
클리셰에 여전히 의미를 부여해야 하는지 설명하곤 했다.
그는 풍자적 경구에 실린 지혜를 사랑했다. "인간이란
당구공이야. 큐볼에 맞은 다음 아무 데나 제멋대로

굴러가다 서로 계속 부딪치면서, 서로의 길을 막고 방해하는, 탐욕 질투 폭력 질서로 가득한 존재지." 그리고 나에게 윤리 강의를 하기 시작한다. "비난이나 칭찬 없이, 수용이나 반발 없이 사물을 관찰할 수 있어야 해." 이러한 문장들로 정신의 일시적 즐거움을 느꼈을지언정, 그는 이를 더 심오한 사고로 발전시키지도 생활과 연결시키지도 못한 채 제한적인 의미만 진지하게 탐구하다 말았다. 그의 지성은 주요 교차역까지 다다르지 못하고, 절단된 철로의 끝과 끝만 왔다 갔다 하면서 운행을 흉내 내는 한 칸짜리 기차 같았다.

한편 나는 어린 시절 동네 친구였던 데이비 러빈슨과 잠자리를 하고 있다는 사실을 믿을 수가 없었다. 그와 침대에 들 때마다 나는 열두 살 소녀이면서 동시에 서른다섯 여자가 되었다. 그를 갈망하며 그의 품을 파고들었고 그를 아무리 가져도 부족한 느낌이었다. 아낌없이 주고 아낌없이 받았다. 우리는 온종일 사랑을 나누고 새벽 세 시에 중국 음식을 시켜 먹으며 뉴요커들이 가장 좋아하는 놀이인 상호 분석을 했다. 그에게 저항하며 거리를 두었다가 다시금 그의 몸에 뱀처럼 감기고, 이 남자와 같이 있다는 사실에 희희낙락하면서도 그것을 부끄러워했다(내가 어쩌다가 다시 여기로 돌아왔을까.

어쩌자고 같은 자리로 왔을까). 하지만 함께한 몇 개월 동안
그의 말과 행동은 대체로 나를 즐겁게 해주었다고 해야
맞을 것이다.

데이비는 내 남자 역사의 재현부(소나타 형식에서 제시부의
주제를 형태를 바꾸어 반복·강화하는 부분)라고 할 수 있었다.
그가 강하다고 생각하면 나는 어색해지고 모질어졌다.
그의 약한 면을 보면 나는 기꺼이 사랑스러운 여자가
되었다. 단 하나 달랐던 건 데이비와 있을 때만은
처음으로 이 배치가 완벽해졌다는 점이다. 내가 어디에
구속되었는지를 보았고, 그것을 내보이면서 부끄러워했다.
드디어 눈이 환해져 나의 실체가 보일 때면 얼마나
화가 나고 두려웠던가! 그리고 데이비를 통해서 나를
볼 수 있었다는 사실이 얼마나 고통스러웠던가. 나는
데이비를 알았던 것이다. 그 내면의 핵심까지 상상할 수
있었다. 그의 식성과 취향을 좋아했고 그의 두려움을
바로 알아보았다. 그것들은 내 것이었기 때문이다. 나는
데이비가 어쩌다가 이런 사람이 되었는지를 알았고 그의
옆에 있으면 내가 어쩌다가 지금의 내가 되었는지도
알 수 있었다. 얼마 동안 이렇게 껄끄러움 없이 같은
생각을 공유하면서 우리는 친구가 되었다. 출신과 태생이
비슷하다는 점에서 오는 조용한 이해와 다정함이 우리

사이에 흘렀다. 사랑을 나누거나 잠들어 있는 모습은 우리 관계를 상징적으로 보여주었다고 할 수 있었는데, 우리는 서로의 몸을 팔다리로 감은 채 얼굴을 마주하고 잤다.

어느 월요일 아침, 데이비는 집을 나가면서 말했다. "이번 주도 생산적으로, 건설적으로, 창의적으로 잘 보내서." 나는 고개를 끄덕이면서 팔을 그의 몸에 두르고 입술을 그의 목에 묻으며 중얼거렸다. "너도 욕심, 폭력, 질시, 질투 없는 일주일 보내." 그의 얼굴이 붉어졌고 웃으면서 나를 더 꽉 끌어안았다. 그러다 그가 더 이상 웃지 않는 날이, 그가 나를 더 가까이 끌어당기지 않는 날이 왔다.

그에게 내 모든 불안과 열등감과 연약함을 털어놓았다. 그는 연인이면 응당 그래야 하듯 진지하게 받아들였다. 그러나 그것들이 의미하는 바를 진지하게 받아들이지는 않았다. 나는 일 때문에 취재나 출장을 가 있었고 그는 집에서 나를 기다렸고 그것이 그를 점점 지치게 했던 것 같다. 내가 일과 벌이는 고된 씨름이 장기전이며 지속적으로 내 시간을 가져갔던 반면 그에겐 내 일처럼 집중해야 할 것이, 그를 다른 세상으로 데려갈 일이 없었다.

만난 지 6개월 만에 데이비는 홀연히 사라져버렸다. 그의 소식을 듣지 못했고 전화나 편지를 해보려 했지만 연락이 닿지 않았다. 2주가 흘렀다. 그날은 전화를 했더니 받았다. 잘 지냈어, 물으니 그는 알 수 없는 말들을 방언처럼 중얼거렸다. 그사이에 정신분석학의 온갖 형이상학적 언어들이 그를 장악해버린 것 같았다. "지금 무슨 소리 하는 거야?" 이윽고 그가 크고, 똑똑한 소리로 말했다. "너는 네 아빠의 영혼을 몰아내야 해. 네 안에서 남성성과 여성성이 서로를 끌어당기고 있어. 그러니까 넌 온전한 여자가 아니야. 나는 온전한 여자랑 결혼해야 해."

나는 아무 말 없이 그의 이런 통보를 들었다. 그러다가 말했다. "그래 알았어…… 그래도 바로 헤어지지는 말고…… 그냥 섹스만 하면 안 돼?"

그다음 주 토요일에 우리는 기진맥진할 때까지 서로를 탐하는 24시간을 보냈다. 쉬지 않고 사랑을 나눴고 그는 나에게 끊임없이 말을 쏟아냈다. 그는 계속 중얼거렸다. "내가 우주야. 너는 다리를 크게 벌려. 네 포궁을 나에게 열어. 내 안에서 너는 조화를 이루게 될 거야. 너는 시가 되고 부드러움이 되고 친절함이 되고 공격성이 되고, 그러면 모든 생기와 빛과 생명이, 이 우주의 아름다움이 생성될 거야. 나랑 결혼하면 정력 넘치고, 강건하고, 시인도 작곡가도 될 위엄 있는 애들이 태어날 거야. 나랑 결혼을 안 하면 네가 낳는 아이들은 게이, 레즈비언,

악마, 병자일 거야." 그는 흥얼거렸다가 씩씩거렸다가 침을 뱉듯이 내뱉었다. 딱 한 번 집에서 나와 같이 영화를 보러 갔다. 어둠 속에 앉아서, 스크린 앞에서 펼쳐지는 영화는 영화대로 흘러가든 말든 내버려둔 채 그는 내 팔을 꽉 잡고 내 귀에 속삭였다. "남성성과 여성성은 하나야. 억지로 하나로 만들려고 들지 마. 네 안에는 남성성과 여성성이, 빛과 어둠이, 암흑과 공허가 공존하지. 그걸 자연스럽게 하나로 모이게 하면 너 또한 하나가 될 거야. 온전해져. 전부가 돼. 여자이자 남자, 보편의 인간이 될 거야."

그다음 주 화요일에 나는 취재 때문에 뉴욕을 떠나야 했다. 떠나기 한 시간 전에 데이비가 전화했다.

"대답하지 마." 그가 씩씩거렸다. "내 말 듣기만 해. 네 마음 안에서 모든 걸 하나로 흐르게 하라고 일러줬지. 흐르게 해. 통과하게 해. 그런 다음에 깊이 생각해봐."

기침이 나왔다.

"대답하지 말라고 했지!"

침묵. 긴 침묵이 흘렀다. 그가 말했다. "네 아버지는 마녀야. 그 남자가 너한테 마법을 걸었어. 죄책감만 남겼지. 그래서 네가 항상 바보 천치처럼 느끼며 사는 거야. 기자로서 네 진짜 임무가 그거지. 아버지를 찾기 위해서, 그게 무엇이든 아버지로 대표되는 걸 찾기 위해서 그렇게 여행을 하고 돌아다니는 거 아니겠어? 그걸 찾으면 여행하지 않아도 될걸. 침대에 있는 아버지 사진 당장 떼버려. 네 안의 마녀가 계속 그걸 붙여놓는 거야. 사진 내리고 벽은 비워. 사진 내리라고. 기억해. 아무한테도 이야기하지 마. 네 엄마한테도 친구한테도. 아무한테도 이야기하지 말고 신에게만 이야기해." 그가 말을 멈추었지만 나는 감히 입을 떼지 못했다. 그가 말했다. "잘 가. 사랑해. 네가 준비가 되면 우리 같이 아이를 가질 수 있겠지. 너는 이스라엘의 여왕으로 다시 태어날 거야."

한 달도 채 되지 않아 데이비는 정통 유대교 성직자가 되는 길을 밟았다. 하룻밤 만에 검은색 의복을 입고 머리를 귀 옆으로 땋아 내리고 회색과 검은색 턱수염을 붙인 18세기 유대인으로 변신했다. 이후 우리는 한 번 더 만났다. 이스트브로드웨이에 있는 지저분한 정통 유대식 식당 테이블에서 그는 몸을 나에게 기대고 나더러 착한 유대인 아내가 못 되면 영혼을 영영 잃어버리고 말 거라고 했다. 내 얼굴에 뿜어대는 그의 숨결은 뜨겁고 독했다. 마침내 그의 공포와 끔찍한 갈망이 느껴졌다. 그에게서 벗어나고 싶었고, 혐오스러웠다. 너랑은 끝이다, 나는 생각했다. 완전 끝이야.

"저기 경찰 있다. 경찰한테 다리까지 어떻게 가는지 물어보자." 엄마가 말한다.

우리는 사방으로 우리 옆을 스쳐 지나가는 차들을 헤치고 도로 한가운데 서 있는 교통경찰에게 다가간다.

"다리까지 어떻게 가나요?" 내가 묻는다.

경찰은 우리를 빤히 쳐다본다. "왜요?" 그가 묻는다.

"걸어서 다리 건너가려고요."

"농담하시는 거죠?"

"아닌데. 진짜 가고 싶어서요. 왜요?"

"선생님, 매주 세 명에서 일곱 명이 저 다리에서 강도당해요. 두 여자분이 안 당할 확률이 얼마나 될까요? 제 말 들으시고요. 걸어서 건널 생각일랑은 당장 접으세요."

"그래서 말야." 엄마가 답답하다는 듯이 말한다. "딜런시가는 하나도 안 변했네, 안 그러니?"

"됐고, 엄마. 지하철이나 타러 가자."

나는 책상에 앉아서 생각하려고 기를 쓰는 중이다. 이 행동을 이렇게 묘사하기를 좋아해서 몇 년 동안이나 말해왔다. "생각하려고 기를 쓰는 중이야." 엄마가 살려고 기를 쓴 것처럼. 엄마는 아침에 다리를 침대 옆으로 내려놓는 행위만으로도 금메달감이라고 생각했다. 아마 나도 그런 것 같다. 그냥 책상에 앉아 있을 뿐이면서 기를 쓴다고 말한다.

1번 애비뉴의 작은 아파트 창문에 안개가 밀려 들어왔다. 습기가 공기를 무겁게 하고 축축한 물기가 집 안에 들어찼다. 안개, 습기, 증기 안에서 겨우 눈을 뜨고 막연한 생각들 사이를 헤치고 나가보려 하지만 생각은 어두운 습기 속에 갇혀버리고 만다. 몇 주에 한 번씩 0.5초 정도 안개가 걷히면, 이때다 서둘러! 나는 읽을 만한 글을 두 문단 정도 쓸 수 있다. 시간이 흐른다. 아주 긴 시간. 죽은 시간. 마침내 한 페이지를 쓴다. 두 페이지를 쓴다. 그러다가 열 페이지가 되면 얼른 인쇄한다. 턱도 없네. 나는 생각한다. 이것밖에 못 쓴 거야? 책상에 그렇게나 오래 앉아 있었는데 겨우 요만큼 쓴 거냐고. 어떤 남자는 말했다. "주제는 좋네. 그런데 더 발전시킬 시간이 없었나 봐." 어떤 여자는 말했다. "기자가 마감을 못 맞추면 뭘 어쩌자는 거니? 수급자 꼴 나겠지." 나는 말을 하려고 한다. 절망이 내 입속에서 풀처럼 녹아 입술을 붙여버린다. 말을 할 수 있다면 무슨 말을 할까? 누구에게 할까?

나는 '기를 쓰고' 있을 뿐이다.

257

이스트브로드웨이의 식당에서 데이비와 헤어지고
2년 후에 나는 같은 식당에서 그때 취재 중이던 임대료
동결 기사에 쓰려고 조 더빈을 인터뷰했다. 그는
좌파 노동 운동가로 내 사춘기 시절 이상형을 빼닮은
사람이었다. 그는 노동조합에 열성적이었다. 그는 미국
노동총연맹의 간부였고 존 L. 루이스부터 월터 루서까지
모든 노동운동계 지도자를 알았으며 노동운동사에
굵직한 획을 그은 파업을 조직했다. 1930년대 캘리포니아,
1940년대 미시간, 1950년대 뉴욕에 그가 있었다. 그는
나보다 스무 살 많았고 기혼이었다. 나이 차 때문에
내가 주도권을 가질 수 있었다. 인터뷰 일주일 후에 그는
전화해서 같이 저녁을 먹자고 했다. 그와 6년을 사귀었다.

우리 연애는 즉각적이고 원초적이었다. 어떤 논의나
분석도 없이 감정의 복판으로 직진했다. 단 한 번의
자연스러운 손짓이나 몸짓으로 우리는 평화와 흥분 두
가지를 모두 얻어냈다. "집이야." 내 몸은 이렇게 말하고
있었다. "이제 집에 온 거야."

조의 몸이 그에게 무슨 말을 하는지 물어볼 생각조차
하지 않았다. 불필요한 질문이었다. 그는 거의 매일 우리
집에 왔고 전화한다고 했으면 전화를 했고 오겠다고
했으면 왔다. 내가 보기에, 그는 시시때때로 변할 수 있는

사랑이라는 감정을 일정하게 유지하는 데 있어 나보다
더 적극적이고 헌신적이었다. 조는 정치에서처럼 사랑에
관해서도 조직적인 사람이었고 노동운동 다음으로
여성을 흠모했다. 다시 말해 그는 사랑의 행위에서 오는
생의 감각을 사모했고 자신에게 새로운 활력을 선사하는
대상에 무한한 다정함을 베풀 줄 알았다.

　물론 그 숭배의 대상이 내가 아니라는 것쯤은 알았다.
그것은 그를 깨어나게 하는 욕구와 허기였다. 그럼에도
나는 침대에 누워, 내가 진실이라고 알고 있는 것이
진실이 아님을 알게 된대도 괜찮다는 듯이 은밀한
미소를 지었다. 이런 면에서 나는 네티라고도 할 수
있었다. 그의 몸이 나에게 다가올 때 나는 생각했다. '이
남자가 사랑하는 건 내가 아니야. 그에게 불러일으키는
이 감각이지.' 그러면서도 내가 방금 한 생각을 전적으로
믿지는 않았다. 그럴 수가 없었다. 어딘가에 중독된 사람이
그렇게 객관적으로 자기를 위에서 내려다보며 생각할
수는 없는 법이다. 조와 함께 있으면 이미 아는 것을 더 잘
알게 되었다. 섹스는 시간을 사들인다는 사실. 침대에 들
때마다 우리 사이에 감정 교환이 이루어졌고 그 점을 둘
다 신기해했다. 그 신기함 때문에 우리는 또다시 침대로
들어갔다. 그래서 우리는 타인의 얼굴 속에서 자기 얼굴을

볼 수 있는 이 포옹 속에 갇혀 있기로 했다.

그에겐 수백수천 개의 전쟁 이야기가 있었고, 언제든지 말할 준비가 되어 있었다. 키 크고 말 많고 목소리로 방을 꽉 채우는 그 사람은 세상의 면면을 이해하려는 자신의 노력에 긍지를 느꼈다. 과거의 경험을 말로 풀면서 그 세계에서 또다시 새로운 의미와 통찰을 발견하고 전보다 더 잘 설명할 수 있게 되기를 기대했다. 50대 후반인 이 남자는 정신적 휴식이란 말의 의미를 알지 못했다. 그의 영혼에는 늘 어딘가에 참여해야 할 필요가 깃들어 있었다고 할 수 있다. 그는 모든 것에 응답했다. 어떤 논쟁의 용어들이 낯설다면, 어떤 상황이 혼란스럽다면, 어떤 행동의 이유를 파악할 수 없다면, 즉시 그 용어를 자기 말로 번역하고, 그 상황을 풀어보려 하거나, 행동을 해석하려 시도하며 지금 일어나는 일을 똑똑히 이해했다고 스스로를 납득시켜야만 했다. 그는 파악할 수 없는 세상에서 사는 것을 못 견뎌했다. 파악할 수 없으면 행동하지 못했고, 행동이란 그에게 공기처럼 필수 불가결한 것이었다.

이런 면에서 우리는 천생연분이었다고 할 수 있었다. 나는 일생을 어떻게 행동해야 할지 모르고 우왕좌왕했지만 닥치는 대로 언어적 반응을 하지 않고는 단 하루도, 단 한 시간도, 단 몇 분도 살 수 없는 사람이었다. 세상 모든 것에 대해 나만의 입장이 있었다. 다른 사람들이 내 생각에 응답하지 않으면 불안이 심각한 수준으로 치솟았다. 상대가 침묵하면 내 말은 빨라지고 하염없이 장황해지며 공허처럼 여겨지는 그 침묵을 반드시 채워야 했고, 그러면서 나도 지치고, 내게 말을 하고 또 하고 또 하도록 벌을 내린 상대도 지치게 했다. 그러니 조와 있으면 천국이었다. 우리 안에는 뭔가를 술회하고 그것을 보강하려는 메커니즘이 내장되어 있었다. 우리는 한 맺힌 사람들처럼 말을 하고, 열정적이고 감미로운 사랑을 나누었으며, 몸이 떨어지고 나면 또다시 말을 시작했다.

우리가 주고받은 게 딱히 대화는 아니었을지도 모른다. 언제나 목소리를 높여, 속사포처럼 빠르게 쏟아내는 우리에게 대화란 고속으로 움직이는 물체들의 대치 상황 같기도 했다. 우리에게 말이란 주장, 부정, 방어로 이루어져야 했다. 좀더 시급한 관심을 요하는 대결일수록, 그러니까 더 변덕스럽고 휘발적인 주제가 등장할수록, 우리는 더 자극받았고 더 확신으로 불타올랐다. 어떤 문제를 놓고 끝까지, 그 배경까지 낱낱이 분석하며 파고드는 성향은 우리가 가진 이 무기가 얼마나 중요하고 그것을 말로 풀어낼 수 있는 지성을 얼마나 풍부하게 갖추었는지를 나타내는 척도였다. 서로를 설득해 각자가 생각한 진실을 상대로 하여금 보게 할 수만 있다면, 이 세상은 알아서 중심축을 바꾸어주고 우리를 좌절시킨 모든 것은 저 멀리 무해한 공간 속으로 사라져버릴 터였다.

만나기만 하면 투닥거리는 것도 상관없었다. 우리가 사회적으로 볼 때 얼마나 뻔하디뻔한 한 쌍인지 깨닫고 웃기도 했다. 색욕의 전쟁에 갇힌 페미니스트와 좌파 운동가라니. 우리는 언제나 말을 하고 있기 때문에 하나로 이어진다고 생각했다. 실은 오로지 침대에서만 하나로 이어졌을 뿐이다. 일어나서는 끝까지 자기 입장만 고수했다. 이제 와 그런 격동의 시간들을 고려하면 그럼에도 서로를 향한 호기심과 놀라움이 계속되었다는 사실이 대단해 보일 지경이다.

그와 만난 지 6개월에서 8개월 정도 되었을 때 함께 산책하러 갔다가 학교 동창을 만났다. 친구는 같이 커피나 한잔하자고 했다. 조는 사회생활을 하며 몸에 밴 책임감과 내 친구에게 잘 보이고 싶은 마음이 앞서 그날의 대화를 주도했다. 그 말인즉 친구와 내 대화가 자연스럽게 흘러가도록 내버려두지 않았다는 말이다. 친구나 내가 "길바닥에 바나나 껍질이 있네"라고 말하면 곧바로 "바나나 껍질 하니까 생각나는데 미시간주 플린트에서 말이죠……" 이렇게 말꼬리를 잡은 다음 20분 동안 자신의 노동운동 경험을 풀어놓는 식이었다. 친구가 눈살을 찌푸렸지만 그는 알아채지도 못했다. 몇 분 후에 또다시 같은 공연을 반복했다. 우리끼리만 있었다면 그에게 벌컥 화를 냈을 것이다. 하지만 상황이 상황인지라 입을 다물고 그를 그저 지켜보았다. 나는 친구의 눈으로 그 사람을 보기 시작했다. 친구가 듣듯이 그의 말을 들어보았다. 친구는 아마 이렇게 생각했을 것이다. 세상에나 자기밖에 모르는 떠벌이네. 공감대라고는 전혀 형성이 안 돼. 그냥 자리를 뜨는 게 낫지. 타협이라도 하려다간 진이 다 빠지겠어.

갑자기 외로워졌다. 지독하게 외로웠다. "우리 집으로 가." 친구와 헤어진 뒤에 말했다. "피곤하네." 조는 손을 들어 택시를 잡았다. 집에 들어가자마자 나는 얼른 옷을 벗어던지고 그를 침대로 끌어들였다.

"아까는 피곤하다며." 그가 말했다.

"사랑을 나누면 덜 피곤할 거야." 내가 말했다.

하지만 그렇지 않았다. 여전히 외로웠다. 조는 알아채지 못했다. 그는 베개에 머리를 기대고, 긴 다리를 침대 위로 쭉 뻗은 다음 아까 하던 이야기를 마저 하기 시작했다.

미시간주 플린트에선 이랬네 저랬네 하며 별생각 없이 계속 나를 쓰다듬었다. 그의 가슴에 안겨 있었지만 아까보다 더 외로워졌다.

"그만해!" 나는 소리를 버럭 질렀다. "말 좀 그만해! 제발."

조는 말하다 말고 입을 다물었다. 고개를 뒤로 젖혔다. 눈은 내 눈을 찾았다. "자기, 왜 그래?" 그가 말했다. 이제껏 이렇게까지 신경질적인 말투는 들어본 적이 없었던 것이다.

"내 말 좀 들어." 나는 거의 애원조로 말했다. "아무 말 말고 내 말만 들으라고." 그는 내 눈에서 시선을 떼지 않고 고개를 끄덕였다. "당신은 나를 하나도 몰라. 당신은 내가 무슨 잘나가고 말 잘하는 해방된 여성이라고, 당신처럼 거침없고 자신감 넘치는 사람이라고, 당신처럼 세상을 뚜벅뚜벅 걸어갈 준비가 된 사람이라고 생각하는가 본데 나 그런 사람 아니야. 당신이랑 사랑을 나누고 나니까 더 외로워. 당신은 내 인생에 대해서 하나도 모르잖아." 그는 고개를 끄덕였다.

당신 인생 같은 삶을 너무도 갈망했지만 가질 수가 없었다고, 언제나 주변인이라고 느꼈다고, 언제나 이도 저도 아닌 기분 속에 산 채로 묻힌 것만 같다고, 내가 만들어내는 이 무수한 말로는 내 절대적인 고립감과 소외감을 해소시킬 수가 없다고 말했다. 한 번씩 한밤중에 깨어나 침대에 우두커니 앉아, 세상에 나 혼자뿐이라 느낀다고 했다. "사람들은 다 어디로 갔지?" 나는 큰 소리로 묻는다. 그럴 때마다 이렇게 스스로를 진정시켜야 한다. "엄마가 첼시에 있어. 매릴린도 73번가에 있고. 오빠는 볼티모어에 있잖아." 이렇게 한 사람 한 사람 헤아려보는 것이 얼마나 비참한 줄 아느냐고 말했다.

나는 말하고 또 말했다. 쉬지도 않고, 거칠 것도 없이 하고 싶은 말을 전부 쏟아냈다. 말을 마친 후에는 기분이 한결 나아졌다(여전히 혼자라고 느꼈지만 적어도 외롭지는 않았다). 하지만 그다음 순간, 창피해서 숨고만 싶었다. 그는 말이 없었다. 아, 이런 한심한 소리를 지껄이다니 제정신이니? 사실 이런 말은 듣고 싶지도 않았을 거야, 내가 무슨 말을 하는지 알아듣지도 못했겠지. 그때 조가 말했다. "내 사랑, 내면이 어쩜 그리 깊어." 내 눈이 휘둥그레졌다. 그의 말을 진심으로 받아들였다. 기뻐서 활짝 웃었다. 이런 문장을 갖고 있는 사람이라니! 이런 문장을 갖고 있다가 내게 말할 수 있는 사람이라니! 그 순간, 그를 사랑했다. 처음으로 그를 진정 사랑했다.

"그 사람 부인은 어떡할 건데?" 엄마는 말했다. "너는 어떡할 거니?" 친구들은 물었다. 거리에서 마주쳤던 지인은 다르게 말했었다. 은귀걸이를 하고 곱슬거리는 은빛 머리카락을 가진 여자였다. 그의 눈빛은 호기심으로 반짝였고 다 안다는 듯한 따스한 미소를 지었다. "아마 정력과 자제력이 남들보다는 많이 필요하겠어요." 그가 말했다. 그 여자는 이 문제를 훨씬 더 잘 이해했다.

내가 아는 모든 사람이 조의 아내가 진짜 아내고 나는 정부라고, 또 나나 그 아내나 그를 온전히 갖고 싶어하는 상품으로 여긴다고 짐작했을 것이다. 하지만 실상은 그렇지 않았다. 왜 이 남자가 아내를 떠나길 바라야 해? 그러면 뭘 어쩔 건데? 그 사람과 내 아파트에서 동거라도 할까? 두 사람 살기엔 너무 좁은데? 게다가 난 혼자 자는 건 싫어할지 몰라도 아침엔 혼자 눈 뜨는 게 좋단 말이야. 물론 그가 떠날 때는 마음이 아프지만 찢어질 정도로 아프진 않아. 나한텐 이 상황이 딱 맞아. 그리고 더 재미있잖아.

조의 아내는 내게 지극히 추상적인 존재였다. 그에게 죄책감도, 질투도 느끼지 않았다. 아마도 조를 질투하지 않았기 때문일지도 모른다. 변치 않는 믿음직스러움과 놀라울 정도로 안정적인 정서는 그의 타고난 재능(노동운동 조직과 연애에서 십분 활용 중인 그 재능)이었다. 남다른 욕구와 정력을 가진 그는 모두에게 양질의 시간을 제공할 수 있었다. 나와 있을 때는 세심하고도 온전하게 나에게만 집중해주었기에 그가 옆에 없을 때도 박탈감이나 소유욕을 느끼지 않았다. 난생처음으로 연인이 나와 함께 있지 않을 때 무엇을 하는지가 관심 밖의 일이 되었다. 실로 그가 어디서 무얼 하건 내 알 바 아니었다. 그건 해볼 만한 경험이었다.

상상해보라. 나는 이 순간에 완전히 몰입해서 살고 있고, 내일 아침에 분명 전화가 걸려 온다는 것만 빼곤 확언할 수 있는 게 없다. 나는 이 상황이 재미있다. 슬퍼하거나 눈물바람으로 지내거나 작은 일에 심장이 벌렁거리거나 화가 나지도 않는다. 오로지 재미만 있다. 분명 적응하거나 화해할 수 없는 상황이긴 하다. 그러나 생각해보자. 세상 어느 누가 자기 인생과 진정 화해한단 말인가. 불륜이란 여과되지 않은 날것의 진실일 뿐이다. 그것을 받아들일 것인가 아니면 환상을 좇다 침몰할 것인가? 그렇다. 이 질문에 답하기 위해서는 정력과 자제력이 필요하다. 내가 일어나 그 일을 해보기로 한다. 나는 미래가 없이 산다는 개념을 받아들이기 시작했다. 우리에게는 나쁜 짓거리에 낭비할 시간이 없다. 나는 엇나간 충동이 문제를 일으키지 않고 스르르 삭아버리는 걸 보았다. 울컥하는 분노가 그보다 한 수 이성적인 이해에 자리를 내어주는 것도. 쩨쩨한 집착은 알아서 힘을 잃고 모종의 감정적 정의에 승리를 내어준다. 나는 이 모든 것을 보았고, 이 모든 것을 보는 일이 즐거웠다. 그러다가 미래 없이 사는 법을 배우는 일의 무익함을 알게 되는 날이 오기도 한다. 울타리를 두른 정원 안에서의 삶은 사실 번듯하게 꾸며놓은 감옥 안마당에서의 삶과 다르지 않다. 아내가 추상으로 남아 있었을지언정 조의 결혼은 단연 얽매임이자 한계였다.

우리는 한 계절당 한 공간으로만 구성된 우주에서 살았다. 주중 오후에는 내 침실에 있었다. 시간이 흐르면서 우리는 이 우주를 더 온전하게 차지하고 싶어졌다. 욕구는 몇 배로 증폭되었고 욕망도 더 큰 욕망으로 자라났다. 충분히 갖지 못했기 때문에 그 정도로는 성에 차지 않았다. "더 바라지 마." 한 친구가 건조하게 말했다. "충분한 거? 넌 충분한 걸 원하지." 그와 만난 지 한두 해 뒤에 내가 원한 건 더 바라는 것도, 충분한 것도 아니라는 사실을 알았다. 나는 우리 감정들이 숨 쉬고 걸어다닐 수 있는 더 넓은 세상을 원했다. 공기와 빛이 공간을 필요로 하는 것처럼 인생에도 탐험과 자아 발견을

위한 공간이 필요하다. 우리 감정의 탐험은 조의 결혼에
의해 한정되어버렸고, 나는 그 한계가 점점 갑갑해지기
시작했다. 아무리 깊게 느낀다고 해도 우리 사랑은
법이나 지도상의 영역을 만들지 못했다. 국경을 넘어
도달할 수 있는 나라가 없고, 닿을 수 있는 해안이 없고,
침투해 들어갈 본부도 없다. 우리는 미지의 비옥한 땅
한가운데, 거기에서도 아주 작은 내부 공간을 차지하고
있을 뿐이었다. 그 주변으로는 융통성이라고는 없는
안정성이라는 울타리가 굳건히 버티고 있다. 사랑은 몇
배로 강렬해질 수 있었을지 몰라도 특별한 모양을 빚어낼
수 있는 더 큰 영역 안에서 확장되지는 못했다. 이미
정해진 한계라는 현실이 내 심중을 파고들었다.

그와 비슷한 시기에 내 안의 직사각형 공간, 생각이
자라고 죽는 이 공간 또한 작은 내부 공간이라는 사실을
깨달았다. 일하는 삶만 겨우 빼곡하게 들어차 있는 이
공간은 자유로운 자아라는 더 큰 실체가 들어갈 자리를
만들어내지 못하고 있었다.

잠시 나에게서 한 발 물러나 있기로 했다. 내 삶에서
내가 유예되고 있음을 내 눈으로 볼 수 있었다. 삶의 극히
미미한 부분만 실체로 채웠고 나머지는 전부 몽상으로
채웠다. 조나, 책상머리에서 보낸 시간이나 모든 것을

합리화하는 명백한 운명manifest destiny(19세기 중후반 미국 팽창기의 이론으로, 미 합중국은 북미 전역을 정치·사회·경제적으로 지배하고 개발할 신의 명령을 받았다는 주장이다)의 발로에서 나온 매한가지의 노력이었다. 나는 한 발 더 멀리 물러나버렸고 더 넓은 영역을 차지하려면 어디서부터 시작해야 하는지 상상조차 하지 않으려 했다. 사랑에서나 일에서나 마찬가지였다.

그리하여, 30대 후반에 나는 일이나 사랑에서 나름대로 환상적인 삶을 살았다. 풍요롭고, 꿈같았고, 소녀스러웠으니, 빈곤한 현실을 완성하는 데 요긴했다. 그러다 이 상습적인 몽상의 쌍둥이라고 할 수 있는 기질이 다른 면모에서도 힘을 발휘했다.

어느 여름날 주말이었다. 조와 만난 지 2년쯤 되었을 무렵이었고 일도 꽤 잘해내고 있었다. 책상에 앉으면 집중이 잘됐다. 단어들을 게슴츠레한 눈으로 바라보고 있지도 않았고, 안개처럼 뿌옇고 피곤한 머리로 의자만 빙빙 돌리고 있지도 않았다. 매일 아침 일어나 맑은 정신으로 책상에 앉아 몇 시간 동안 집중해서 일했다. 내 안의 직사각형 공간이 열리고 넓어졌고, 넓어진 채로 유지됐다. 그 복판에 생각이 있었다. 짜릿한 흥분이 생각을 둘러싸고 나를 사로잡았다. 나는 그 생각을 중심으로 환상을 키워나가고, 그보다 앞서 달려가며 거기에 깃든 온전하고 특별한 힘과 능력을 머릿속으로 그려보았다. 그러나 그 생각은 아직 구체적으로 발현되지는 않았다. 환상 속에선 언제나 이미지들이 떠올랐고, 그 이미지들에서 완전무결한 언어와 사고가 나타나 같은 과정이 반복될 때마다 깜짝 놀라기도 했다. 주말이 되자 내 책상 위에는 상당한 분량의 원고가 쌓였다. 금요일 오후에 일을 잠깐 치우고 쉬었다. 월요일 아침에 다시 들여다보니 분명 장점과 매력이 있는 글이었지만 구상부터 어긋나 보였다. 완결성이라곤 없는 중언부언이었다. 일주일 넘게 붙들고 있던 작업을 포기해야만 했다. 바람 빠진 바퀴처럼 몸이 축 처졌다. 넘쳐흐르는 영감으로 해낸 이 모든 노동이 물거품이 되었다. 다시 안개와 습기가 내 안을 채웠고 직사각형은 쪼그라들었으며 나는 언제나처럼 쓰라리도록 궁핍하게 찾아오는 명료함의 순간들을 붙잡고 근근이 삶을 이어나가야 할 것이었다. 그러나 환영이라는 황홀한 마법 속에서 보냈던 이 시간을 기억하고 싶었다. 이 환상에 이끌려 일에 매진했던 걸 생각하면 힘이 났다.

같은 시기에 조와 나는 새로운 단계의 친밀함에

도달했다. 매일 오후 네 시면 우리는 타올랐다가 가라앉는 것 같았다. 그 위험한 낮에는 어떤 절정의 순간으로 치닫는 듯했다. 하지만 그가 나를 떠나고 저녁이 가까워지면 마지막 오후 햇빛이 남아 있는 달콤한 시간에 산책을 하며 우리 둘의 모습을 상상했다. 함께 있는 현재, 함께하는 미래, 산책하는 우리, 같이 잠자리에 드는 우리, 같이 장난치는 우리. 우리. 그 주에 이 모든 불안한 짜릿함, 달콤 쌉쌀함, 강렬한 갈망이 내 안에서 부드럽게 넘실댔다. 그러다가 어느 날 저녁에는 허전함과 상실감에 빠졌다. 혼자 이 길을 걷고 있는 현실, 언제나 다른 곳에 가 있고 앞으로도 그럴 남자와의 삶을 상상하는 나를 바라보았다. 몸이 떨리고 속은 메스꺼웠다. 심장이 조여들 듯 욱신거렸다. 그날 밤 일찍 이불 속으로 들어가서 잠을 설치다가 새벽에 깨어 텅 빈 집과 공허를 마주했다. 그 주 내내 꿈처럼 몸을 감쌌던 공상이라는 파도는 내 안에서 벌레가 드글거리는 주머니로 변하고, 벌레들은 내 속을 갉아먹기 시작했다. 나는 생각했다. 아, 구역질 나.

일어나서 일기를 썼다. "사랑이란 수동적인 감정이 이끄는 기능이며 만족스러운 확신보다는 이상에 의지한다. 사랑이란 우리가 태어났을 때의 원초적인 자세라 할 수 있다. 반면 일이란 적극적이고 표현적인 삶의 기능이며

272

아무런 결과를 내지 않는다 해도 행동하는 자아가 존재했었다는 사실만은 여전히 남는다. 상상했던 삶에 대한 접근을 부정당할 때 사람은 더 크고 깊게 사랑을 추구할 수 있다."

새벽 네 시에 일어나 책상에 앉아선 일기와 책장을 바라보았다. 내가 일하는 장소의 질서정연함을 보았다. 그리고 생각했다. 엄마는 사랑이라는 신전을 숭배했지만 평생 돌려받은 건 권태였어. 사랑이 준 건 죽은 경품이었어.

도로 침대로 들어갔다. 아침이면 다시 기를 쓰며 살게 될 것이다. 언제나 기를 쓰는 건 아침이다. 지금은 아니다. 일 때문도 아니고 조 때문도 아니다. 일이나 조가 각각 서로의 회피처라고는 보지 못했다. 조와 함께 있으면 행복에 취해 지속적인 노동이 주는 순도 높은 고통을 피할 수 있었다. 일을 하면 사랑의 '침입'에서 나를 지키고 단단하게 유지할 수 있었다. 유부남과의 사랑도 그럭저럭 괜찮다. 몇 년간 그렇게 말해왔다. 아침이면 괜찮아질 거야. 물론 그런 아침은 영영 오지 않았다.

조는 내가 아는 사람들 중에 가장 사교적인 사람이었다. 그가 삶에 대해 갖는 이성과 감성은 굉장히 넓고

포괄적이었다. 어떤 순간이건, 그 자리에 있는 스물다섯
명의 사람이 얼마든지 아내의 자리를, 연인과 친구의
자리를 대신할 수 있었다. 그는 행복을 찾겠다고 어떤
특정한 대상이나 상황에만 의지하는 건 유치하다고
생각했다. 아무리 작더라도 자기 앞에 할당된 것에서
가능한 한 많은 세계를 발견하는 게 중요하다고 했다.
우리 관계에서도 나와 달리 일말의 한계도 느끼지 못했다.
대신 이렇게 말하곤 했다. "지금 우리 같이하고 있잖아.
우리가 가진 걸로 뭘 할 수 있는지 보자." 그리고 실천했다.

　그는 나에게, 나를 위해, 나를 향해 삶을 열심히
배달해주었다. 소통과 관계에 다양한 불꽃과 새로운
차원을 가져다주는 편의와 쾌락을 창조해내는 데 여념이
없었다. 우리는 침대에서 샴페인을 마셨고, 미드타운에서
굴을 먹었고, 해변으로 깜짝 여행을 갔다. 내게 필요한
책들을 가져다주었고 매일 내가 관심 가질 만한 기사를
스크랩해주었으며, 내가 전혀 기대하지 않았을 때 우리
집에서 하룻밤 자고 갈 수 있는 시간을 내서 이튿날
아침까지 차려주었다. 우리의 정서적 삶은 나에게 천착할
만한 주제가 되었고, 그에게도 그러했다. 그는 우리 사이에
오간 광범위한 대화와 토론에서 진정한 기쁨을 느꼈고,
두려움이나 방어적 태도 없이 그 안으로 깊이 들어가서는

나 또한 그러한 대화가 제공하는 매일의 양분에 의지하게
만들었다.

나는 그가 매일매일 더 믿음직스럽고 사랑스러워지기
위해 최선을 다해 노력하며 우리가 무엇을 더 가질 수
있는지 고민하는 모습을 애정 어린 눈길로 바라보곤
했다. 조는 충분히 가지지 못했다고 느끼지는 않았지만
그러면서도 항상 더 원했고 원하는 것은 무슨 수를
써서라도 얻어내곤 했다. 그가 어떤 술수를 부리고
있는지는 그다지 신경 쓰지 않았다. 그저 기다리고 있다가
우리 둘의 삶을 풍성하게 해주는 이 넓은 파도를 옆에서
타기만 하면 된다고 생각했다.

사귄 지 3년째 되던 어느 가을날 조는 친구가 배를 한
척 갖고 있는데 그걸 사고 싶다고 했다. 카리브해 해변에
정박돼 있는데 2주 뒤에 보러 갈 거라고 했다. "같이 가자."
그가 말했다. "진짜 근사할 거야. 이틀이나 사흘 내내 같이
있을 수 있어. 더 오래 있을 수도 있고." 기대하지 않았던
깜짝 선물 같은 제안이었고 마침 시간이 비어 있었다.
그의 얼굴에 키스를 퍼부었다. 아, 사랑스러운 사람. 언제나
나보다 더 멀리 볼 줄 알아.

우리는 화요일 오후에 카리브해에 도착했다. 그날 밤,
청녹빛 만이 펼쳐진 테라스에서 저녁 식사를 한 뒤 열린

창문으로 온화하고 달콤한 바람이 불어오는 호텔 방
하얀 침대보가 덮인 침대에서 사랑을 나눴다. 은총이었다.
화요일 밤의 은총. 수요일도 하루 종일 축복과도 같은
날이 이어졌다. 목요일도 마찬가지로 은총이 쏟아졌다.
금요일 아침 뉴욕으로 돌아갈 준비를 했다. 짐을 싸고,
체크아웃을 하고, 렌터카를 타고 공항으로 향했다. 그
순간 집으로 돌아가야 한다고 생각하니 괴로워서 참을
수가 없었다. 조의 팔을 잡고 말했다. "우리 주말까지만
더 있다 가면 안 돼? 아내분한테 전화하고, 보트 보려면
하루이틀 더 필요하다고 말하면 안 되나?"

　조는 내 쪽으로 고개를 살짝 돌렸다. 그의 이마에 깊은
주름이 패었고 눈이 가늘어졌다. "난 당신하고 뉴욕 같이
안 가." 그가 말했다. "오늘 저녁에 아내가 내려오기로
했어."

　한번 듣고 나면 절대로 잊을 수 없는 말투였다.
알아채기 쉽지 않지만 분명 짜증이 깃든 그 목소리. 벌써
오래전에 얘기했는데 어떻게 잊을 수 있는지 도무지
이해할 수가 없다는 듯한 말투. 후에 이렇게 생각한 게
기억난다. 가스라이팅이야.

　"뭐라고?"

　"집사람이 오늘 밤에 여기로 내려온다고. 내가 말

했잖아. 분명 말한 것 같은데."

"어떻게 이럴 수 있어?" 나는 따졌다. "빌어먹을, 나한테 어떻게 이럴 수 있냐고."

그는 도로에서 나오지도 않았다. 차를 갓길에 세우고 손으로 머리를 감쌌다. 나는 열기와 희부연 공기로 일렁거리는 암울한 열대 지방의 아침 풍경을 내다보았다.

"내가 깜박했나 보다." 조가 말했다. "미안해. 내가 다르게 기억하고 있었나 봐. 당신이 알면 우리가 함께 보내는 시간을 망치게 될까 봐 그랬나 보다."

"진짜 야비하다."

"뭐?" 그가 소리쳤다. "뭐가 야비하기까지 해? 난 그저 편안한 시간을 보내고 싶었을 뿐이야. 같이 뉴욕으로 돌아가지 않는다는 걸 당신이 미리 알았다면 그럴 수 있었을까? 이게 그렇게까지 잘못한 일이야? 우리 정말 근사한 시간 보냈잖아. 안 그래?"

"나를 속이고 이용한 거지. 미리 말해줬어야 하는 걸 일부러 숨겼잖아. 내가 아는 것보다 우리가 잘 지내는 게 더 중요하다고 혼자 결정해버린 거잖아. 당신한테는 나보다 상황이 더 중요했던 거지."

"그렇지 않아." 그가 말했다.

하지만 그랬다. 조에게는 어떤 상황이 그 상황에 있는

사람보다 훨씬 더 중요했다. 항상 침대에서만 지냈기 때문에 머리로만 그를 알았을 뿐 그의 실체를 알 기회가 없었던 것이다.

엄마는 그래도 내게 사랑하는 사람이 생겼다고 안심했다. 처음에는 스테판에게 그랬던 것처럼, 아니 더 심하게 나를 몰아세우기도 했다. "그래서 다른 여자 남편 뺏은 기분이 어떠냐?" 하지만 나와 내가 만난 남자들에 대한 알 수 없는 분노에서 이전보다 훨씬 더 빨리 회복되긴 했다. 내가 그런 말을 듣곤 문을 쾅 닫고 나가버리면 엄마는 뒤에서 소리 지르곤 했다. "들어와! 들어오라고! 그런 뜻 아니었어."

정말 진심이 아니긴 했나 보다. 몇 분도 채 안 된 것 같은데 엄마는 나의 이 떳떳하지 못한 연애를 받아들였고 엄마 집에서 조를 만나기도 했다. 실은 조를 데리고 오라고 한 적도 있었다. 엄마에게 조는 멋진 신사에 성공한 남자, 힘과 권력과 목적과 용기를 가진 남자였다. 약간은 수줍어하면서, 어느 정도는 감탄하면서 말하곤 했다. "저 남자 후츠파(녁살) 한번 대단하네."

엄마는 친척들에게도 내 얘기를 못해서 안달이었다. 이모나 외삼촌이 내가 어떻게 지내는지 물으면 말했다.

"말도 마라." 그러면서 은근히 뭔가 대단한 비밀이 있는 낌새를 흘려서 사람들의 관심을 집중시켰고, 내가 안타까운 연애의 소용돌이에 휘말린 주인공이라도 되는 듯 떠들곤 했다. 물론 친척들은 곧바로 훈계에 들어갔다. 유부남이라니. 충격이다. 소문나면 어쩌니. 우리 집안에 아무도 그런 짓 한 사람 없다. 엄마는 발끈했다(엄마 시나리오엔 없던 일이니까). 그리고 당신네들이 마음대로 판단할 수 없는 피치 못할 사정이 있을 수 있다고 기세등등하게 선언한다. 친척들도 제각기 알아서 조의 아내가 제정신이 아니다, 매독 환자일 거다, 이혼하지 못하는 속사정이 있을 거다 하는 식으로 결론을 내버렸다.

이제 문제는 조의 아내였다. 엄마는 우리 입장을 지지한다고 하면서도 우리가 아내를 피해자로 만들고 있다는 확신 때문에 심적 갈등을 빚기도 했다. 엄마는 갈등을 당신 나름대로 해결해버렸는데, 그 '아내'가 우리 집 현관에 권총을 들고 나타나 눈 하나 깜짝 안 하고 나를 쏴버리는 꿈을 반복해서 꾼다는 것이었다.

조가 취향과 의지가 확고한 남자라는 건 엄마도 알았다. 언제나 대화를 장악하고 어떤 방에서나 자기 지분을 남보다 더 많이 가져가고, 정치적으로 원하는 것은 무슨 일이 있어도 쟁취하는 사람이라는 것도. 그렇다고

'원칙과 도덕'밖에 모르는 매력 떨어지는 사람이 낫다고 생각하지도 않았다. 엄마는 내 의지 따위는 하찮을 뿐이라는 사실도 직시했다. 남자들이란, 어깨를 으쓱하며 말했다. 남자가 다 거기서 거기지. 딱히 뭐가 다르겠어. 그 남자가 너를 사랑하니? 너한테 잘해줘? 그런데 남자답게 행동하고 싶어하는 거잖아. 그러라고 해. 너한테 나쁠 것도 없잖아. 아무 의미도 없어.

사귄 지 4년째 되는 해에 조의 아내는 건강히 급격히 나빠졌고 중병이라고 했다. 아마 오래 살지 못할 거라고도 했다. 조는 안색이 창백해져서 좌불안석이었다. 아내에 대한 애정이 깊었고 아내가 살아 있는 한 절대 그를 떠나지 않을 사람이었던 조는 그가 죽을지도 모른다는 생각에 공포에 질려 있었다. 하지만 생각은 여러 갈래로 나뉘었고 그의 감정도 분열되었다. 이 사건의 결과에 따른 잠재적 미래에 대해 한마디도 나누지 않았지만 우리 모두 어느 정도는 기대하는 바가 있었다. 두려움에 떨면서도 기대를 했다. 감히 인정하지는 않았지만 다들 조와 내가 곧 결혼할 것처럼 행동하기 시작했다.

어느 날 오후에 엄마와 세라 이모가 커피를 마시러 우리 집에 들렀다. 자매는 노상 붙어 있으면서 노상 투닥거렸다. 두 사람이 주고받는 평범한 대화는 옆에서 구경하자면 마냥 즐거운 비방과 말싸움의 현장이었다. "오는데 어떤 남자애가 길에서 자빠졌더라." 세라 이모가 이렇게 말을 시작한다. "눈동자가 뒤집히더니 팔다리를 꼬는 거야. 간질 환자 발작하는 건 처음 봤네." 엄마가 바로 맞받아친다. "너 뭔 소리 하니? 쟤는 지가 무슨 말 하는지도 몰라. 마약 중독자야. 네가 본 사람. 너 마약 중독이라는 말을 알기는 하니?" 그 말에 세라 이모는 고개를 절레절레 흔든다. "네 엄마 말이다. 양파가 머리 위에서 안 자라니까(이디시어권에서 널리 쓰이는 악담 중에 '양파처럼 땅에 머리를 처박고 클 것'이라는 말이 있다) 자기가 랍비 사모님이라도 되는 줄 아나 보다." 이러니 엄마와 이모가 함께 오는 건 언제나 환영이다.

네 시 반쯤 조가 연락도 없이 집에 왔다. "죄송합니다." 조는 만면에 미소를 띄우고 말했다. "제가 방해가 된 건 아닌지 모르겠네요. 오늘 아침에 좋은 소식을 들어서요. 한 달 동안 질질 끌던 일을 계약했는데 축하하면 좋지 않을까 하고 들렀거든요." 그는 종이봉투에서 와인 한 병을 꺼내더니 끊임없이 말을 하면서 방을 성큼성큼 가로질러 부엌에 가더니 커피 테이블에 와인잔 네 개를 내려놓고는 와인을 따서 잔에 따랐다.

엄마의 눈은 즐거움과 기대로 빛났다. 엄마에게 조는

언제나 휴가 같은 사람이었다. 엄마는 그에게서 와인을 받아 들고는 홀짝거리며 마신다.

"난 됐어요!" 세라 이모의 얼굴이 화난 사람처럼 벌게졌다. "대낮부터 와인은 못 마셔."

"됐긴 뭐가요, 좀 드시지." 조는 와인이 찰랑찰랑한 잔을 이모에게 건넨다. 이모는 마지못해 받아 들었다.

조와 나는 같이 잔을 위로 들었다. 우리 모두 와인을 한 모금씩 마셨다. 조가 계속해서 오늘의 성과를 이야기하면 엄마와 내가 적절하고도 싹싹하게 추임새를 넣었다. (정말 대단하다! 진짜로 그랬어요? 기분 좋았겠네!) 세라 이모는 점점 말이 없어졌다. 평소 수다쟁이인 이모가 급작스럽게 조용해지니 가슴이 답답하고 불안해졌다.

잔이 비자 조가 다시 병을 집어 들더니 따르려고 했다. 가장 먼저 내 쪽으로 향했다. 나는 그가 내민 팔에 맞추려고 내 잔을 앞으로 내밀었다. 그가 와인을 따랐다. 이제 병을 엄마 쪽을 향해 들었다. 엄마가 말했다. "이젠 나도 그만해야겠다." 이모는 옆에서 고개를 세차게 흔들며 거부했다. "에이, 딱 한 잔만 더 하세요." 조가 엄마의 잔에 병을 가져다대며 말했다. "그럴까?" 엄마는 싱긋 웃었다. 조는 엄마의 잔을 채워주고 세라 이모 잔 쪽으로 병을 들었다. 이모는 딱딱하게 말했다. "싫어요. 난 안 마셔요."

"조금만 따를게요." 조가 병을 기울였다.

이모는 손으로 잔 입구를 막았다. "싫다니까. 못 해요."

"아까 그 이야기 자세히 해봐요, 조." 엄마가 끼어들었다. "오늘 아침에 상사가 어떻게 나왔다고?" 조는 웃으면서 세 번째로 그 이야기를 하다가 1분 정도 지나자 다시 병을 들고 이모의 잔에 따르려고 했다.

"딱 한 잔만 더 하시죠." 조가 말했다.

이번에는 황당하다는 얼굴을 한 이모가 다시 한번 손으로 잔을 덮고 고개를 저었다. "진짜 더 못 마셔요."

"마실 수 있는데. 부끄러워 그러시죠." 그러더니 병 주둥이로 이모의 손을 치우려고 들기 시작했다. "조금만, 쬐금만 더 하세요."

엄마는 당신 잔을 내려다보았다. 이모는 기가 막힌 듯 보였다.

조의 손에 내 손을 올렸다. 그가 나를 보았다. "이모 어른이잖아. 이모가 싫다고 하면 싫은 거지."

이 말을 한 다음에도 잠깐 동안 우리는 그 상태 그대로였다. 내 손은 그의 손 위에 얹혀 있고 그의 눈은 내 얼굴에 고정되었다. 그러다 조가 손을 빼고 웃었다. "알겠습니다." 그는 그저 사람들과 친해지고 싶은 사교적인 사람이었다. 다른 방식으로 행동하는 법은 알지 못했다.

다섯 시 반에 우리 셋은 모두 일어났다. 조가 세라 이모 코트 입는 걸 도와주었고 나는 엄마 코트를 둘러주었다. 나는 문가에 서서 엘리베이터로 가는 그들을 배웅했다. 복도를 반쯤 걸었을 때 엄마가 발을 멈췄다. "어머나, 열쇠 안 가져왔다." 엄마가 내 쪽으로 몸을 돌렸는데 손에 들려 있는 열쇠가 보였다. 엄마는 나를 빠르게 지나쳐 아파트로 들어가서 부산스럽게 뭔가 찾는 척했다. "열쇠를 어디에 뒀더라?" 엄마는 혼잣말하듯 중얼거렸다.

"엄마, 손에 들고 있잖아."

"아, 그렇구나. 그럼 그렇지." 하지만 여전히 뭔가 할 말이 있는 것처럼 서 있었다. 그리고 내 팔에 손을 얹었다. "결혼하지 마라." 그러더니 복도 쪽으로 빠르게 걸어갔다.

조의 아내는 죽지 않았다. 병세가 호전되었고 우리는 그 전과 똑같은 상태로 사귄 지 4년에서 5년을 지나 6년째를 앞두고 있었다. 우리는 여전히 강렬한 에너지를 교환하는 사이였다. 열띤 논쟁과 대화, 더없이 황홀한 잠자리라는 관계 자체의 성격은 변함없이 그대로였다. 간혹 이 소음과 연기 속에서 완전히 다른 세상을 살아가는 각자의 방식을 서로 엿보고 오래오래 곱씹다 문득 가슴이 쿵 내려앉기도 했다. 그러나 그런 순간은 지나가기 마련이었다. 우리 둘

다 서로 어떤 말들을 너무 오랫동안 듣고 있다 보면 더
어리둥절해졌다. 우리 사이의 빈틈 있고 거친 에너지를
사랑했다. 싸우면 더 흥분되곤 했다.

이렇게 오직 말로만 채워진 시끄럽고 복잡한 연애의
핵심에는 사실 성애가 있었다. 우리는 몇 시간, 며칠,
몇 달, 몇 년이고 서로 함께 열정적으로 대화할 수 있는
사람들이라고 자신하면서도 둘 중 한 사람이 침대에서
흥분하지 않으면 그 순간 흥미를 잃었다. 나는 이것이 우리
사이의 더 정확한 진실이었다는 것을 알았고 자주 입밖에
내뱉기도 했지만 이 말의 실제 의미는 모르는 척했다.
통찰의 순간과 행동에 옮겨야겠다는 충동 사이에는
언제나 타협해야 할 길고 긴 불안이 놓여 있기 마련이다.

"우리 유대는 성적이야." 나는 잊을 만하면 한 번씩
이렇게 선언하곤 했다.

"그렇지?" 조는 목소리에 흥미를 가득 담고 대답했다.

"우리 둘 다 서로의 마음이나 정신에 대해서는 반응을
안 해. 우리는 성적인 흥분으로만 연결돼 있어."

그는 웃고 또 웃었다. 내가 바퀴라도 발명한 것처럼
대단을 떨었나.

"그건 그렇지." 그는 인내심 있게 대응했다. "그런데
남녀 사이란 게 원래 그런 거 아니겠어? 당신이 말하는

그 공감이라든가 친밀감도 기본적으로 성적인 끌림을
바탕으로 하는 거지. 하지만 그러면 어때서? 굳이 우리를
그런 식으로 정의하는 게 의미가 있나?"

"난 싫단 말이야." 내가 말했다. "모욕적이야. 항상
모욕적이라고 생각했어."

"그러면 뭐. 당신은 수천 년 역사에 모욕당하면서
계속하는 수밖에 없지."

그때는 그의 말에 반발하지 않았다. 대화에서 밀렸거나
내 생각으로 유배되었거나, 내 존재를 일반화하는
말("여자들이란 말이지……")을 들었을 때 그랬듯 잠깐의
불편함에서 빠져 나와 묵묵히 물러나 잠잠해진다.
그다음부턴 이 문제에 대해 언급하길 관두고 몇 달을
그냥 흘러가는 대로 내버려뒀다. 성적인 끌림이라는
것에는 확실히 장점이 많아서 저울질을 해보면 늘 무게가
더 나갔다.

우선, 성애 자체가 막강한 힘을 갖고 있다. 욕망은
다정함을 보장한다. 다정함은 위험을 저지한다. 위험에서
빠져나오면 자유롭게 나 자신을 포기한, 비밀스러운 삶
속으로 기꺼이 들어갈 수가 있다. 침대에서 꼭 내가 나일
필요는 없다. 나를 잃어버릴 수 있고 그러면서도 여전히
안전할 수 있다. 잃어버린 나에게서 빠져나오면, 거기엔

조가 있다. 나를 꼭 붙들고 있는 조가 자기만의 활력에서 새로 태어나는 모습을 보노라면 그에게 더없는 신뢰가 간다.

나는 나 자신이 될 필요가 없었다. 조와 함께 있으면서 난생처음으로 자신이 될 필요가 없다는 것의 매혹을 느꼈다. 얼마나 가뿐하고 매력적인 안심인가. 나는 평생 스스로 충분히 재미있는 사람이 아니라고, 충분히 특별하지도, 충분히 재능 있지도 않아서 사랑이든 우정이든 나에게 다가오는 사람의 관심을 붙들어놓을 수가 없다고 생각해왔다. 물론 매력적일 수 있고 인생에 사람을 끌어들일 수도 있다. 분명 그렇게 해오기도 했다. 하지만 그들을 내 곁에 오래 머물게 할 수 있을까? 그건 확신할 수 없었다. 이제는 그 점을 확신하지 않아도 될 것 같았다. 성적인 끌림이 긴장과 불안을 수습했다. 하루 단위로 관심이나 존중을 애써 얻어내야 할 것 같은 의무에 시달리지 않아도 되었다. 거래는 성사되었다. 나는 이 안에서 마음을 놓을 수 있다. 결혼의 강력한 이점도 알아볼 수 있었다. 반드시 온전한 한 사람과 온전한 한 사람으로 연결될 필요는 없다. 반쪽만으로도 결혼 생활을 충분히 유지할 수 있다. 좀 열어놓고 더 많은 사람을 만난다고 해서 결혼이 반드시 위험에 빠지는 것도 아니다.

재미있었다. 전반적으로 모든 것이 그랬다. 그러나 마음
깊은 곳에서 나는 달라지고 있었다. 6년째가 되자 "우리
유대는 성적이야"라는 말을 지루하고 건조하게 반복하기
시작했다. 이번에는 내 목소리에 일말의 둔탁한 분노
같은 것이 묻어났는데 그건 내가 성적인 긴장을 더 이상
만들어내지 못한다는 뜻이었다. 우리 사이의 논쟁에도
지쳐가기 시작했다. 서로 맞서고 언쟁해도 성적인 흥분이
일지 않았다. 더 이상 예측 가능한 속도나 열기로
타오르지 않았다. 어느 날부터인가 우리는 보잘것없는 한
주를 보냈고 더 이상 자지 않았다. 조를 만나면 나는 축축
처졌고 정신 집중이 안 되었다. 조의 관심은 노골적으로
수그러들었다. 하루는 오르막길을 터벅터벅 걸으면서 한
시간 반 정도 대화를 나눴다.

"이제 우리 작동이 안 되는 단계인가." 둘 중 한 명이
말했다.

"잠깐 지루해진 시기지." 다른 사람이 확인했다.

"다음 주면 예전과 똑같이 될걸."

그리고 다음 주에 거짓말처럼 예전으로 되돌아갔다.
하루나 이틀간.

아주 조금씩, 서서히, 우리는 멀어져갔다. 두 사람 다
알고 있었다. 우리 둘 사이에는 혼란과 후회라는 씁쓸하고

꺼림칙한 분위기만 감돌았다. 나는 돌려서 말했다. "우리 영원히 이렇게 지낼 수는 없어, 알지." 그러면 조는 더 세게 나왔다. "당장 그만두자." 그러면서도 또 만났다.

어느 날 밤 친구 린다의 전화를 받았다. "잘 지내? 조하고는 별일 없는 거지?" 친구가 물었다.

"그럼, 왜?"

"그 사람 자꾸 나한테 전화를 하네."

"무슨 말이야, 전화를 하다니?"

"나한테 만나자고 하더라고. 그리고 지금 약간 아리송한 편지까지 받았어."

심장이 널을 뛰더니 가슴 밖으로 튀어나오려고 했다. "그러니까 그 사람이 너한테 지금 추파질이라도 한다는 거야?"

"모르겠는데, 아무래도 그런 것 같아."

"말도 안 돼, 어떻게 내 친구한테 치근거릴 수가 있어?"

"내 말이 그 말이야. 그런데 그 사람 편지가 너무 적극적이라 너한테 말해줘야 할 것 같았어."

"당연하지. 고맙다, 전화해줘서 고마워."

린다는 노동 전문 기자로 내 아파트에서 조와 몇 번 만난 적이 있었다. 조도 일 때문에 전화했겠지. 당연히 그랬을 것이다. 일로 꼭 연락해야 할 용무가 있었을 것이다. 이번 주에 내게 어떤 일인지 말해줄 게 틀림없다.

하지만 그 주에도 그다음 주에도 아무 말이 없었다. 그사이에 나는 린다를 만났고 그 편지를 읽어보았다. 누가 봐도 사귀자는 내용이었다.

린다한테 전화가 왔고 보낸 편지 봤노라고, 조에게 이야기했다. 그는 화들짝 놀랐다. "자기한테 전화했다고? 어떻게 그럴 수 있지? 무슨 친구가 그래?"

"좋은 친구라 그렇지, 무슨 친구냐니?"

"내 친구들은 안 그래."

"그럼 린다가 입을 다물고 있었어야 한다는 거야?"

"아니, 그런 말이 아니라."

"당신이 내 친구한테 접근하지 않았어야 하는 게 아니고? 오히려 내 친구가 알면서도 모르는 척하고 있었어야 했다고? 지금 그런 말이야?"

"아니, 그게 아니야. 그래, 변명 안 할게. 그렇게 됐어. 그동안 집사람한테도 전혀 죄책감 안 느꼈거든. 그러니까 이번에 당신한테도 죄책감 안 느낄게. 당신이랑 나 시들해진 지 오래됐잖아. 게다가 성적인 면에서 말하자면 난 자유의 몸 아닌가."

"그런데 왜 하필 내 친구야? 지켜야 할 선이란 게 있잖아."

"아니 전혀. 원래 친구의 친구한테 더 끌리는 게 인지상정 아닌가. 린다한테 관심 가진 게 죄는 아니잖아. 린다가 당신한테 말한 게 잘못이지. 난 친구라면 상처 될 게 뻔한 소식은 전하지 말아야 한다고 생각해."

나는 그를 노려보았다. 그는 내가 화난 이유를 정말로 모르는 듯했다.

"린다가 입을 다물었으면 너희 둘 사이에 비밀이 생겼겠지. 그러면 나는 그길로 동등한 위치에 못 있게 돼. 기만당한 아내 꼴 난다고. 까맣게 모르는 사람은 그렇게 된다고. 그리고 어떻게 린다가 나를 배신할 친구라고 제멋대로 생각해버릴 수 있어? 대체 왜? 한번 자보는 게 그렇게 중요했니?"

"헛소리 마. 린다를 내 멋대로 판단한 거 아니야. 그래 린다가 나랑 만나고 싶어하지 않는다고 쳐. 그러면 그만이지. 그냥 입 다물고 예전처럼 똑같이 지내면 되는 거 아닌가. 이제까지 평생 친구 아내들한테 눈길 보냈어. 집사람 친구들한테도 그랬지. 그런데 단 한 번도 그 아내들이 내 친구한테 털어놓았다거나, 아내 친구가 득달같이 아내한테 일러바친 적 없었어. 어떤 의도로 전화했는 줄 뻔히 알면서 '정직'이네 뭐네 따지는 건 기만이야."

"결혼이 신성한 줄 아는 기혼자들 사이에서만 평생 살아왔으니 그런 말을 하지. 당신들한테는 혼인 관계 안에서 견뎌야 하는 치욕보다 혼인 자체가 절대적으로 더 소중하니까. 나한테는 해당 안 되는 이야기야. 그건 진짜 우정이 아니라고! 왜 나나 린다가 그 가치를 공유해야 하는 건데? 당신은 우리가 어떤 세상에 살고 있다고 생각해?"

"뭔 소린지 하나도 못 알아먹겠다. 이건 일주일에 한 번씩, 아니 한 시간에 한 번씩 일어나는 일이야. 세상 돌아가는 방식이 그래. 인간의 가장 원초적인 욕구라고. 우정이랑은 상관없어."

"이걸로 끝인 것 같다." 나는 말을 질질 끌었다. "이 문제로 확실히 결론 났네. 나는 친구한테 접근하는 건 누가 뭐래도 배신이라고 생각하고, 당신은 아무렇지도 않다는 거잖아. 사랑과 우정은 아무 관련이 없으니까."

"바보 같은 소리 마." 그의 목소리가 잦아들었다. "그렇게 많은 걸 알고 이해하는 사람이 이건 왜 몰라. 대립관계야. 우정이 사랑에 끼어들 순 없어."

"나는 그딴 정의 거부할게." 내가 말했다. "완강히 거부할게. 오로지 사랑만이 로맨틱한 애착이라면, 그 사랑 망하라고 해."

"당신 참 어리다. 이게 사랑이야. 달리 사랑을 가질

방법은 없어.”

"그럼 난 사랑 없이 살아야지. 이딴 식으론 못 사니까.”

그는 대꾸하지 않았다. 우리는 길고 긴 침묵 속에서
서로 바라만 보았다.

"피할 수 없는 수순이었나 보네. 나도 언젠가 배신당한
아내 꼴 나는 거.” 내가 말했다.

"항상 누군가는 배신당해. 나도 그럴 때 있고.”

그렇게 우리 사이는 갑작스럽게 끝나버렸다.

스니커즈를 신고 세상 밖으로 나가 거리를 활보하고
싶었다. 배터리파크부터 조지워싱턴브리지까지 하염없이
걷고 싶었다. 하지만 커다란 쇠망치 같은 피로가 덮쳐오는
바람에 그대로 소파에 쓰러져 허공을 바라보고 있을
수밖에 없었다. 그 순간 진심으로 절망했다. 아무리
차별화하려고, 달라지려고 기를 써도 나는 결국 엄마처럼
돼버리는구나. 소파에 누워 멍하니 허공만 바라보는
여자가 되는구나. 내가 조와 잤던 게 아빠와 잔 것과 크게
다르지도 않았던 건 조가 나이 많은 유부남이었기 때문이
아니라 그가 세상을 보는 관점에 남자-남편-아빠, 여자-
아내-아이라는 철옹성 같은 구도가 있었기 때문이다.

내 인생의 남자들, 그들과의 관계를 하나씩 돌아보았다.

스테판, 데이비, 조. 그들은 제각기 너무나 다른 사람들처럼 보였고 따로 보면 그렇기도 했지만 나는 이 남자들과의 애착에서 아무것도 배우지 못한 채 이들과 잠시 잠깐 숨어 지냈을 뿐이었다. 그 남자들을 고른 이유는 그들이 나를 지금 이 순간으로, 즉 사랑의 실패로 인해 마비돼버리고 침울해진 이 순간으로 되돌아올 수 있게 해주는 사람들이기 때문인 것만 같았다.

얼마 후 소파에서 몸을 일으켰다. 세상 밖으로 나가 거리를 활보하진 못했다. 사실 단단한 땅과는 아주 먼 곳에, 난파된 배의 파편을 붙들고 바다에 둥둥 떠 있었다. 하지만 책상에는 앉았다. 매일매일 해야 할 일들에 매달렸다. 썩 잘해내지는 못했다. 그래도 책상이— 사랑에 대한 만족스러운 해결책은 아닐지언정— 잠재적 구원이라는 사실을 의심하지는 않았다.

심리상담가의 상담실에서 모든 이야기를 털어놓았다. 했던 이야기를 하고 또 했다. 그리고 또 했다. 어떤 이야기를 하건 상담사는 이렇게 물었다. 왜 그러셨어요?

왜냐고요? 나는 아무 생각 없이 되물었다.

네. 왜 그랬는지 생각해보셨어요? 그 여자는 흔들림

없는 목소리로 다시 물었다.

언제나 나에게 왜냐고 물었다. 한 번씩 숨쉬기가
어렵다고 느끼는 건 왜인가요? 마음이 직사각형 공간인
건 왜 그래요? 왜 특정한 작은 공간만 항상 공격을 받는
걸까요? 그 공간이 넓어지고 확장돼 삶을 채워주지
못하는 건 왜죠? 왜 그럴까요?

모든 '왜'가 달리는 순간마다, 도시의 거리를 달리고 내
삶의 거리를 달릴 때마다 위에서 아래로 고꾸라지듯 내게
쿵 하고 떨어졌다. 책상에 묶여 있는 게 아닐 땐 나가서
달리곤 했다. 숨이 찰 때까지, 지쳐 쓰러질 때까지, 미칠 것
같을 때까지. 당장 행동해! 움직여! 채워 넣어! 너한테는
시간이 없고 멈춰서 숨 고를 시간은 더더욱 없어. 물론
언젠가는 숨도 편하게 쉴 수 있고, 여유를 부릴 수도
있겠지. 하지만 지금 당장은 그냥 맨발로 필요한 것을 향해
뛰어. 내면 공간이 잠깐 넓어졌다가 점점 좁아지고 있는
게 느껴지니. 더 빨리 더 많이 일해. 더 빨리 끝내라니까.
못하겠어. 가슴 안쪽에서부터 고통이 느껴졌다. 사실
타자기 앞에 앉아 있는 것조차 힘에 부쳤다. 몸 어딘가가
아팠고, 일어나면 쓰러질 것 같았지만 그 상태로 30분을
더 그 앞에서 버텼다. 그러다가 바닥에 쓰러질 것 같았다.
다시 나를 타자기 앞으로 질질 끌고 가 묶었다. 그게

차라리 나았다. 그러지 않으면……

왜 그러세요? 상담사가 물었다. 왜 타자기 앞에
스스로를 묶어놓아야 한다고 느껴요? 왜 시간을 갖기
위해, 숨을 쉬기 위해 굳이 싸워야 하나요? 왜 내면의
좁은 공간 안에 쓸 만한 글이라곤 한 줌뿐이고, 왜 공포와
숨막힘이라는 내면 묘사를 떨치지 못하는 건가요?

나는 한참 우물쭈물하다가 설명했다. 그 직사각형은요,
도망자예요, 반란군이고요, 나라는 존재 안에서 살아가는
불법 이민자예요. 애한텐 시민권이 없어요. 그래서 늘
도망다니는 신세예요.

"그러면 남편이 있는 여자는요?" 그가 물었다. "그런
여자라면 정식 시민이 되는 건가요? 그 여자는 모든
권리를 갖고 있나요?"

"글쎄요…… 뭐 어쩌면…… 그럴지도 모르죠." 그렇게
말하는 내 목소리가 애처로워 흠칫했다. "선생님 말이
맞나 봐요. 그럴지도요."

"그러면 이렇게 합시다. 그까짓 결혼, 해버려요." 그
여자는 화통하게 말했다. "결혼 까짓것 세상에서 제일
쉽지."

"안 돼요!" 나는 고함을 내질렀다. "싫어요, 싫어요,
싫어요. 천 번이라도 말할 수 있어요. 안 해요."

"그러면 어떻게 해야 할까요." 상담사가 말했다.

"저는 안 될 것 같아요." 나는 한쪽 주먹으로 다른 쪽 손바닥을 내려쳤다. "이 이민자는 귀화가 안 돼요."

그는 다시 왜냐고 물었다.

그가 묻자 이번엔 현관 앞 전실에 네티, 엄마와 함께 서 있는 내가 보였다. 창백한 불빛 아래 위협과 불안이 우리 머리 위로 떨어지고 있었다. 그 현관 전실, 그곳은 근원이자 향기 나는 에테르(독특한 향기를 내는 유기 화합물로 마취제로 쓰인다)였다. 나는 그 안에서 숨을 쉬었다. 그것은 나를 가슴 졸이며 떨게도 하고 진정을 되찾게도 했다. 나는 그 전실에, 흥분한 채, 귀를 쫑긋 세우고, 집행유예 상태로, 일시 정지돼 서 있다.

왜요? 그가 물었다. 나도 그 이유를 알고 싶었다. 왜 그 어둡고 좁은 공간을 떠나지 못하지?

엄마 얼굴이 그 안에서 떠올랐다. 보드랍고 여리고 똑똑하지만 슬퍼 보이는 얼굴을 한 엄마가 몸을 내 쪽으로 기대고 있다. 엄마도 이 질문에 나만큼이나 흥미가 동하는가 보다. 하지만 나는 입을 열지 않았다. 내 안에 정답이 없었기 때문이다.

상담사가 말했다. 그러면 남자들은요?

남자들이요? 나는 멍한 표정으로 물었다.

그래요, 남자들이요. 그는 확인해주듯 말했다.

아, 아뿔싸! 나는 폭발했다. 남자 문제라고 제대로일
리가요! 나는 아주 천천히 말했다. 내 입으로 무슨 말이든
해버리고 난 후에야, 그것이 진실임을 깨달았다. 남자도
아니에요. 나는 조용히 말했다. 그것도 나는 못 배울 것
같아요.

배워야 해요. 여자는 아까보다 훨씬 더 차분해진
목소리로 말했다. 그래도 노력해야죠. 사랑을 하려고
노력해야 해요.

엄마와 네티는 나를 느슨하게 안고 있다. 그렇다. 그들은
웃음을 띤 채 나에게 팔을 감고 있다. 창백한 빛 속에서
나에게 말한다. 사랑을 해야만 해.

시간은 정직하게 흘러가다가 뭉텅이로 사라져버리기도
한다……. 마흔여섯, 마흔일곱, 마흔여덟…… 이제 과거는
없고 계속 진행되는 현재만이 있을 뿐이다. 일흔여덟,
일흔아홉, 여든. 맙소사. 엄마가 팔순이 되었다. 우리는
여전히 가만히 서서, 서로를 바라보고 있다. 엄마는 어깨를
으쓱하더니 거실 소파에 앉는다.

오후엔 엄마가 우리 집에 왔다. 같이 차를 마시고 동네

식당에서 저녁을 먹은 다음 엄마를 집까지 데려다주었다. 엄마가 커피를 끓여주었고 우리는 이야기를 나누고 같이 사진을 보았다. 오래된 사진들(미국, 1941년), 그보다 더 오래된 사진들(러시아, 1912년)을 보았고 이제까지 살면서 반백 번은 넘게 읽었을 편지 꾸러미를 꺼내 또다시 같이 읽었다. 1922년에 노아 섹터라는 남자가 엄마한테 보낸 편지로, 루마니아에서 문학 교수였던 그는 편지를 쓸 당시 미국으로 건너와 엄마가 경리로 있던 빵집에서 매니저로 일했다. 얼마나 고상하고 아름다운 편지들인지. 브롱크스에 살던 한 외로운 남자가 쓴 19세기 낭만주의 환상문학이라 할 수 있었다. 배움이 짧은 아내와 함께 아이 셋을 키우는 그의 머릿속에는 오로지 헨리크 입센, 막심 고리키, 모차르트뿐이었고 매일 밤늦게 자신의 심장을 꺼내 보이는 편지를 써서 감수성 없이 허영에만 들뜬 갈색 눈의 소녀(열여덟 살의 우리 엄마)에게 보냈다. 엄마는 아침 여덟 시에 열렬한 내면 고백을 읽고는 출근해서 빳빳하게 풀 먹인 셔츠 차림으로 꼿꼿하고 위엄 있게 앉아 있던, 보험회사의 프란츠 카프카 같은 그 남자와 사무적인 하루를 보냈다. 그로부터 60년이 흐른 뒤 나는 유럽인의 필치로 두껍게 흘려 쓴 글이 빼곡한 누런 종이 수백 장을 손에 들고 읽는다. 검은색 잉크는 이미

오래전에 흐려져 갈색으로 변했다. 아마도 노아 섹터가 한밤중에 쓴 애절한 편지를 읽으며 엄마는 열망으로 가득한 그의 심장을 알아보았을 것이다. 그는 며칠 전 14번가 극장에서 입센의 연극 「브란Brand」(입센의 비극으로 이상을 좇는 목사 브란의 좌절을 그린다)을 보았고, 배우들이 이 위대한 연극의 정수를 얼마나 잘 전달했는지를 엄마에게 꼭 말해야만 했다. 우리 주변으로 흩어져 있는 편지(엄마가 이걸 처음 읽었을 때 어떤 표정을 지었는지 알고도 남을 것 같다)와 사진, 이 종잇조각들, 모아둔 서신들, 그 속에 남긴 옛 이야기들은 엄마가 살았거나 살지 못한 삶에 대해 말하고 또 말한다. 특히 엄마가 살지 못한 삶에 대해서.

그날 저녁 내내 슬프고 고요하고 무거운 무언가가 줄곧 엄마에게 내려앉아 있는 것만 같았다. 오늘 밤 엄마는 무척 어여쁘게 보인다. 결이 고운 흰머리, 보드라운 피부, 그 자체로 완벽한 작품처럼 보이는 주름지고 지친 노인의 얼굴. 하지만 지난 세월은 엄마를 엄마만의 세계로 끌고 가고 눈에는 다시 그 혼란이 찾아온다. 엄마를 놓아주지 않는 저 끈질긴 삶이라는 혼란.

"인생이 연기처럼 사라지네." 엄마는 작은 목소리로 말한다.

그 말을 듣는 순간 가슴이 저미는 듯해 그 고통을 감히 느낄 수조차 없을 것 같다. "정말 그렇네." 나는 높낮이 없는 목소리로 대답한다. "제대로 살지도 않았는데. 세월만 가버려."

엄마의 부드러운 얼굴이 결심이라도 선 듯 확고하고 단단해진다. 나를 보더니 강철 같은 목소리로, 이디시어로 이야기한다.

"그러니까 네가 다 써봐라. 처음부터 끝까지, 잃어버린 걸 다 써야 해."

우리는 말없이 앉아 있다. 우리는 끈끈하게 얽힌 혈육이 아니다. 살면서 놓친 그 모든 것과 연기 같은 인생을 그저 바라보는 두 여자다. 엄마는 젊어 보이지도 늙어 보이지도 않고 그저 당신이 목도하고 있는 바, 그 혹독한 진실에 깊이 침윤되어 있다. 엄마한테 내가 어떻게 보일지는 나도 모른다.

항상 엄마와 함께 걸었지만 요즘은 전처럼 자주 걷지 않는다. 전처럼 싸우지도 않는다. 항상 하던 것들도 더는 하지 못한다. 이제 더 이상의 '항상'은 없다. 정해져 있던 패턴이 서서히 어그러지기 시작한다. 이 어그러짐의 과정 속에 나름의 즐거움도 있고 놀라움도 있다. 이제는 그 놀라움이 우리에게 중요한 열쇠가 되었다. 더 이상 변화에 기댈 수 없는 우리는 오직 놀라움에만 기댄다. 그렇다고 항상 놀라움에 기댈 수도 없다. 그것은 언제나 우리를 긴장하게 하니까.

얼마 전 나와 어린 시절 같은 동네에 살았던 친구, 그러니까 엄마와 내가 30년 정도 알고 지낸 친구와 함께 엄마 집을 찾았다. 여기서 알고 지냈다는 말은 심사숙고해서 쓴 것이다. 사실 살짝 돌아버린 인간이다. 신통하게 돌았다고 해야 할까. 어쨌든 또라이는 또라이다. 이 친구 또한 데이비 러빈슨 같은 독학자로 풍부한 표현력과 독특한 말재간을 겸비했다. 아마 그에겐 이게 평범한 날들의 평범한 불안을 헤쳐나가는 유일한 방법인 것 같다.

우리는 커피를 마시고 케이크를 먹었다. 나는 게걸스럽게 먹고 있었다. 실로 걸신들린 것처럼 케이크를 먹어치웠다. 보고 있던 엄마 표정이 점점 회까닥 돌더니 마침내 언성이 높아진다. "그만 먹어! 어머 얘 대체 왜 이래. 왜 그렇게 며칠 굶은 사람처럼 먹고 난리야. 그렇게 먹어대다 1킬로씩 찌고 내일 아침엔 또 한심해하려고? 무슨 동기로 저래?"

옆에 앉아 있던 친구는 고개를 앞으로 푹 숙였다가

옆으로 비틀어 미치광이처럼, 그러니까 딱 자기처럼 엄마를 보더니 그 동기 부여란 것에 대해 앞뒤가 안 맞는 일장 연설을 시작한다. "저 아시겠지만 말이죠. 그 동기 부여라는 게 다름 아닌 인생이죠. 인생 그 자체라니까요. 라틴어 모투스motus가 어원인데요. 움직인다는 뜻이에요. 움직일 준비를 한다. 그러니까 삶에 깊숙이……"

엄마는 친구 얼굴을 빤히 바라본다. 그 단어들의 구조가 전혀 이해가 안 된다고 얼굴에 써 있다. 기분이 가라앉는 중이다. 엄마는 누가 하는 말이 이해가 안 되면 당신이 무시당했다고, 멍청해서 그렇다고 생각한다. 엄마의 얼굴에 역력한 경멸의 기색이 떠오른다. "너는 네가 이야기하는 걸 내가 모를 거라고 생각하니? 내가 어제 태어난 하룻강아진 줄 아나 봐?" 물론 이런 대화에 놀라움은 없다.

이레 뒤에 엄마 집에서 차를 마시고 있는데 뜬금없이 엄마가 그 이야기를 꺼낸다. "너 그때 소파 수술 했지? 그 얘기 좀 해봐." 엄마는 내가 서른 살에 한 번 임신중절을 했다는 사실을 알았지만 그에 대해 단 한 번도 언급한 적은 없었다. 나 또한 엄마가 대공황 때 세 번의 임신중절을 했다는 걸 알고 있었지만 한 번도 입에 올리지 않았다. 그런데 왜 뜬금없이…… 엄마의 얼굴은 읽을 수가 없다. 그 생각이 떠오른 계기도 알 수 없고 무슨 말을 해야 할지도 알 수 없다. 진실을 말해야 하나 아니면……? 됐다, 그래. 진실을 말하자. "나 어떻게 했냐고? 웨스트 88번가에 있는 아파트에서 벽에 다리 올리고 있었어. 58번가 10번 애비뉴에서 상담실을 운영하던 의사가 동맥에 데메롤 놔줘서." 엄마는 그 모든 과정을 자세히 알고 있다는 듯, 아니 기대했다는 듯이 고개를 끄덕이며 듣는다. 그러다가 말한다. "나는 그리니치빌리지 나이트클럽 지하실에서 했다. 10달러에. 그 의사, 환자들이 일어나면 둘에 한 번은 손으로 자기 고추를 잡고 있었지." 나는 엄마가 새삼 존경스럽고 대단해 보여서 입이 떡 벌어진다. 엄마의 말은 문장 대 문장으로 내 말과 일치하지만 더 극단적이고 센 버전이다. 우리는 동시에 웃음을 터뜨렸다. 놀라움의 순간.

또 다른 날 밤에는 식탁에 앉아서 나 여덟 살 때 엄마가 잠시 나가서 일했던 얘길 꺼냈다. 들어도 들어도 질리지 않는 이야기다.

"그때 왜 일하기로 한 거야? 아니 내 말은 다른 때가 아니라 왜 하필 그 시기에?"

"무슨 소리니, 난 늘 일하고 싶었다. 주머니에 내 돈 들어 있는 기분이 얼마나 끝내주는데! 그때 전쟁 중이었잖아. 이력서만 내면 일곱 군데 회사에서 연락이 왔어. 거부할 수가 없었지."

"그래서 어떻게 했는데?"

"아침에 구인 광고 보고 옷 갈아입고 지하철 타고
시내 나가서 지원했지. 10분 만에 바로 나와서 일하라고
그러더라. 그 회사 이름이 뭐였더라? 까먹었네."

"앤젤리카 유니폼 회사." 나는 바로 대답했다.

"기억하는구나!" 엄마는 반색하면서 나를 향해 웃는다.
"이거 봐라. 우리 딸은 다 기억해. 나는 잊어버려도, 우리
딸 기억력 진짜 좋아."

"나는 엄마의 인생 저장소야, 알잖아."

"그렇지, 그래, 너는 엄마 인생 저장소다. 어디 보자.
어디까지 이야기했더라?"

"엄마가 시내로 가서 취직을 했어."

"그래. 그러고는 집에 와서 네 아버지한테 말했지. '나
취직했어.'"

"아빠가 어떻게 반응했어?"

"못마땅하게. 아주 못마땅해했지. 네 아빠 내가 일하는
거 싫어했잖아. 이러더라. '이 동네 애 엄마 중에 일하는
사람 한 명이라도 있나? 대체 왜 일을 하겠다는 거야?'
내가 말했지. '이 동네 엄마들이 일하건 말건 나랑
무슨 상관이야? 내가 하고 싶다는데.'" 엄마는 기억을

떠올리며 고개를 젓는다. 목소리가 가늘게 떨렸다. "하지만 소용없었어, 소용없었지. 오래 일하지도 못했어."

"엄마 딱 8개월 일했어." 내가 거든다.

"맞아. 8개월."

"왜 그랬어, 엄마? 왜 고작 8개월만 일하고 그만뒀어?"

"네 아빠가 하도 괴로워해서. 하루도 안 빼놓고 그러는 거야. '애들한텐 당신이 필요해.'"

"바보 같은 소리." 내가 끼어들었다. "나 엄마가 일하러 간다고 해서 얼마나 신났었는데. 열쇠 달린 목걸이 하고 다니는 것도 너무 좋았단 말야. 학교 끝나면 곧장 집으로 가서 내 할 일 했고. 엄마 충분히 일하고도 남았어."

"그래도 네 아빠가 고집 고집 부리잖아. '당신 힘들어서 살이 쭉쭉 빠지네' 하면서."

"엄마 그때 10킬로 정도 과체중이었다고. 살 빠지는 거 만세 부를 일이었다니까."

"그러게나 말이다. 너희가 집을 난장판을 만들 수도 있었고, 행복하게 잘 지낼 수도 있었는데. 난 행복하고 싶었어. 그런데 아빠가 나 일하는 걸 싫어했어. 그래서 그만뒀지."

엄마와 나는 잠시 할 말을 잃었다가 내가 입을 연다. "만약 지금이라면 말이야. 아빠가 일하러 가지 말라고 하면 안 할 거야? 어떻게 했을 것 같아?"

엄마는 나를 한참 동안 바라보았다. 엄마는 여든이다.
눈은 흐려졌고 머리는 하얗게 셌다. 몸은 마르고 허약하다.
엄마는 차 한 모금 마시고 컵을 내려놓더니 조곤조곤
말한다. "뭐라고 하긴. 지옥으로 꺼지라고 했겠지."

진정 놀라운 순간.

우리는 토요일 오후 콘서트를 보기 위해 링컨센터
도서관에 와 있다. 조금 늦게 도착했더니 자리가 다 찼다.
어두운 오디토리엄에서 벽에 기대 서 있는데 걱정이
되기 시작한다. 엄마가 두 시간 반씩 서 있을 수 없다는
걸 알기 때문이다. "가자." 나는 속삭였다. "쉬쉬." 엄마는
손으로 당신 앞의 공기를 밀어낸다. 나는 주변을 돌아본다.
내 옆으로 난 복도 쪽 자리에 작은 남자아이가 앉아서
엉덩이를 들썩거리고 있다. 그 옆에는 젊은 엄마가 앉아
있다. 옆에는 또 한 명의 남자아이가 있고 그 옆에는
남편이자 아빠 되는 사람이 있다. 여자가 복도 쪽의
꼬마 아이를 무릎에 앉힌 다음 우리 엄마에게 앉으라는
신호를 보낸다. 엄마는 몸을 숙이며 그에게 당신이 가진
가장 아름다운 미소를 지어 보이며 수줍게 말한다. "애기
엄마도 여든 먹어 콘서트장 가면 다리가 아플 거야.
그때 내가 다시 와서 양보해줄게요." 젊은 여자는 기분이

좋아져 활짝 웃는다. 그러더니 남편에게 고개를 돌려 우리 엄마의 재치 있는 대답을 이야기해준다. 아무 반응 없다. 불만스러운 얼굴로 엄마를 슬쩍 쳐다볼 뿐이다. 이 사람 망각하는 법이 없는 유대인 후손임이 틀림없다. 그의 반응에 살짝 찔린 나는 엄마가 솔깃한 말에 얼마나 능한 사람인지, 당신의 전매특허인 거래의 기술을 어찌나 꼭 붙들고 있으려 하는지, 엄마의 미혹이라는 게 얼마나 위험하고 의심쩍은 것이었는지를 다시 상기한다.

그런 식의 날들이 계속 이어진다. 아파트 페인트칠을 다시 했다. 이틀 밤을 엄마네 집 소파에서 잤다. 엄마 커피는 너무 약하고 나는 진한 커피를 좋아해서 그 집에서 잘 때마다 아침 일찍 일어나 먼저 커피를 끓이려고 한다. 따로 살면서 엄마는 당신이 만든 연한 커피야말로 커피의 정석이라고 확신하게 되었지만 나에게 이런 말도 할 줄 안다. "그래, 너 엄마 커피 싫어하지. 네 건 알아서 끓여 마셔라." 그러곤 부엌 한쪽에 서서 나를 보며 당신 하던 대로 하라고 감독한다.

"이제 그만 넣어." 주전자에 커피를 한 스푼씩 넣는데 엄마가 말한다.

"아니야. 더 넣어야 돼." 내가 대답한다.

"내 말 들어. 얘가 왜 이래!"

"엄마가 직접 와서 보셔. 여기 눈금에 이만큼 넣으라고 나와 있지?"

엄마는 본다. 명백한 반증 앞에서 할 말이 없다. 주전자에 아직 커피를 충분히 넣지 않았다. 엄마는 돌아서서 손을 허공에 휘젓는, 아니꼬워 죽겠다는, 내가 익히 아는 그 몸짓을 또 한다.

"그래 맘대로 하든지." 나 하는 짓이 어찌나 마음에 안 드는지 목소리까지 떨린다. 엄마의 오만. 엄마의 경멸. 엄마에게서 결코 떨어지지 않을 기질. 절대적으로 엄마 곁에 머물러 있을 것들. 언어의 상징이요 존재의 숙어로 이것들이야말로 엄마의 자아를 완성한다고 믿는다. 타인을 경멸하고 무시하는 건 불쾌한 일에서 헤어나는 엄마만의 방식, 당신과 타인을 분리하는 방법, 옳고 그름을 아는 법, 당신의 주장이 잘못되지 않았다고 생각하는 방식이다. 그 순간 엄마의 삶이 이해되면서 묵직한 돌이 가슴을 짓누르는 것만 같다.

우리는 예전보다 어떤 일의 옳고 그름을 따지는 데 흥미가 떨어졌다. 의견 차이도 더 이상 예전처럼 가열차지 않다. 우리 모녀는 함께한 삶에서 같이 살아남았고 모든 순간은 아니었다 해도 서로의 곁을 지켰으며 그렇게 우리만 아는 동지애를 키워냈다. 그렇다고 서로 타박하고 말꼬리를 걸고넘어지는 버릇이 쉽게 사라지는 것은 아니기에 대화는 근래에 도로 약간 삐딱해졌다.

"내가 인생을 헤쳐온 걸로 말하자면", 엄마는 한숨을 쉴 것이다.

"엄마가 인생을 헤쳐오긴 뭘 헤쳐와." 나는 빈정거릴 것이다.

"말본새 한번 고약하다. 엄마한테 꼭 그렇게 쏴붙여야겠니?" 엄마는 소리소리 지를 것이다.

침묵하고, 화내고, 헤어지고.

그러다 예상치 못한 순간에 엄마의 얼굴이 환해지기도 한다. "맞다, 너 요즘 파머 치즈가 얼만 줄 아니? 가격 보고 기겁했다. 파운드에 2달러 58센트야."

그러면 나는 또 엄마에게 바로 답한다. 엄마를 허락하고 받아들인다. 엄마 얼굴에서 분노와 자기연민이 가시는 걸 보면 나한테 있던 분노와 자기연민도 증발해버린다. 한참 서로를 꼬챙이로 찔러대다가 엄마가 이렇게 말할 때도 있다. "이게 네 복이다. 너도 더 좋은 엄마 밑에서 태어났다면 좋았을 텐데 말이야. 세상천지 하나밖에 없는 엄마가 이것밖에 안 되는 사람이다." 나는 고개를 끄덕인다. "오랜만에 맞는 말 하셨네." 우리는 동시에 웃기 시작한다. 누가 됐든 우리 둘 다 악의적인 말은 피차 한 문장 이상 내뱉지 않기로 약속이라도 한 것 같다. 내 생각엔 자기가 어떤 사람인지, 상대에게 무엇을 원하는지에만 골몰하는 대신 더도 덜도 말고 딱 1분이라도 그저 이 세상에 함께 존재하고 있다는 사실에 관심을 기울일 수 있게 됐을 정도로 그 긴긴 세월을 살아남았다는 사실에 우리 두 사람 다 감격하는 듯하다.

하지만 우리로선 꿈에도 생각지 못했던 이 평정심도 꾸준하게 지속되지는 못한다. 공중에 흩어져 자취도 없이 사라졌다가 활기와 함께 되살아나기도 한다. 가장 필요할 때 끝끝내 나타나지 않는가 하면, 그 힘이 약해질 대로 약해져서 나타나기도 한다. 이 안정적인 관계는 언제 휘발될지 모른다. 어쩌면 끊임없는 변화, 유동적인 상태야말로 우리가 날마다 맞닥뜨리는 진실이 아닐까 한다. 이 불안정성이야말로 그 자체로 놀라운 일이요 인생의 신비와 약속을 관통하는 진리가 아닐까. 엄마와 나는 더 이상 얼굴을 가까이 맞대고 있지 않다. 드디어 어느 정도의 거리감이 영구적으로 성취되었다. 나는 우리 둘 사이의 거리를 흡족하게 엿본다. 약간의 공간이 나에게 이따금 찾아오는 일용한 기쁨을 가져다준다. 내가 나로 시작해서 나로 끝날 것이라는 믿음.

　8월이다. 뉴욕은 여름이라는 적군에 포위되어 있다.
거대한 산더미 같은 무더위가 도시의 거리를 뒤덮었다.
이런 더위에는 여름 특유의 끈적한 관능이 없다. 그저
포악한 폭군일 뿐이다.

　어제 페일리파크에서 친구와 얼음을 잔뜩 넣은
아이스티를 마시며 하루 동안 쌓인 피로를 풀고 있었다.
우리 뒤로 인공 절벽을 흐르는 폭포수가 도시 속 작은
정원만은 식혀주는 가운데 한 150미터밖에 떨어지지 않은
거리에서 피어오르는 열기를 구경하듯 바라보고 있었다.

　친구와 나는 만나면 보통은 아주 수다스럽지만 그날은
여러 주제를 놓고 띄엄띄엄 대화를 이어가고 있었다. 해야
할 작업, 지금 하는 작업, 그가 본 영화, 내가 읽는 책,
우리 둘 다 아는 친구의 새로운 연애. 우리 입에 오르는
이야기들에 예전과 비슷한 관심을 보였다고 생각했는데
친구가 문득 말했다. "너는 신기할 정도로 남자 문제엔
관심이 없다."

　"그래 보여?" 내가 물었다.

　"내가 아는 여자들 다 그런데 말야. 당연히 남자도.

너처럼 연애 않고 오래 지내면 이 문제가 마음속에서 늘 우선순위를 차지하고 있더라고. 그런데 너는 아니야. 너는 연애 따위 생각지도 않는 것 같아."

그 말을 듣고 있자니 늦은 오후에 침대에 누워 있는 내가 보였다. 연인의 얼굴이 내 목에 파묻혀 있고, 그의 손이 내 허벅지를 천천히 쓰다듬다가 내 엉덩이로 올라오고, 우리 몸에는 창문 블라인드 사이로 들어오는 네모난 햇살 무늬가 그려져 있다. 그 이미지는 몇 초 동안 속에서 타오르는 불꽃처럼 잠시 나타났다. 나는 더 이상 그런 오후가 없다고 생각하곤 흠칫 놀랐다. 사랑의 그 짜릿함, 달콤함, 아늑함, 반짝임. 나는 텅 빈 공기를 깊게 들이마셨다.

"응, 없어." 나는 말했다. "관심 없는 것 같아."

인생은 어렵다. 영광이 있고 고초가 있다. 생각은 멋들어진 동료요 흥분이다. 한편 외로움은 나를 끝없이 갉아먹으려 한다. 이 노력과 자기연민 사이의 조화가 유지될 때는 나 자신이 그 짝 없는 여자들The Odd Women[여성의 사회적 역할과 초기 페미니즘 운동을 다룬 조지 기상의 소설 제목에서 따온 표현으로, 고닉은 이 글을 쓰고 한참이 지난 2015년 다시 한번 이 제목을 빌린 에세이 『짝 없는 여자와 도시The

Odd Woman and the City』를 발표했다) 중에 한 명이 되었다고
느낀다. 그러니까 나 역시 평등과 여성 인권이 신장돼온
이 200년 넘는 노력의 어딘가에 위치해 있다. 이 시대의
새로운 정신, 새로운 의지에 기운을 받는 당찬 여자다.
그러다 조화를 잃어버릴 때면 사랑도 연대도 없이, 실패와
박탈감에 산 채로 매장당한 기분에 빠진다. 우정은
불완전하고, 고민은 나를 잠식하며, 일은 내 무능력의
총체적 결과다.

　오늘 밤 내 기분이란 건 조각조각 부서져 바닥에
나동그라져 있고 이 조각들을 집어 올려 짜 맞추기는
어려울 것 같다. 나는 엄마네 식탁에 앉아서 커피를
마시는 중이다. 우리는 방금 저녁을 먹었다. 엄마는
싱크대에 서서 설거지를 한다. 오늘은 둘 다 신경이
날카롭다. "더워서 그래." 엄마는 말한다. 아파트는
에어컨을 틀면 시원하지만 우리 둘 다 자연 바람을
사랑하기에 에어컨을 끄고 창문을 연다. 몇 분 동안
문밖에서 왁자지껄한 도시의 소음이 방으로 침범하지만
소리는 재빨리 가라앉아 백색소음이나 배경음악이
된다. 우리는 잠시도 틈을 안 주고 자꾸만 찾아드는 이
우울함으로 돌아간다.

　지금 내 마음속에 들어 있는 모든 것과 친숙한 엄마는,

내 해묵은 불만 목록의 순서까지 꿰고 있다. 일 문제, 친구 문제, 돈 문제. 이날 저녁엔 끈적한 여름 공기가 들이치는 창문으로 어제 페일리파크에서 친구와 나눈 대화가 스르르 들어오는 듯했고 내 입에서 이런 말이 나와 나도 놀랐다. "이런 날 나한테도 사랑이 있으면 참 **좋겠네**."

　나는 엄마가 웃으면서 이렇게 대구할 줄 알았다. "별일이셔? 뭐 잘못 먹었니?" 하지만 엄마는 설거짓거리에서 고개도 들지 않고 자동으로 대구한다. "그럼 너 이제야 나한테 약간의 동정심이라도 들겠구나?"

　나는 천천히 고개를 들어 엄마를 바라본다. "뭐?" 내가 제대로 들은 건지 확신이 안 선다. "방금 뭐라고 했어?"

　"이제야 네 아버지 돌아가시고 엄마 인생이 어땠는지 이해가 가겠다고. 그 모든 세월이 어땠는지 말이야. 사랑 없다고 괴로워하는 걸 보니 너도 이제 이해하지 않겠나 싶어서."

　나는 엄마를 빤히 바라본다. 바라보고 또 바라본다. 식탁에서 벌떡 일어나니 그 위에 있던 컵이 바닥으로 떨어진다. 나는 부엌으로, 우리에 갇힌 동물이 뛰쳐나가는 속도로 엄마에게 달려간다. 엄마가 씻고 있던 냄비가 싱크대 안으로 덜그럭거리며 떨어진다.

　"왜 그딴 소리는 하고 난리야?" 내가 소리 지른다. "왜

315

지금 그런 말을 하냐고? 또 사랑 타령이야? 아직도 사랑 운운이냐고. 나는 죽을 때까지 엄마한테 사랑 타령만 듣고 있어야 돼? 엄마한테 내 인생은 안 중요해? 아무것도 아니야?"

엄마는 충격으로 몸이 뻣뻣하게 굳어 싱크대에 그대로 서 있다. 나에게서 눈을 떼지 못한 채 입술은 새하얗게 질렸다. 얼굴에서 핏기가 싹 가신다. 아무래도 나 때문에 노인네한테 심장마비라도 올 것 같다. 하지만 난 멈출 수가 없다.

"그래 맞아." 나는 씩씩거린다. 화를 삭이느라 애쓰는 바람에 목소리엔 살기가 어린다. "그래, 나 성공 못했지. 사랑도 못 이뤘고, 일도 변변찮고. 세상이 말하는 번듯한 인생 못 살고 있어. 맞아, 사실이야. 남들처럼 과감하게 선택도 못했고, 끈기 있게 버티지도 못했고, 휘청거리기만 했어. 화가 났고 질투가 났거든. 그건 내가 닿을 수 없는 세상이었으니까. 하지만 그래도 그렇지! 나만의 생각이 있었다는 걸로는 아무런 인정도 못 받는 거야? 나도 내 삶을 살려고 나름대로 노력했다고. 그건 안 쳐준다 이거야, 엄만? 말해봐, 아무것도 아니라는 거야?"

엄마는 겁에 질렸다가 이내 뉘우치고 나를 가여워하기 시작한다. 요즘 들어 엄마는 부쩍 유순해졌고 그 모습을 보면 가슴이 찢어진다. "아니야, 아니다." 엄마는 황급히 수습한다. "엄마 이야기야. 그때는 그랬다고. 뜻 있어서 한 말 아니야. 넌 당연히 잘 살았지. 그건 세상이 다 알아줘. 그렇게 성내지 마라. 세게 말하려던 것뿐이니까. 엄마가 잘못 말했다. 이제 너한테 어떻게 말해야 하는지 모르겠어."

쏟아지던 말이 느닷없이 멈춘다. 다른 생각이 엄마를 사로잡은 것이다. 엄마가 방어의 방향을 튼다. "너 정말 모르겠니?" 엄마는 애원하듯 말한다. "엄마한테는 사랑밖에 없었잖아. 내가 뭘 가져봤겠니. 아무것도 없었어. **아무것도.** 달리 뭘 가질 수 있었겠니? 네가 인생 얘기하는 거 다 옳지. 다 맞는 말이야. 너한테는 일이 있었잖아. 너만의 일이 있잖아. 너는 여행도 많이 했고. 세상에나, 여행이라니! 넌 지구 반 바퀴는 돌아봤지. 난 여행은 꿈도 못 꿔봤는데! 나한테는 네 아빠 사랑밖에 없었어. 인생 살면서 누릴 게 그것밖에 없었다고. 그래서 그 사랑을 사랑했다. 아니면 뭘 어쩔 수 있었겠니?"

하지만 서로 상처만 주고받고 끝내는 건 우리 식이 아니다. "아니, 그렇게 말한다고 달라지지 않아. 아빠 죽었을 때 엄마 겨우 마흔여섯이었어. 충분히 제대로 된 삶을 다시 살 수 있었다고. 엄마보다 훨씬 못 가진 사람들,

조건이 나쁜 사람들도 그렇게 했어. 엄만 그냥 아빠의 사랑이라는 개념 안에 머물고 싶었던 거잖아. 그게 미친 짓이었다고! 엄마는 30년을 사랑이라는 개념 안에서 살았다니까. 엄마도 삶이라는 걸 살 수 있었어."

여기서 대화가 끝났다. 엄마의 애원은 바닥났다. 얼굴이 다시 굳어진다. 다시 당신을 추슬러, 익히 아는 그 완고함을 되찾는다. 엄마는 냉소와 저항의 언어인 이디시어로 공격 무기를 바꿨다. "너는 내 비석에 이렇게 쓰면 되겠다. 애초부터 모든 게 어쩔 수 없는 일이었나니."

엄마는 싱크대 접시들로 다시 돌아가서 행주로 손을 꼼꼼히 닦더니 나를 지나쳐 거실로 가버린다. 나는 부엌에 서서 바닥에 깔린 리놀륨 장판 무늬를 잠시 내려다보다가 엄마를 따라간다. 엄마는 한 팔을 이마에 올려둔 채 눕고 나는 소파에서 멀지 않은 의자에 앉는다. 소파와 의자는 우리가 살던 그 브롱크스 집 거실에서와 비슷한 구도로 놓여 있다. 평생을 이 자세로, 엄마는 소파에 누워 있고 나는 의자에 앉아 있다고 느끼는 것도 전혀 어려운 일이 아니다.

우리는 침묵한다. 우리가 침묵하는 건 바깥 거리의 소음이 훨씬 더 듣기 좋기 때문이다. 그 소리는 우리가 적어도 브롱크스에 있진 않다는 사실을, 맨해튼에 있다는 사실을 상기시킨다. 엄마와 내게 브롱크스에서 맨해튼까지의 거리, 이곳에 오기까지의 여정은 지하철역 몇 개로 설명할 수 없을 정도로 지난했다. 그러나 오늘 밤 이 방은 옛날 그 방을 빼닮았다. 그날의 햇빛, 사위어가는 여름 햇빛은 홀연 전실에서 우리 위로 떨어지던 수척한 햇살을 흐릿하게 각색한 것 같기도 했다.

엄마가 침묵을 깬다. 이제 격한 감정이 거둬진 목소리, 그저 호기심에 대답을 바라는 초연한 목소리로 묻는다. "그러면 엄마랑 좀 멀리 떨어져 살지 그랬니? 내 인생에서 멀리 떠나버리지 그랬어. 내가 말릴 사람도 아니고."

나는 방 안의 빛을 본다. 거리의 소음을 듣는다. 이 방에 반쯤 들어와 있고 반은 나가 있다.

"안 그럴 거 알아, 엄마."

노지양

연세대학교 영어영문학과를 졸업하고 라디오 방송작가로 활동하다 번역가가 되었다. 『나쁜 페미니스트』 『헝거』 『트릭 미러』 『여자라는 문제』 『케어』 등 90여 권의 영미권 도서를 우리말로 옮겼고 에세이 『먹고 사는게 전부가 아닌 날도 있어서』와 『오늘의 리듬』을 썼다.

사나운 애착

1판 1쇄 2021년 12월 22일
1판 6쇄 2024년 10월 10일

지은이 비비언 고닉
옮긴이 노지양
펴낸이 강성민
편집장 이은혜
책임편집 박은아
마케팅 정민호 박치우 한민아 이민경 박진희 정유선 황승현
브랜딩 함유지 함근아 박민재 김희숙 이송이 박다솔 조다현 정승민 배진성
제작 강신은 김동욱 이순호

펴낸곳 (주)글항아리 출판등록 2009년 1월 19일 제406-2009-000002호
주소 10881 경기도 파주시 심학산로 10 3층
전자우편 bookpot@hanmail.net
전화번호 031-955-2689(마케팅) 031-941-5161(편집부)
팩스 031-941-5163

ISBN 978-89-6735-983-6 02840

geulhangari.com